戏味　尚长荣 / 书

周哲辉 著

中国戏剧出版社
CHINA THEATRE PRESS

图书在版编目（CIP）数据

戏味 / 周哲辉著． -- 北京：中国戏剧出版社，
2023.11
ISBN 978-7-104-05397-2

Ⅰ．①戏… Ⅱ．①周… Ⅲ．①随笔－作品集－中国－
当代 Ⅳ．① I267.1

中国国家版本馆 CIP 数据核字（2023）第 179112 号

戏味

责任编辑：张　霞
项目统筹：周忠建
责任印制：冯志强

出版发行：中国戏剧出版社
出 版 人：樊国宾
社　　址：北京市西城区天宁寺前街 2 号国家音乐产业基地 L 座
邮　　编：100055
网　　址：www.theatrebook.cn
电　　话：010-63385980（总编室）　010-63381560（发行部）
传　　真：010-63381560

读者服务：010-63381560
邮购地址：北京市西城区天宁寺前街 2 号国家音乐产业基地 L 座

印　　刷：北京九州迅驰传媒文化有限公司
开　　本：880mm×1230mm　1/32
印　　张：10
字　　数：225 千字
版　　次：2023 年 11 月　北京第 1 版第 1 次印刷
书　　号：ISBN 978-7-104-05397-2
定　　价：88.00 元

版权专有，违者必究；如有质量问题，请与出版社联系调换。

他 序

张建国

经书范大哥介绍，几年前我有幸与周哲辉先生结识。他的博闻儒雅和对京剧艺术的热爱给我留下了深刻印象。此次他的随笔集《戏味》即将出版，托书范大哥向我索序，我实不敢当。我是一名京剧演员，虽说从艺逾五十载，有一些知名度，但对于文章一事，实在并非专长。但盛情难却，我权且谈一点我拜读哲辉先生大作的心得吧。

哲辉先生是文化人，他对于京剧艺术的热爱不光停留在演唱娱乐层面，而是从文化高度进行思考和总结，比如这本文集中关于京剧舞台、武打、锣鼓、胡琴、戏名、唱词的解读都带着文化、哲学方面的思考和关怀，却又都切中肯綮。《无中生有》一文中对于京剧写意性的体悟，《得意忘形》一文中用《庄子》"外物"篇对于京剧形式性特征的概括，《氍毹乐魂》一文中引用国学大家钱穆先生的论述对于京剧中锣鼓作用的思考等，都能看出，作者不仅是个京剧方面的内行观众，更是能独具慧眼对京剧中一些司空见惯的现象进行思考、研究和总结的文化学者。这样的例子在书中比比皆是。这不仅是一本适合热爱京剧、希望了解京剧的人阅读的一本书，也是适合希望了解中国传统文化美学精神的读者阅读的一本书。

哲辉先生是尚小云纪念馆的馆长，对于尚小云先生和尚派艺术的传承和传播作出了很多广为人知的贡献。本书开篇"绮霞长风"就汇集了他关于尚小云先生的剧目、表演以及尚先生行侠仗义、急公好义品格的记述和研究，为后人研究尚小云先生提供了一些宝贵的资料。

此外，作者对于余派老生艺术也颇为关注和热爱，书中就专门写了关于余叔岩先生艺术的九篇文章，即本书的"清音有余"。其中关于余叔岩艺术道路的文章《我志在删述》一文，借用了孔子关于"述而不作"的自况，颇有新意。作者认识到，余叔岩从谭派中化出自己独立的余派，并未进行大幅度的创新，而是在严格继承的基础上结合自身条件予以加工提升。作者认为，述而不作，是一种对传承传统文化的严谨，是一种敬重传统、博采众长、务实不躁、精益求精的精神。当下关于京剧乃至其他传统文化艺术门类生存发展的讨论颇多，官方和民间有很多有识之士关注、关心传统文化的传承问题。但对于如何继承传统，如何处理继承和创新的关系，在理论层面和实践领域都还有很多需要研究探讨的问题。比如作者提到的余叔岩先生，终其一生，几乎没有多少新创剧目，所演习的都是前人留下的传统剧目，但却成为京剧一代宗师。作为后四大须生的谭富英先生、奚啸伯先生、杨宝森先生都尊崇余叔岩的艺术。这一现象颇堪玩味，值得我们这些后学认真思考。作者用"述而不作"来概括这种现象，是很有见地的。

哲辉先生长于文学创作，写过不少京剧、河北梆子剧本，还荣获过各种奖项。正是由于他的文学专长，在对京剧进行赏析时，往往有神来之笔。比如他在《唐人绝句与余音的原板小唱段》一文中,就把余叔岩十八张半唱片中的《失街亭》"两国交锋龙虎斗"唱段与唐朝大诗人王维的《相思》加以对照,从同样朴实浅显的语言中品出无穷的韵味;又把唐代王昌龄的《芙蓉楼送辛渐》和《搜孤救孤》中的"娘子不必太烈性"相比较,读出其共同的审美旨趣。这些不同艺术门类之间的比较,给读者以丰富的遐想空间,引导读者领会京剧唱腔的弦外之音。从中也可以看出作者的知识之渊博,艺术感悟力之灵敏。

文集的最后一章是"他山攻玉",其中收录了作者关于书法领域的一些心得、随笔,以及一些序跋文章。其中《锥画沙》一文短小精悍,却寓意深刻,引人深思。作者认为,中国人对于艺术的论述,常常偏重于写意,"以形象比兴",而非抽象论述。如同唐代书法家褚遂良《论书》中所说的"用笔当如锥画沙",锋藏笔中,意在笔先。这一说法简单明了,却蕴含深刻。以我自己对于京剧和书法的体会,"锥画沙"这一意象很能描绘其中的神髓和奥妙。比如,在京剧表演中,但凡要表演一个动作,一定是"意识"在先,用神气来引领动作,否则就是机械化模仿,不会引发观者的兴趣。另外,所谓的"中锋嗓子"常被评论家形容为余派的特色,其实不只是余派,老生演员都应当追求这样一种功夫和境界,那就是在有厚实充分的丹田气支撑的基础上,追求声音的稳定、高位共鸣,这种声音极有穿透力,但听上去又含蓄、蕴藉,没有"露锋"的感觉,很符合传统文化的审美意蕴。写字也是如此,为了达到这种效果,就需要手对笔的运用特别是力量的把握有非常高超的技术,既很放松,写出来又有力透纸背之感,也就是我们梨园行里所说的"放松了使劲",听上去是一对矛盾,但高超的艺术不正是对矛盾的高层次的调和吗?

书中还有一些对艺术家的评论、对剧目的感悟，以及各种艺术杂感，也都值得一读。

以上是我阅读作者这本大作的心得，个人体会，未必成熟，权且当作对哲辉先生新作出版的祝贺吧。祝愿他在热爱的文学和戏剧事业上作出更多的成就！

是为序。

自 序

对于戏曲艺术,从技艺角度说,我是外行;从文化角度欣赏,我常常有些体会。匆匆数年,悠悠戏味,濡染咀华,品之无尽。

从全球戏剧文化视野看,中国戏曲讲究程式的形式美堪称世界东方独好风景。中国戏曲"得意忘形"的思维理念体现了戏剧的中国智慧,"无中生有"的舞台时空让人感觉到戏剧的中国气派,超以象外的写意表演手法传递出戏剧的中国神韵。世界戏剧大师布莱希特创立陌生化理论的最终推动力,是他后来才得到的:这就是他同中国京剧演员梅兰芳的会晤。这说明了中国戏曲对西方戏剧的影响。东西方戏剧的不同,不单单是艺术上的差别,更是文化的不同。戏曲艺术的灵魂,是中华传统文化精神,突出演员表演为中心的"角儿"和表演中体现出的精气神,不啻为天行健精神的舞台诠释。传统戏曲审美的中正、平和,恰是中庸之道在戏曲舞台上的体现。研究戏曲艺术,唱念做打,手眼身法步,这些固然重要,但对戏曲思维方式、表演理念、审美趣味的探究同样不可或缺。

演戏演精神,看戏看人生,品戏品味道。小味道,大文化;小舞台,大人生。看戏品戏,如品佳茗,茶的一个"香"字,却是绿茶清香柔雅,红茶甜纯鲜爽,白茶醇和沉稳,乌龙浓郁回甘,黑茶醇厚饱满。我的这个文集,文章虽有分别却没有刻意,一个大写的"人"字一以贯之。尚小云先生,名德泉,字绮霞,侠肝义胆,艺如其人,其刚健不失婀娜的表演别具风骨,观其表演,长风浩浩,弥贯舞台,"绮霞长风"是对其艺其人的写照。余叔岩先生创立的余派艺术,以无特点为最大特点,清雅醇厚,余味不尽,是京剧老生演唱艺术的最高境界。明代谢榛在《四溟诗话》中论诗,讲究"清音有余",余音是也。梨园天地,众星浩歌,或似昆山玉碎,石破天惊,或如鹤唳九霄,凤鸣岐山,直令空山凝云。生旦净丑,四大行当,唱念做打,演绎芸芸众生,就如金木水火土,天地五行,相生相克,方有大千世界,乃是中国人认识宇宙乾坤的大智慧。循此大智慧,品味京剧的舞台、武打、锣鼓、胡琴、戏名、唱词,自有一番新体会。戏外看戏,戏如人生,以戏看人,人生如戏,戏里戏外,俱是人生,氍毹天地间,舞台大人生。戏曲舞台,四功五法,唱念做打,手眼身法步,各有规矩,却讲究一个"整"字;中国文化,经史子集,讲究一个"通"字。正因为"通",所以才会"整",既是德高望重的生理学家、又是著名京剧研究家的刘曾复先生评价余叔岩十八张半唱片,用了一个"整"字,他是中国文人"通"的典范,因此,"他山之石,可以攻玉"。

  放下手中笔,合上案头书,在铿锵的锣鼓声、激扬的丝竹声中,引吭高歌,"头戴着紫金盔齐眉盖顶",行家听来或许并不算字正腔圆,却自我感觉自信满满、味道满满——英风飒爽如斯,华云是我,我是华云?

Contents 目 录

他 序 张建国 / I
自 序 / V

绮霞长风 / 1

尚小云的骨子老戏 / 3
尚小云的新编戏 / 6
尚小云的唱 / 9
尚小云的武 / 11
尚小云的义 / 13
一点浩然气　千里快哉风——尚小云的个性 / 15
尚小云与科班 / 18
写意尚小云 / 22
荣春社与南宫 / 23
《中国京剧尚派精品剧目集成》后记 / 26
寻找尚小云——电视纪录片《京剧大师尚小云》摄制的前前后后 / 29

清音有余 / 39

余味悠长——听余叔岩的十八张半 / 41

经典的魅力 / 44

我志在删述——余叔岩的艺术道路 / 50

余叔岩的随意 / 54

中正之美 / 56

唐人绝句与余音的原板小唱段 / 58

余叔岩唱腔与王体行书随感 / 61

余叔岩与杜甫断想 / 63

空山凝云 / 67

十全大净——大写尚长荣 / 69

赤子心 春不老——京剧名家王紫苓印象 / 75

冲淡清逸 澄怀致远——余派传人陈志清唱腔印象 / 78

柔情似水——《对花枪》反二黄之畅想曲 / 82

眼神的魅力——观京剧数字电影《对花枪》/ 86

红莲池里白莲开——读张火丁 / 89

仙音天外来——史依弘唱腔印象 / 92

清水出芙蓉——张慧芳唱腔印象 / 94

珮瑜的无奈 / 96

听《贞观盛世》与《沙桥饯别》偶感 / 98

看《罢宴》/ 101

纪念奚啸伯先生演唱会随感 / 105

梆韵美　玉兰香——观新编河北梆子现代戏《吕玉兰》/ 107

京剧中的游子吟——说说《三家店》/ 112

一个有意思的现象——上海京剧偶感 / 118

清风余韵——李凤珠余音"十八张半"专场演唱会记 / 120

行当新读 / 123

行当划分与做人 / 125

行当的智慧与幽默 / 129

理性的老生 / 133

老生的情怀 / 136

武生的气魄 / 138

闲话京剧男旦 / 143

青衣的牵挂 / 152

老旦的成熟 / 154

新老旦的美丽 / 157

母性的光辉——新老旦一看 / 161

无瑕如玉——新老旦再看 / 164

宽怀比海——新老旦三看 / 166

秋声赋——再谈新老旦的美丽 / 168

花脸的大度 / 170

真实的丑角 / 173

诗词与生旦 / 176

京剧六品 / 179

无中生有——京剧的舞台 / 181

得意忘形——京剧的武打 / 184

甌瓯乐魂——京剧的锣鼓 / 187

天籁叶声——京剧的胡琴 / 191

一叶知秋——京剧的戏名 / 195

文字之外——京剧的唱词 / 198

戏里戏外 / 203

京剧与做人 / 205

京剧精神与现代工业文明 / 207

京剧与爱情 / 211

戴着"镣铐"跳舞 / 215

人间正道是沧桑 / 217

京剧·八品官 / 219

观戏偶得 / 224

淘宝两记 / 228

他山攻玉 / 231

锥画沙 / 233

本色赤子　德寿双齐——记南宫碑体书法家董毓明 / 234

从春节飞腾到国庆：中华大漠"一笔龙" / 240

大漠纵横　龙行天下 / 244

墨韵·书魂·逸品——大漠书法的独体字 / 248

积学不辍　大器晚成——记布衣书画家王秘 / 251

《尚德书韵——纪念尚小云先生诞辰116周年书画展作品集》序 / 257

《尚德长风——纪念尚小云先生诞辰118周年京城名家书画展作品集》序 / 258

《律墨菁华——田伟诗联作品暨南宫五老书法集》序 / 260

《南宫书画集萃》序 / 264

笔墨禅心——《大漠书古禅语录》序 / 268

精神之旅 文化之思——《大漠美国之旅》序 / 274

龙虎风云英雄气——《大漠、刘相训书画集》序 / 278

《重修南宫县学记》跋 / 283

《文化南宫》发刊词 / 285

《婚丧礼俗述要》三版序 / 287

太极文化的传播者——《南宫老年太极拳学会纪念集》序 / 289

《南宫风物志》序 / 292

《古调今弹》后记 / 294

鹊山文化广场记 / 296

诗词杂感 / 297

后 记 / 301

尚小云的骨子老戏

一日，与一资深戏迷谈及尚派戏，竟仅能说出《汉明妃》、《乾坤福寿镜》(《失子惊疯》)、《双阳公主》等寥寥几出。对文武兼备的尚小云，甚至有人以武旦或刀马旦视之。一代名旦，艺业自有精到之处，岂是这寥寥几出戏所能代表？

尚小云在传统青衣骨子老戏方面有深厚功底，而有"青衣正宗"之誉，因酷似前辈青衣名家孙怡云，乃有小云艺名。在正乐科班时，14岁的尚小云得到72岁的"老乡亲"孙菊仙提携，一老一少同台演出《朱砂痣》《三娘教子》等骨子老戏，一时传为佳话，声名鹊起，被誉为"正乐三杰"之一。

尚小云与当时的老生名家多有合作，演了多出骨子老戏。和余叔岩曾搭班双庆社，合演过《打渔杀家》等经典剧目；和马连良合演的《四郎探母》，很受欢迎；与谭富英合演的《武家坡》，与谭富英、金少山合演的《大保国》《二进宫》，为一时之盛；与言菊朋多次合演《南天门》《武家坡》等戏；为提携奚啸伯，与之合演《二进宫》《桑园会》等。武生宗师杨小楼极赏尚小云之艺，二人合演《长坂坡》，由尚小云配演糜夫人，珠联璧合。在各种合作戏、义务戏和应节戏中，尚小云和谭富英、金少山、筱翠花合演的《法门寺》，和奚啸伯、姜妙香合演的《御碑亭》，和刘鸿升、王琴侬、裘桂仙、龚云甫合演的《金水桥》，均为精品佳作。

在青衣传统戏中，有著名的"二祭"（《祭江》《祭塔》），因要求嗓子好、唱功硬，被许多人视为畏途，不敢轻易上演。而尚小云凭借独特的嗓音、深厚的功底，经常演之。尚小云的昆曲戏功底深厚，与程继先合演的《奇双会》在20世纪40年代曾在电台播放。尚小云所演全本《白蛇传》，其中金山寺水斗一折仍按传统昆曲路子上演，成为一大特色。

尚小云演的众多骨子老戏继承传统，足为典范，然非亦步亦趋，而是自有特色。对《玉堂春》，梅、尚、程、荀均有秘本，各不相同，当时有人认为，若论唱功，尚小云当为第一，梅亦逊色。《四郎探母》的女一号为铁镜公主，可谓尚小云的拿手好戏，与马连良合灌过唱片，他偶尔露演以里子应工的萧太后，同样精彩。萧太后本以芙蓉草（赵桐珊）最为拿手，有独到之处，人们评价尚小云演的萧太后："虽然没有赵二爷那么多的'事儿'，却有一种特殊的'份儿'！"其英武霸气实则超过了芙蓉草。他根据与清室王公交往的印象，借鉴老四喜班龚（翠兰）派唱法，演出了宫廷气和贵族气，足见腹笥渊博。他的拿手好戏《昭君出塞》和《乾坤福寿镜》，就是在传统骨子老戏的基础上不断加工、打磨而成的。

尚小云创办荣春社时，或让学生参加他新编或加工的剧目演出，或为学生排演一些新编戏，以吸引观众，提高经济效益，维持科班生存。这并不是说尚小云忽视荣春社弟子学习骨子老戏，他非常重视骨子老戏的传承："荣春社主持人尚小云鉴于旧剧日趋没落，各科班若再以彩头戏竞争，将来过四五年后，毕业的学生，绝对没有出路可寻，决定放弃彩头戏以排演老戏为今后主旨。"他不惜花重金，专门延名师教老戏。程继先、尚和玉、筱翠花、丁永利等名宿都曾在荣春社任教。有人统计，荣春社共演出骨子老戏京剧 361 出，昆曲 28 出。他曾花巨资，为学生排演久不见于舞台的昆曲《庆安澜》和《莲花塘》。两剧武打繁难，曲子众多，文武并重，而且人物多，服装多，自小荣椿后，几乎绝迹舞台。当荣春社演出二剧的海报贴出后，人们非常震惊。有人说，尚小云是梅兰芳之后"旧剧又一功臣"。因为会戏多，基本功扎实，很多班社都喜欢荣春社出来的学生。中华人民共和国成立后，不少地方戏院团因为有荣春社学生的传帮带，整体演出水平大大提高。可以说，荣春社实现了尚小云让每一个学生出科后都能吃戏饭的目标，创下了戏曲科班教育的一个奇迹。

与梅兰芳、程砚秋、荀慧生相比，尚小云编演新戏虽多，开始时间却较晚。尚小云 1916 年 8 月出科，直至 1923 年 12 月 23 日，他的新编戏《红绡》才在北京广德楼上演。近七年半的时间，除了曾参与以杨小楼为主的新编戏《楚汉争》外，他演出的都是骨子老戏。他带着骨子老戏活跃于北京，六次赴沪，声誉日隆，"青衣正宗"，实至名归。

尚小云的新编戏

在新编剧目方面，四大须生和四大名旦相比，可以说是阴盛阳衰。无论是余、言、高、马前四大须生，还是马、谭、杨、奚后四大须生，新编剧目都寥寥无几。而四大名旦的新编戏非常丰富，其中一般认为梅兰芳的新编戏最多，程砚秋也不少，这是从今天舞台呈现角度得出的看法。其实，新编戏最多者为尚小云。有人考证，尚小云的新编戏多达35部。

1918年春，年仅18岁、刚出科不足两年的尚小云和武生宗师杨小楼合作创排了《楚汉争》，尚小云饰虞姬，杨小楼饰霸王项羽。该戏尽管以霸王为主，却可以说是尚小云参与新编戏的试水之作。该剧突出武打，场次冗长，唱段较瘟，却因题材的新颖一度很受欢迎，特别是尚小云凭此戏人缘大增，出尽风头，直逼梅兰芳。后来，梅兰芳扬弃该戏的长短，编演了以虞姬为主的《霸王别姬》，成为梅派经典。

尚小云正式编演新戏是1923年，当年12月23日，他在北京广德楼戏院首演了新编戏《红绡》。加上之前梅兰芳排演的《红线盗盒》、程砚秋排演的《红拂传》、荀慧生排演的《红娘》，形成了四大名旦的"四红"，构筑起一道独特的梨园风景线。1923年至1925年尚小云自组协庆社前，除《红绡》外，他还编演了《张敞画眉》《秦良玉》《五龙祚》。尚小云编演新戏共分四个时期，这是第一个时期。

1925年，尚小云自组协庆社，有了属于自己的班社。同年9月12日，尚小云在中和戏院演出新编戏《林四娘》，一发不可收拾。到1936年，尚小云共上演新编戏达20余出，是他编演新戏最多的一个时期。比如《谢小娥》《卓文君》《珍珠扇》《峨嵋剑》《婕妤当熊》《詹淑娟》《花蕊夫人》等，都创排于这段时间。

1927年1月26日，一出迥异于传统老戏、时装新戏的造魔之剧在新明戏院上演，一石激水，引起轩然大波，一直被视为正宗青衣的尚小云竟排演了一出外国戏《摩登伽女》。该剧取材于印度佛教故事，受当时时装剧影响，人物采用异域装扮，而且引用了西洋乐和西洋舞，和传统京剧大相径庭，剧中的钢琴、小提琴和苏格兰舞成为一大看点，为人所津津乐道。尽管人们众说纷纭，此戏却以鲜明的个性特征红遍京城。在《顺天时报》组织的五大名伶评选中，尚小云凭该剧得票最多，为跻身四大名旦奠定了基础。该剧票房价值很高，尚小云轻易不露演，只在募捐义演或经济困难时演出。创办荣春社时期，遇到经济拮据，演出三场《摩登伽女》就能缓解危机，足见该剧影响之大。

尚小云创办荣春社后，编演了《青城十九侠》《绿衣女侠》《北国佳人》《九曲黄河阵》《虎乳飞仙传》《梁红玉》等新戏，特别是为弟子们编排了《崔猛》《奇侠谷云飞》《荒山怪侠》《一粒金丹》《塞北英烈传》《天河配》等。民国武侠小说作家还珠楼主是尚小云这一时期的主要编剧，二人惺惺相惜，在对"侠"的认识上心有灵犀。

尚小云天性赤诚。1949年11月，开国大典刚刚落幕，他满怀对新中国的热爱，积极响应风起云涌的戏改工作，将《北国佳人》推陈出新，创编了《墨黛》，成为中华人民共和国成立后京剧界编演新戏第一人。在这出戏中，他摒弃了检场、饮场等旧习，使舞台更加干净，而刚健婀娜的表演、曲绕行云的歌唱、清丽传神的眉目，凝聚着他千锤百炼的艺术成就。之后，短短四年时间，他相继创排了《夜归》《太原双雄》《平阳公主》《峨眉酒家》《洪宣娇》等新戏，这成为他一生中编演新戏的最后一个高峰期，也使他成为中华人民共和国成立后四大名旦中编演新戏最多者。1959年，他举家迁往西安，支援大西北。这一年正是新中国成立十周年，他创排了自己的最后一出新戏《双阳公主》，以花甲之年，披挂上阵，向国庆献礼。这出戏成为他晚年的一部代表作，也成就了一段梨园佳话。

　　因骨子老戏，尚小云被誉为"青衣正宗"，显示出文武并重之能。有意思的是，他在四大名旦中编演新戏最多，而且这些戏已经超出了青衣的范畴，涵盖了青衣、刀马旦、武旦、花旦各个行当，唱念做打俱佳，文武昆乱不挡。

尚小云的唱

四大名旦，唱念做打各有特色。单论唱功，尚小云嗓音条件最佳，高亢圆润，明亮通透，中气充沛，久唱不衰，铁嗓钢喉，无可匹敌。当时，对四大名旦皆有所授的"通天教主"王瑶卿，赞赏尚小云的嗓子"似龙吟虎啸，如流云遮月"。从唱法角度说，和梅、程、荀三位相比，尚小云谨守传统演唱之道，可谓古调独弹。

尚小云出科后初搭各班，以"二祭"——《祭江》《祭塔》和《玉堂春》《探母》等纯唱工剧青衣戏享名于世。而他偶尔露演的《探母》"盗令"，萧太后那段西皮慢三眼，用"节节高"的传统青衣唱法，举重若轻，酣畅淋漓，将一代英后英武睿智的气度表现得恰如其分，竟成尚派代表之作。他在拿手戏《祭塔》中的大段反二黄，满宫满调，如江河决堤，飞流直下，大气磅礴，寓妩媚于清刚，赋深情于高亢，将白素贞对法海之仇恨、对许仙之爱怨和对儿子之眷念曲曲传出，更是他的独特之处。张君秋此戏即得尚小云亲授，华丽中不失挺拔，有尚派之风，从中还可看到尚小云的影子。

和老生艺术发展轨迹非常相似，旦行艺术也经历了从刚劲向阴柔发展的路子。早期旦行传统上多扮演"贞节烈女"，唱法以阳刚为主，尤其青衣一行，其唱法不仅要求清亮娇脆，还须有阳刚喷薄之音。孙怡云、陈德霖等均以老派为准，以阳刚为胜。自胡喜禄开创阴柔一路唱法以后，经过余紫云、梅巧玲，再经过王瑶卿，终于完成柔美的格式化。阳刚唱法需天赋佳嗓，又要因时而化，否则费力不讨好，故为多数人所不为。柔美唱法，一时占尽梨园青衣春色。"天下皆知美之为美，斯恶矣。"柔美，往往以柔为要，其弊失在弱。尚小云拜师孙怡云，后向老夫子陈德霖学习，继承传统阳刚一派，可谓知难而上，而有"青衣正宗"之誉。他的发音上抗下坠，对比鲜明，注重气势，给人以纵横捭阖、拔险攻坚的刚劲之美。他虽以传统为宗，但并非抱残守缺，落伍时代。从王瑶卿的花腔革命，从比自己年长六岁的梅兰芳的无腔不新又无腔不旧，他注意到观众审美的变化，努力避免阳刚唱法的直拙，于刚健中辅以婀娜，刚而不直，柔则至柔，刚健沉雄之外，别饶妩媚之致，形成了自己的风格，契合时代，与柔美一派殊途同归。

在以柔为尚的时代，谨守传统的尚小云开辟了京剧旦行的一片新天地。四大名旦内里均不失阳刚美，刚柔结合，外在风格却有所区别，梅、程、荀三位是婉约的，尚小云则是豪放的。

魏碑书法，笔画严谨，雄强浑穆，朴厚而不失灵动。清末"集碑之大成"的张裕钊，在方正中追求圆润，他的魏碑里圆而外方，为南宫县学书写的《重修南宫县学记》是其代表作，故其书被称为"南宫碑体"。祖籍南宫的尚小云，其演唱刚健中不失婀娜，挺拔中不失妩媚，可谓方中有圆、圆中见方，与张裕钊之南宫碑书法有异曲同工之妙，书写了一段南宫文苑佳话。

尚派唱法，需天赋，嗓音不佳者不能；需功力，火候不到者往往失于刚直；需慧眼，不能鉴赏者则如对牛弹琴。当今尚派传人，如凤毛麟角；小云之音，亦似广陵绝响，良有以也。

尚小云的武

尚小云是四大名旦中武功最出众的一位。他初入三乐社科班，学的是武生。尽管时间不长就改学了旦角，但学习武生的经历使他终身受益，不仅为他打下了扎实的武功基础，而且促使他形成了文武并重、以武见长的风格，从而迥异于四大名旦中的其他三位。

尚小云的武，得益于对杨小楼的吸收与学习。他最崇拜的前辈就是杨小楼，还曾和杨小楼合演《湘江会》《长坂坡》《楚汉争》等。与一代武生宗师同班、同台的经历，使他受益颇深。他对杨小楼的学习，不是照搬，而是活学、化用。他把杨派的"盖步""颤步""趋步""搓步"等技艺，融化吸收在自己的旦角表演中，英姿飒爽的动作有杨的快中有慢，但不是武生。四大名旦的花脸合作者，刘连荣之与梅兰芳、侯喜瑞之与程砚秋、蒋少奎之与荀慧生，均为架子花脸，只有尚小云用的是武花脸范宝亭。尚小云武功之绝，由此可见一斑。

尚小云武功出众，但绝不能以武旦或刀马旦视之，他是正宗青衣。武作为一种表演手段，成为其青衣表演中一个重要的组成部分。他绝不为武而武，也从不卖弄高超的武功技艺，而是把武的精神融会贯通，使他的表演节奏紧凑，感情炽烈，让人感到火爆、矫健、激情，总给人以精神奕奕之感。这实为一种文戏武唱，是对一味站在台上抱着肚子死唱的传统青衣的超越。尚派的做工身段，如跑圆场，能越跑越圆，有前激后荡之势，起落准确，跬步不失。《御碑亭》中，表现孟月华回家途中遇雨，泥泞难行，尚小云用了三个滑步：先是前栽，表现在泥泞中快行难以站稳；接着是后仰，脚下一滑，几乎坐地；最后是失去平衡，两腿前伸，从舞台一角滑向另一角。这三步紧紧相连，被称为"尚氏三滑步"。《昭君出塞》中，云步、碎步、搓步，如水上漂浮，洒脱动人，趟马、骑马、圆场，似烈马腾空，矫健利索，很好地表现了人是佳人、马为烈马的场景。无论是孟月华，还是王昭君，都不是武将豪侠，而是温文尔雅的大家闺秀。尚小云以武的手段，将她们的性情表现得异常到位。这种火爆炽烈的表演，乃是文戏武唱。

有人评价，文戏武唱和武戏文唱不可同日而语，文戏武唱是一种噱头，武戏文唱是一种境界。文，难免温；武，易于火。不瘟不火，不偏不倚，中庸之道。尚小云先生的文戏武唱和杨小楼先生的武戏文唱，可谓异曲同工，正是一种中和唱法，体现的是一种中和之美。

从表演角度说，武，是一种手段；从表现人物说，武，形成满台英风。而从尚小云侠义的性情说，武是性情使然，武亦影响了他的性情。

尚小云的义

在包括四大名旦在内的前辈旦角名家中,尚小云是最擅演、最喜演侠义剧目的一位,《红绡》《《昆仑剑侠传》》《绿衣女侠》《虎乳飞仙传》《秦良玉》《梁红玉》《青城十九侠》等侠剧脍炙人口,他塑造的巾帼英雄成为京剧舞台上的一座丰碑。生活中的尚小云,亦如他塑造的角色,侠肝义胆,颇具燕赵之风,堪称梨园侠客,有"侠伶"之誉。

"滴水之恩,涌泉相报"。尚小云正是一个知恩图报的人,他坐科三乐社科班(后改为正乐社),七年大狱般的科班生活虽然不堪回首,但也奠定了他一代京剧大师的基础。正乐社解散后,家境萧条的班主李际良病逝,尚小云得知消息,立即派人送去数目可观的两千大洋作为丧礼。其子误解尚小云讥讽其家落魄,拒收。尚小云买了两千元的纸钱,在坟前焚化,其心方安。科班中,为他打基础的老师唐竹亭以严厉闻名,曾因其唱错一句唱腔误将他的肚子戳破,使他留下终生遇阴天便打嗝的后遗症,但尚小云没有因此对老师忌恨,而是在晚年生活穷困的唐竹亭故去后,出资为他风风光光料理了丧事。

过去的梨园行非常无情,当一个演员唱红时,鲜花掌声金钱不断,一旦人老艺衰,往往人走茶凉,以致生活困难。金少山,净行一代宗师,花脸泰斗,被誉为"十全大净",与尚小云偶有合作,当时人们以能让金少山、尚小云、谭富英合作一出《二进宫》为红氍毹上一大幸事。金少山晚年生活落魄，晚景凄凉，竟致无钱治病。尚小云得知后，不仅为他请医治病，资助其生活，在他谢世后，还为他出资处理后事。范宝亭是与他合作多年的武花脸，晚年同样生活困难。尚小云也照顾其衣食，在最后出资圆满送走了老伙伴。当时，戏班里专门跑龙套的称武行，因主要吃的是青春饭，大多经济拮据，被称为穷武行。尚小云非常热心组织、参加资助穷武行的"窝窝头会"义演活动，以便让他们吃上一顿窝窝头的热饭。这些人故去后，遇有困难者，尚小云常常出资帮助办理后事。

尚小云是一个热心肠，对穷武行和一般穷苦人不仅同情，而且非常慷慨。每当有穷人苦巴巴找上门，他不论是否认识，不问情由，必给五块钱，因此有"尚五块"的说法。当时，两块钱就可买一袋白面，五块钱就够一般家庭两个月度日之用。那时，北京有一个棺材铺，和尚小云家每年都有业务关系，到年底棺材铺就去尚家结账。原来，穷人之家凡有丧事，若无钱买棺，尽可去棺材铺赊，都记在尚小云名下。到年底仍未偿还的，尚小云统一结清。20世纪50年代，尚小云回老家南宫演出，曾为一饺子铺题字"古道热肠"，这实际就是他自己性情的写照。

因为仗义热心，尚小云二十几岁就主持梨园公会工作，三十几岁就被推选为梨园公会会长，同行曾赠送"维持同人"匾，流芳百世。历史上的河北人，大都是"慷慨悲壮之士"，古老的燕赵文化造就了世代相传的燕赵侠风。尚小云的义，正是一种燕赵风骨。

戏味

一点浩然气　千里快哉风

——尚小云的个性

尚小云的个性，不只在四大名旦中出名。在同时代的京剧大家里，他也是极具个性的一位。在三乐社科班学戏时期，因一句唱腔学不好而被老师用戒方戳破肚子的经历，不但没有使他知难而退，反而激发了他把戏学好的决心，他要强与好胜的个性那时就已经显现出来。

我几次在北京大漠书法工作室与李万春先生的弟子洪和昌老师相遇，洪老已是耄耋之年，曾在北京京剧院工作。提到尚小云先生，他说，当时尚剧团的人都很怕他，因为他的脾气大，容不得半点差错和一丝懈怠。每当晚上演出，人们在后台化妆，尚先生进去前必定要先咳嗽一声，大家闻声知道先生来了，马上在各自的位置面朝里端坐，规规矩矩地化妆，然后立刻进入戏里的状态，扮旦角的演员换鞋时必须自己找个犄角旮旯。在台上，尚先生更加讲究，人物戴的盔头上的绒球一个都不能少。尚先生的孙女尚慧敏回忆，有一次演出，应该翻硬抢背，演员偷懒翻了软抢背，戏毕，尚先生大发雷霆，让演员拧了几十个旋子以示惩罚。

在荣春社期间，尚小云一般都要亲自检查孩子们的伙食。一次，他发现孩子们吃的菜里没什么油，他以为做菜的伙夫做了手脚，当场火冒三丈，用棍子把碗碟全部掀到地上，让伙夫重做,等到新做的菜全部端上来,他检查过关后才离开。

"古之立大事者,不惟有超世之才,亦必有坚韧不拔之志。"尚小云的个性,不是凡夫的意气用事,亦非草莽的鲁莽使气。他性格刚强,倔强不服输。帮助长庆社时,华乐戏院老板想压制他,因为华乐戏院是北京当时位置、设施、观众席位等各方面条件都比较优越的剧院,他一气之下,毅然租下比华乐更大的第一舞台。第一舞台观众席位达三千,很难上满座,只有名家合作的大义务戏才在此演出,一般班社不敢在此占台。很多人为此担心。其实尚先生并不是逞一时之快地意气用事,他有自己的心计。通过对戏院进行装饰、编排新戏、加强广告宣传、将票价平民化,迅速在第一舞台打开局面。

尚小云好着急,发怒完全是对事不对人,事过之后被怒责之人常常会因祸得福。他对饮食特别讲究,家里的厨师不能按他的做法做时,他难免会发脾气。之后,厨师一般会得到一块金表或其他东西,因此往往乐于受责。尚小云先生教育学生和弟子特别严格,不许懈怠马虎,每遇学生出现差错,都以一种恨铁不成钢之心进行体罚。事后,尚先生往往会给受责学生五块钱。尚先生晚年到西安后,在陕西省戏校教课。当时,在戏校学习的朱广洁清晰记得尚先生上课总爱戴一副墨镜,让人看不见他的眼神,却感觉更加胆怯。

贯涌先生是今天仍然健在的为数不多的荣春社弟子之一,他说师傅是一个牙掉了往肚里咽、胳膊折了装在袖子中的人。创办荣春社,他先后卖掉北京的七所房产贴补办社费用,听来令人感觉非常悲壮,但尚先生从不为此皱眉。他每每快意于弟子有进步,快意于艺术有收获,视钱财为身外物。1939年春节前，他看到弟子们日渐羽丰，荣春社得到观众认可，兴之所至，陪孩子们演了封箱戏《四郎探母》的萧后，让观众大饱耳眼之福，也为京剧艺术留下了一个传世经典。

戏味　方英文 / 书

尚小云与科班

几乎每一位京剧老演员对科班学戏的经历，都有不堪回首的记忆。在旧时代，人们一般不愿让子女学戏，一方面因为戏曲演员被称为戏子，社会地位低，另一方面因为学戏太苦，有人把入科班比作蹲大狱。尚小云入科班学戏，经历了常人难以想象的苦难，堪称一部传奇。

因家贫学戏的他，开始想入喜连升（富连成）科班，被班主叶春善以骨架过大为由拒之门外。经人介绍，他随李洪春之父李春福先生在家学老生。奈何身体条件不佳，前途难料，心善的李先生把他送进了正乐社。他先习武生，一度又改花脸，最后学旦角，从1911年至1916年，坐科近六年，有痛苦，也有屈辱，有辉煌，更有收获。当时，学戏又称打戏，而教他的老师中，唐竹亭尤其严厉。一次因一句《落花园》唱腔一直学不对，唐竹亭气急之下竟将一把戒尺戳进小云的小腹，甚至带出了肠子，住院一月方愈，留下了终身遇阴天便打嗝的后遗症。而与其同入正乐社的三弟尚德福，却没有这么幸运，在即将出科时被老师打死。坐科的磨难，没有挫败尚小云之志，反而使他练功更加刻苦，实现了科里红，与荀慧生、赵桐珊（芙蓉草）共同被誉为"正乐三杰"。他14岁时与72岁的前辈老生名家孙菊仙合演《三娘教子》，一时更为喧腾人口，声名鹊起。当年末，他还被北京《国华报》评为第一童伶。到出科时，他已在京城梨园行崭露头角。

富连成是京剧史上极具影响的一个科班，尚小云却并未因幼年没能进入该科班而断了和富连成的缘分。1935年，富连成"盛"字科学生毕业出科，离社到上海去演出，班主叶春善在济南突患重病，而"世"字科学生还小，艺术不成熟，无法撑起富连成演出台面，严重影响到科班对外演出的上座和收入，使富连成一度举步维艰，陷入困境。此时，已成为四大名旦之一、如日中天的尚小云主动伸出援手，为富连成学生说戏传艺，以解富连成燃眉之急。他把自己的拿手好戏倾囊相授，先后给李世芳、袁世海排演了《霸王别姬》《昆仑剑侠传》，为毛世来传授了《娟娟》。他还专门请自己的好友、大作家还珠楼主为叶盛章编演了《酒丐》，成为叶派武丑的代表作。尚小云的夫人王蕊芳，晚年依稀记得当时晚上散戏后，他把叶盛兰叫到家里，教其《秦良玉》的情景。尚小云之举，如雪中送炭，一下扭转了富连成的困难局面，使其转危为安，而且极大地促进了李世芳、毛世来和袁世海等人艺术的进步与成熟。对所做的这一切，尚小云分文未取。

陈富康创办的长庆社是一个小科班，缺少资金，无法演戏，面临解散。尚小云得知后，借给科班行头，让孩子们使用，还把长子尚长春送到长庆社，和那些孩子共同学戏。他带着张君秋，亲自参加该班演出，帮长庆社壮大声威，提高上座率，增加收入。这不仅挽救了长庆社，更挽救了那些孩子。后来，他创办荣春社后，把那些孩子转入荣春社，并逐步把他们培养为京剧舞台上的中坚力量。

荣春社更是凝聚了尚小云半生心血、满腔热情的科班。方荣翔、杨荣环、马长礼和尚长春、尚长麟、尚长荣，这些家喻户晓的京剧艺术家都毕业于荣春社科班。这个科班是和富连成、中华戏曲专科学校等一样名垂京剧史的著名科班。1937年尚小云创办这个科班，正值日本全面侵华时期，经济萧条，民生凋敝，演出业困难，未逢其时。于是，他把自己的家腾出来作为科班的校舍和宿舍。本来他没必要办这个科班，尤其无须扩大规模，但面对京剧艺术后继乏人，面对渴望能吃上戏饭的穷苦孩子，他不忍心，便倾其家财，苦撑办班。创办荣春社，他不仅没赚到钱，而且几乎倾家荡产。据梅兰芳先生的秘书许姬传回忆，为了荣春社的生存，尚小云卖掉了北京的七处房产和一部汽车！他硬挺支撑，艰难办班，还不断收纳因困难而解散的各大科班学生。有一百多人的文林社，无戏可演，无钱吃饭，被困温州，他给寄去路费川资，接回天津之后全部收入荣春社，其中有田荣芬、顾荣长、刘雪春、王斌春等。著名的富连成和中华戏曲专科学校解散后，他又将无处学戏的学生收入荣春社。志新诚社、稽古社等科班解散后，也有学生转入荣春社。著名花脸景荣庆先生，原来就在中华戏曲专科学校学戏，名景永成，转到荣春社后，入荣字科，改名荣庆。风雨飘摇之际，荣春社维持了12年，散尽全部家财之后，荣春社被迫解散。本在北京有众多房产的尚小云最后在北京无房居住，租住在长安戏院老板杨守一的家中。荣春社创办之初，尚小云对入社学戏的学生约法三章：一不立卖身契，二要学习文化，三要保证入有所获、学有所成，开科班新风之先。他因材施教，一视同仁，不仅注重对尖子生和角儿的培养，对一般学生也积极培养，使其一专多能。荣春社共培养学生590名，除极少数改行外，绝大部分在梨园行吃上了戏饭，有的是舞台上的大角儿，有的成为戏校和剧团教戏先生。新中国成立后，很多包括地方戏在内的院团，都有荣春社的学生，或演出，或教戏，为以京剧为主的戏曲繁荣与发展做出了巨大贡献。

尚小云的科班情表现出他对京剧传承的重视，他终其一生都在为京剧和地方戏的薪火相传而努力。新中国成立后，取消了旧式科班，培养戏曲人才的机构被称为戏曲学校。1959年到西安不久，他即被聘任为陕西省戏曲学校的艺术总指导。那段时间，他几乎天天泡在戏校，为学生们说戏。1961年、1962年、1963年，他先后三次集体收徒125人，除了京剧演员外，还有很多地方戏演员，如秦腔演员马蓝鱼、碗碗腔演员温喜爱、蒲剧演员任跟心、晋剧演员田桂兰和王爱爱、豫剧演员牛淑贤和胡小凤等。尚小云逝世五周年时，尚夫人王蕊芳回忆说："小云生前曾有一番雄心壮志，要再搞几个戏，再育一批人才，可惜均成未竟之业。"

写意尚小云

燕赵悲歌唱响长安古韵，
三秦热血浸染太行雄风。
九龙口塑多少巾帼英雄，
四击头亮无尽自信从容。
引吭高歌入云，
云手气贯长虹。
不屑蝇营狗苟，
论心五岳为轻，
男儿襟怀化作烈女绕指柔情。
千金散尽，
尽欢人生，
荣春长喜，
菊苑长青。
绮霞满天，
清歌行云，
声声绕长空。

荣春社与南宫

提到尚小云,就不能不提到他创办的荣春社科班。从 1936 年为长子尚长春学戏练功招收"三十六友",拟意成立荣春社,到 1938 年 3 月 16 日,荣春社科班在北平中和戏院正式宣告成立,直至 1948 年解散,荣春十二载,耗资巨万,使尚小云倾家荡产。当时正是国家危难、经济凋敝之时,为维持科班生存,尚小云不惜卖掉北京的七所房产、美国产道奇牌汽车、个人珍藏的名人书画和夫人王蕊芳的首饰等,人谓之"毁家办学",却培养了"荣春""长喜"两科 590 名学生,方荣翔、景荣庆、李荣威、杨荣环、张荣培、周仲春、马长礼、李喜鸿等和尚长春、尚长麟、尚长荣均为梨园中坚。尚小云的荣春社,为京剧薪火相传做出了卓越贡献。

尚小云是南宫人,荣春社与南宫有着不解之缘。1939 年 2 月 14 日(农历腊月二十六),演荣春社的年底封箱戏。为答谢观众对荣春社的支持,尚小云陪着学生们演出了《四郎探母》,他一时兴起,扮演二路应工的萧太后,不仅留下了一段梨园佳话,而且他扮演的萧太后有一种特殊的范儿,从此尚派剧目多了一出《盗令》,后来很多演《盗令》的演员宗尚小云路子。当时,扮演二国舅的郭荣相就是南宫常寨村人。郭氏兄弟三人,皆学京剧,颇具影响。郭和勇,为中华戏曲专科学校"和"字班学生,工老生;郭荣相,是荣春社的早期弟子,

"三十六友"之一，工文丑；其弟郭荣江，亦为荣春社"荣"字科弟子，工花脸。

在荣春社"荣"字科中，还有一位南宫人——顾荣长。他和尚先生一样，祖籍南宫，他的父亲是享誉一时的河北梆子名旦"玻璃脆"顾仁杰。顾荣长原在文林社坐科，文林社解散后，转入荣春社，习武净。新中国成立后，他辗转佳木斯、北京、西藏、呼和浩特等地京剧院团；1963年，到西安投奔师父尚小云，加盟陕西省京剧院。当时同在陕西省京剧院追随尚小云先生的著名琴师王君笙回忆，顾荣长个头不高，摔打花脸，功夫非常好，《打焦赞》尤其精彩。

郭荣相与郭荣江两兄弟，一度返乡生活，为家乡南宫京剧的普及与发展做出了巨大贡献。郭荣江于20世纪50年代回乡，在孙村以屠户为业，经常向乡亲传艺，因之组建了孙村京剧团。该团能戏甚多，在王道寨等周边乡村影响巨大，是当时南宫业余剧团中较著名者。今天，南宫孙村、王道寨一带的大部分老年戏迷和爱好者正是受当时孙村京剧团的影响而迷上了京剧。郭荣江后到南京戏校任教，对江苏京剧人才培养贡献很大。2015年1月7日，尚长荣老师来南宫参加尚小云纪念馆开馆仪式，提及郭荣江，他说前几年每到南京，总要与郭荣江等荣春社弟子见面、小聚。

荣春社与南宫之缘，不仅因尚小云先生和几个荣春社弟子是南宫人，南宫京剧发展在很大程度上也得益于荣春社的弟子。20世纪七八十年代，南宫曾建有专业京剧团，以演现代戏为主，在冀南一带享誉一时。演员们虽非科班出身，因有名师指导，演出颇具水准。此时，郭荣相回到南宫，任南宫京剧团艺术指导兼教师。他不仅是一代名丑，而且会戏多，很多"戏通"总讲,他是一位难得的好老师。董振庄、张冬菊等都曾向郭荣相学戏,他们至今还清晰记得郭先生教导他们要苦练基本功,对郭先生带领他们到济南拜访同为荣春社弟子的方荣翔时的情景记忆犹新。郭荣相为他们排演了《凤还巢》《望江亭》等大戏,不仅为他们说戏,还亲自粉墨登场,郭先生扮演朱千岁和杨衙内,大角风范,精彩至极,满台生辉,给他们和广大观众留下了深刻的印象。南宫京剧团改为河北梆子团后,郭荣相到河北艺校任教。

提及南宫京剧团,不能忘记的还有一位荣春社弟子崔荣英。1972年下半年,荣春社弟子崔荣英等到邢台艺校任教。崔荣英,工旦角,是尚小云和筱翠花的弟子。为提高南宫京剧团演出整体水平,南宫京剧团安排李秋景等演员向崔荣英和郭景春等名家学习了《红灯记》《沙家浜》《智取威虎山》等现代戏。有名师指点,演员们表演水平得到提高,唱念做打基本功得到夯实,受益很大。

正如荣春社虽然已成为历史,却如同一座丰碑,在当代梨园依然闪耀着夺目的光辉一样,辉煌一时的南宫京剧团已成为昨日,但曾受荣春社弟子指导的南宫京剧团为南宫文化书写了精彩的一笔,更为南宫京剧团留下了一批人才。今天,南宫京剧团的许多演员仍然活跃于舞台,演出于城乡,为繁荣、发展南宫京剧,弘扬国粹艺术,活跃广大群众精神文化生活发挥着重要作用。

《中国京剧尚派精品剧目集成》后记

《中国京剧尚派精品剧目集成》终于面世了！

流派剧目与表演艺术相表里。一个流派之形成，在于其形成了独特的表演艺术体系。其唱、念、做、打的独特技艺和歌舞、音乐、服饰、舞台的形式之美存活于剧目中，或为其流派独有之剧目，或为大路剧目，但有自己的鲜明表演特色。流派传承，在于包括技艺与形式的色、相、声、味之薪火相传；色、相、声、味之相传，离不开流派剧目的学习与继承。尚派艺术，博大精深，其"文武兼备、刚健婀娜"的艺术特色为人津津乐道。今天，京剧舞台上，每每演出尚派剧目，却往往昭君刚刚出塞，却又失子惊疯，其剧目之单调，让人难窥尚派全貌，甚至对尚派艺术产生误解。

尚派剧目非常丰富。尚小云先生是一位在继承中创新的京剧大师，骨子老戏《祭塔》《祭江》《玉堂春》等堪为圭臬，其首次赴沪演出，打炮戏即是骨子老戏《宇宙锋》《玉堂春》《彩楼配》。在对这些骨子老戏的演出实践中，他打磨出自己的特色与烙印，有些剧目更逐渐成为其尚门独演剧目，如《乾坤福寿镜》《汉明妃》。在四大名旦中，他又是编演新剧目较多的一位，早在1923年，他就和杨小楼编演了《楚汉争》，1924年编演的剧目《摩登伽女》开京剧演出外国题材之先河，使之在1927年的"五大名伶新剧评选"中夺魁。中华人民共和国成立后他是第一位编演新剧目者,《墨黛》寄托着他对新中国新社会的热情,1959年又以60岁高龄编演了《双阳公主》,向中华人民共和国成立十周年献礼,成为他晚年的代表剧目。尚先生共编演新剧目50多部,这些新编戏和他边演出、边加工、边提高而逐渐展现鲜明尚派特色的传统剧目,构成尚派艺术的剧目宝库,凝结着尚小云先生对京剧发展的思考,积淀着他对旦角表演技艺探索的结晶,引领着尚派表演艺术的规范,是后人学之不尽、用之不竭的丰厚财富。传承尚派,学习、搬演这些剧目异常重要。随着尚派传人老成凋谢,众多尚派剧目面临失传危险。

《中国京剧尚派精品剧目集成》的编辑与出版,对尚派传承堪称及时雨,异常珍贵。这不是一般意义上的剧本集,它完整记录了这些剧目尚派唱、念、做、打表演的规范和服饰、舞台等形式的要求,对每出剧目的源流、特色、价值进行了考证、梳理、总结,是学习尚派剧目和尚派艺术的范本,具有很强的学习指导性和演出操作性,更具有学术的严谨性,对于流派剧目整理亦有借鉴性。

有人以一团火比喻尚派艺术,翁偶虹先生则以"爽秀明快、豪放热情"总结尚派艺术。艺如其人,尚小云先生待人也如一团火,其为人也可以此八字概括。尚派之魂,不是铁嗓钢喉,不是武功绝伦,不在文武兼备,乃是一团火的精神。尚先生对艺术的敬畏,对师长的尊崇,对同道的侠义,对弟子的无私挚爱,对观众的认真负责,正是一股如火热流挥洒梨园内外,横贯天地人间,是一团重道、守道、传道、殉道的艺术人生之火在燃烧。传承尚派艺术,学习尚派技艺,演出尚派剧目,固然重要,更需学习尚小云先生一团火的精神。

《中国京剧尚派精品剧目集成》，就是尚派一团火精神传承的结晶。主要整理者是几位"80后、90后"，他们是82岁的京胡演奏家王君笙先生，86岁的小生名家王筠蘅先生，90岁高龄的尚派弟子王君青先生，81岁的高级工程师哈鸿儒先生。他们或曾与尚先生同台，或得尚先生亲传，或对尚先生有一定研究，满怀对尚先生的崇敬之情，秉承尚先生为祖师爷传道的精神，是尚先生一团火精神的接力者。正是传承尚派、弘扬国粹的一团火，激励着他们淡泊名利，心无旁骛，默默奉献，以耄耋之年、鲐背之龄整理了这套集成。谨向他们致敬！

　　正如京剧讲究一棵菜精神，《中国京剧尚派精品剧目集成》得到了陕西省委宣传部和陕西省文化厅的大力支持，是各级领导与各界人士共同努力的结果，谨向所有关心、支持与为此书出版做出工作、付出汗水的人们致谢！

　　这是《中国京剧尚派精品剧目集成》的第一辑，以后各辑将陆续出版。由于很多剧目久不见于舞台，缺少音像资料，整理者深知，工作还有不足，恳请大家批评指正，以便在今后的编辑、整理中改进。

　　孔子删述六经，垂宪后世。李白："我志在删述，垂辉映千春。"随着岁月流逝，《中国京剧尚派精品剧目集成》的价值和意义必将越来越明显。

周哲辉　敬记
于2018年9月10日第34个教师节

［《中国京剧尚派精品剧目集成》（第一辑、第二辑）已由陕西新华出版传媒集团三秦出版社出版］

寻找尚小云

——电视纪录片《京剧大师尚小云》摄制的前前后后

缘 起

在我的心中一直有一个结,就是拍摄一部反映尚小云先生艺术人生的片子,拍一个真实的尚小云。

我从中学时代喜欢京剧,皮黄情缘半生,我对每一位京剧大师都极仰慕,尤其四大名旦之一的京剧大师尚小云。他是南宫尚家庄人,我老家的村子与尚家庄仅二里之遥,在对尚小云艺术敬慕的同时,我又多了一份家乡人的自豪。家乡曾广为流传着一句"砸了锅,卖了盆,也要看看尚小云"的俗语,既有家乡人对京剧名角的追捧,也有对家乡能出此梨园巨擘的骄傲。我没有赶上为看场戏需要砸锅卖盆的年代,却也有同样的心情。我生也晚,未能亲睹大师的风采,对他的了解主要来源于其传记等文字资料。文字资料对了解一个历史人物不可或缺,但文字有一层隔阂,文字往往带上整理者个人的主观感受和观点,且他们未必接触过真实的尚小云,依据的往往也是间接材料,他们所写所记便未必是真实的尚小云,起码不是全面的尚小云。为此,我常引以为憾,真实的尚小云是个什么样子?真实的尚小云是一个什么样的人?去哪里寻找真实的尚小云?

2013年底，我调任文化部门工作后，感到尚小云是南宫文化的一张重要名片，将这张名片叫响叫亮，职责所在，义不容辞。2014年4月29日，南宫组织举办了尚德南宫——纪念尚小云先生诞辰114周年演唱会，这是由尚小云先生家乡首次举办纪念尚小云先生的活动，中国京剧艺术网和众多艺术家给予了大力支持，京胡大师迟彦春亲自登台演奏，曾受教于尚小云之荣春社弟子李荣威的影视演员陈征演唱了尚长荣代表作《廉吏于成龙》，著名编剧李冬青客串主持。这些艺术家参加演出，不是商演模式，都是抱着弘扬尚小云艺术拳拳之心的公益助阵。我一直非常遗憾，四大名旦中，梅兰芳、程砚秋、荀慧生都有反映其艺术人生的影视作品，唯独尚小云没有！通过举办这场纪尚活动，我愈来愈感到尚小云影响的巨大，更加坚定了为尚小云拍片的信念。

就在这一年夏，邢台市文联组织首届文艺精品扶持项目申报，我将拍摄电视纪录片尚小云的选题报上了。在评选时，选题得到时任文联主席、著名作家贾兴安和各位评委的一致支持，全票通过。这无疑是对我极大的鼓励，我想一定要把这部片子做好，做成精品。

当时，正值全国组织党的群众路线教育实践活动，时任河北省委驻邢台督导组长张国钧到南宫调研。他对京剧、诗词、书画等优秀传统文化有很深造诣，提到尚小云，他说尚小云不仅是一位京剧艺术家，也是一位坚持群众路线的艺术大师，中华人民共和国成立后他八年基层巡演，就是默默实践群众路线的体现。我向他汇报，我们正在筹备拍摄电视纪录片尚小云，他当即表示大力支持，尚小云不仅是南宫文化、邢台文化的代表，也是河北文化的骄傲。后来，在他的推动下，该片由河北省政府参事室、河北省文史研究馆、河北省剧协、邢台市委宣传部、邢台市文联与南宫市委、市政府联合制作，片子摄制规格一下提高到省级的高度，使得该片摄制一路顺风。

对重大事件，中国人讲究逢五逢十这样的整数之年组织大的纪念活动。2015年，正是尚小云先生诞辰115周年，我们利用南宫百年建筑——天津英美烟草公司南宫华兴公经销处的闲置一楼建立了尚小云纪念馆。1月7日是尚先生诞辰之日，我们组织了开馆仪式，作为南宫纪念尚小云先生诞辰115周年系列活动的开幕。尚小云先生三子、时任中国剧协主席、京剧名家尚长荣老师于百忙中专程莅临南宫参加了活动。当我们向他汇报，准备拍摄电视纪录片尚小云时，他非常高兴，感谢家乡厚爱，愿尽支持之力。

尚长荣老师的支持，是对我们巨大的鼓励，让我们顺利开启了摄制工作。当年，我们辗转京沪等地进行采访，举办开机仪式，用摄制的实际行动向尚小云先生诞辰115周年献上心香一瓣。

摄制前：理理尚小云那些事儿

拍摄纪录片，切忌平铺直叙，结构和叙述方式需契合现代人审美和欣赏习惯。尚小云作为中国京剧艺术中后期发展的重要参与者和见证人，作为现代京剧发展的重要代表人物，尚小云经历了清末、民国和中华人民共和国三个不同历史时期，一生阅历丰富。他开创的尚派艺术博大精深，代表了京剧艺术鼎盛时期的辉煌，在他的身上体现着中华传统文化自强不息、厚德载物的精气神，他的艺术人生就是一座丰厚的宝藏。拍摄他的纪录片如何建构,怎样选材,这是首要的问题。

经过反复考虑,我们确定采用纵横交错、艺术人生浑然一体的三维开放式结构,时空交错,从复合视点将尚小云先生的艺术人生分为人生经历、艺术风采、人格魅力、薪火精神四个板块。每个板块为一集,不同的板块之间形成内在的联系,通过灵活运用疏密详略繁简之法,有张有弛,疏密相间,做到人生叙事和尚派艺术展示相结合、实景展现和历史图片相结合、现场采访和主持人叙述相结合,实现活泼多姿、波澜起伏的审美意义,使观众在紧凑、变化中了解尚小云先生波澜壮阔的一生,认识其高洁人品,领略尚派艺术魅力。根据上述总体思路,我们决定整部片子分为四集:

第一集《鼎盛春秋》。尚小云出身名门,家道没落,生逢乱世,经历坎坷,饱经沧桑,刚强不屈,百折不挠,终成一代宗师。第一集通过拍摄科班学戏、正乐三杰、童伶大王、搭班演戏、九下江南、自组班社、创排新戏、名列四大名旦、喜获新生、八年巡演、支援大西北等重大人生节点,让观众从尚小云充满传奇的人生经历中,体味一代大师刚健有为、顽强拼搏的人生精气神和不畏艰难、矢志不渝的敬业精神。

第二集《光艳惊绝》。1928年6月,上海《戏剧月刊》发起"四大名旦"征文,人们褒扬:"梅兰芳如兰花,高雅之洁;尚小云如芙蓉,光艳惊绝;程砚秋如菊花,耐霜斗雪;荀慧生如牡丹,占尽春光。"本集侧重介绍尚小云先生光艳惊绝的艺术特点和独特风格。他文武兼擅,昆乱不挡,无论青衣、花旦,还是刀马旦、武旦,均能胜任愉快。其文戏被誉为"青衣正宗",武戏基本功扎实,享有极高声誉,特别是他推崇、力行文戏武唱,开创了京剧旦行表演的新天地。本集通过展示他的代表剧目《乾坤福寿镜》《汉明妃》和经典剧目《御碑亭》《玉堂春》《金山寺》等，让观众全面认识、了解尚派艺术风貌。

第三集《高山景行》。尚小云先生为人豁达大度，重义轻财，乐善好施，以救人之急、济人之危为人生之乐，有燕赵之风。无论对贫苦百姓还是处于危难中的同业，都热情相助，不计得失。本集重点从义助富连成、提携张君秋、帮助周信芳、义葬金少山、尚五块等感人故事中，让人感受到尚小云侠肝义胆的人格魅力和厚德载物的人生境界。

第四集《桃李芳菲》。创办荣春社是尚小云艺术人生重要的一笔。他不惜卖掉北平七所房产、美国产道奇牌汽车和夫人王蕊芳的首饰，耗资巨万，于国家危难、经济凋敝之时，毁家办学，培养了方荣翔、杨荣环、周仲春、马长礼、李喜鸿、尚长春、尚长麟、尚长荣和"荣春""长喜"两科590名学生，为京剧薪火相传做出了卓越贡献。尚小云学生遍天下，一生收徒216人，"四小名旦"之张君秋、李世芳、毛世来等都曾从小云授业。1959年他到西北后，无私向地方戏演员传艺，促进了西北地区地方戏曲艺术的繁荣和发展。本集介绍他的传承之功。

采访中：感悟尚小云如火之魂

2015年8月，我和摄制组一行5人来到上海，采访尚长荣老师，拉开了摄制的序幕。我们先后在上海采访了尚长荣和京剧理论家张伟品，到北京采访了荣春社弟子贯涌、尚小云长孙女尚慧敏、京剧名家张建国；在石家庄采访了陕西省尚小云艺术研究会常务副会长，曾为尚小云、尚长荣、尚大元尚门三代操琴、伴奏的著名琴师王君笙，尚小云先生弟子朱广洁、栾广平，尚派再传弟子、京剧名家李莉；赴西安采访了尚小云先生长孙尚继春，尚小云先生早年弟子、京剧名家王紫苓，尚派弟子王君青、周百穗，尚小云弟子、秦腔名家马蓝鱼，尚派再传弟子张艳玲、鞠小苏。这些尚派弟子大都直接跟尚小云学戏、合作，对尚小云的台上台下比较了解，说起尚小云先生，他们情真意切，在他们身上似乎看到了尚小云的影子。

我们的采访正值先生诞辰115周年，我们在河北南宫、石家庄分别组织了纪念活动，尚慧敏老师在北京搞了纪尚演唱会，陕西方面则在西安举办了活动。我们的采访大都利用这样的机会，人员集中，省时高效，而且更便于了解尚派的台上台下。每一次活动与采访，对于我都是一种感动。这些尚派弟子大都八旬左右，然而，每次活动都不顾路途辛苦，不计报酬，积极参加。2015年11月，我在石家庄组织纪念尚小云先生诞辰115周年系列活动，首先是电视纪录片《京剧大师尚小云》的开机仪式，还包括全国名家名票演唱会、纪念尚小云诞辰115周年海内外楹联大赛颁奖仪式与楹联大赛优秀作品南宫碑体书法展等。80岁高龄的尚门三代琴师王君笙坐了一夜火车从西秦古都赶到冀中石门，他不仅提前周密安排接受采访的人员，组织西安20人的队伍参加活动，而且亲自登台操琴。当时，已是初冬，冬雨连绵，异常寒冷。我们参加活动的人却感到一种温暖，这种温暖来源于王君笙、李莉、尚慧敏这些尚门、尚派老艺术家的身上的一团火。这团火燃烧自己，点燃激情，照亮舞台，温暖人心，使人内心澎湃，令人感动。这团火不是一般意义上的敬业，而是发自内心，贯通台上台下的生命的热流。很多人评价尚派像一团火，这团火不只是台上的文戏武唱、火爆热烈，台下也有一团火。尚小云先生传承的不仅是技艺层面的尚派艺术，也是中华优秀传统文化薪火相传的一团火，这团火是尚派的精髓所在。尚派弟子、著名导演周丽斌参加完尚长荣表演艺术培训班后激动地告诉我，长荣太像师父了，他的身上也有一团火！不愿称尚派花脸的尚长荣说，如果一定要说自己是哪一派，那是尚小云派。

2016年1月，已是寒冬腊月。陕西省按照尚小云先生的传统农历生日组织纪尚诞辰115周年活动。尚门弟子、传人和有关艺术家悉数参加，我们摄制组和中央电视台《百年巨匠尚小云》摄制组两个尚小云纪录片摄制组不谋而合，齐至西安采访。那次，我还接受了央视那个摄制组的采访。王紫苓，天津"四大名旦"之一，20世纪40年代曾拜尚小云先生为师，在尚先生家学戏半年多，对尚小云艺术和为人有深入了解。尽管已84岁高龄，由她的弟弟陪同来到西安，用那句尚派弟子常说的话就是："师父的事必须参加！"她在接受采访时回忆师父，声情并茂，令人如临其境。陕西的那场纪尚活动有一个研讨会上午举办，参会人员从四方到齐，已是十点，会议时间有限，主办方仅从各方面找了几个代表发言，没有安排王（紫苓）老。会毕，到酒店吃饭，一进餐厅，王老拉着我的手泪流满面说："为什么不让我说几句呢，我太想念师父了，师父人太好了，他有一颗水晶心呢！"有人说尚小云脾气大，其实那是恨铁不成钢，爱憎分明，对事不对人。这句水晶心，道出尚小云先生为人的真诚、直爽、性情和不善心机，其实他的这颗水晶心也传给了他的弟子们，王老不正是如此么？不然，她也不会在大庭广众有如此真情流露。

几个月断断续续的采访，王君笙、王君青、王紫苓这些尚门弟子、"姓尚"的老艺术家之言谈话语，真情流露，让我感受到一个真实的尚小云逐渐在心中清晰起来，高大起来。那时我正在创作尚小云剧本，于是我写下了这样一段《梨园魂》的唱词：

英烈女儿美，
热血男儿身。
慷慨大度真君子，
侠肝义胆梨园魂。
热情一团火，
玉壶水晶心。
无私无欲有傲骨，
梨园赤子尚小云！

2017年底，正在筹备尚小云大剧院的建设，我对尚小云先生的感慨意犹未尽，又创作了戏歌《大写尚小云》：

舞台上光艳惊绝一代名旦，
挺拔秀丽仪态翩翩。
天赋歌喉演绎唱腔婉转，
身段婀娜透着洒脱刚健。
窈窕倩影烈女风范，
巾帼雄风气概卓然。
刚柔兼怀琴心剑胆，
红氍毹上女子也可立地顶天！
舞台下热血慷慨铮铮铁汉，
正直豪爽心诚志坚。

乐善好施传佳话众人称赞，
毁家办学殉道义薪火相传。
淡泊名利心无羁绊，
超然物外天性自然。
唱好人生的一板一眼，
梨园史册树丰碑义薄云天！
戏里与戏外，方丈乾坤间。
人生路坎坷，舞台多斑斓。
英贞杰烈百花艳，
男儿本色昆仑肩。
赤子冰心无遮掩，
潇洒率真任评言。
人生如戏看你怎么演，
写好一个大大的"人"字天地宽！

2018年1月7日，尚小云先生诞辰118周年之际，南宫市组织尚小云大剧院奠基暨尚德南宫——纪念尚小云先生诞辰118周年活动，这首戏歌由著名影视艺术家陈征老师和京剧余派名家陶荣生先生首唱，为当时活动的演唱会画上了圆满的句号。举办这场活动时，正是隆冬时节，寒风凛冽，还飘了几朵雪花，尚派那团火再次燃烧，温暖了现场的每个人。90岁高龄的尚小云弟子王（君青）老带着师父那团火，带着"别说下雪，就是下刀子也来"的决绝，从古都西安，燃烧千里，中转邢台，来到南宫，来到活动现场，向尊敬的师父表达一份由衷的敬意。

出版后：一个真实的尚小云得到认可

片子采访很顺利，完成后期制作后，方圆电子音像出版社以弘扬优秀传统文化的耿耿情怀，予以出版。

2019年8月21日至25日，北京顺义中国国际展览中心新馆，第26届国际图书博览会吸引了来自95个国家和地区的2600多家出版社和书商参加，盛况空前。22日，博览会开幕的第二天，方圆电子音像出版社组织的《京剧大师尚小云》光盘发行仪式讲述中国故事、传播中国声音、展现中国形象，成为当时博览会的一大亮点，在世界文化的传播平台上，更多的人、更多的读者开始了解一个真实的京剧大师尚小云。

2019年10月26日，河北省第七届惠民阅读周暨2019惠民书市隆重开幕，《京剧大师尚小云》推广活动热闹非常。推广仪式结束后，众多读者围在纪录片的主创人员身边，在纷纷请他们签字留念的同时，留下了对一个真实的京剧大师尚小云之崇敬。

2019年12月，河北省第十三届精神文明"五个一"工程奖揭晓，四集电视纪录片《京剧大师尚小云》榜上有名，一个真实的尚小云终于得到了大家的认可！

余味悠长

——听余叔岩的十八张半

味,为我们所讲究。从生活到艺术,从人生到文化,我们常津津乐道于其中之味。中国传统文化尤其注重味,书画、诗词、戏剧,以韵味浓郁者为上品。味中有道,遂有味道之说,品味悟道之意。

京剧讲究韵味,在老生各流派中,以韵味醇厚著称者,当首推余叔岩。他确立了老生演唱的标准和法则,堪称生行圭臬,被翁偶虹先生誉为京剧老生的第二座里程碑。其祖父余三胜首开韵味派先河,老师谭鑫培树起韵味派的大旗,余叔岩则在继承乃祖和老师的基础上,精研细磨,使老生演唱发声进一步科学、音韵进一步规范、唱腔进一步精致、境界进一步提升,集韵味之大成。

余叔岩先生爱惜羽毛,遗音不多,艺术成熟以后,从1925年至1940年,仅分别在百代、高亭、长城、国乐四家公司录制了三十七面唱片,即现在社会上所称的余叔岩十八张半。世纪转换,百年风云散尽;尘埃落定,沧海又桑田,山高复水长,这十八张半却如穿越历史时空的一轮明月,越加明亮。"高高秋月照长城""何处春江无月明?"又似陈年的美酒,散发出无尽的香气,久久飘浮在空中。聆听十八张半,如饮醇醪,如沐春风,令人回味无穷。

十八张半,是茶。流华净肌骨,疏瀹涤心原。茶贵于清,要在于品。一杯淡淡的清茶,一缕袅袅的清香,可以品出无限的意味和无尽的人生。余叔岩之声韵,清刚俊雅,爽朗脱俗,不求新求异而自不寻常,以没有特点为最大之特点;不求廉价掌声,哗众而取宠;不慕一时之荣,急功而近利。清逸至极,似没有沾染一丝人间烟火之气,正如一杯清茶,当你静心细品时,自可闻风而悦,方能渐悟其美、渐会其妙,体味两腋习习清风生的佳境。

十八张半,是诗。美妙的余音,含蓄蕴藉,空灵飘逸,如月照松林,鸟鸣春涧,水流石上。听余,就如读王维的诗:"空山不见人,但闻人语响。"二者一样神超旨远。余叔岩之演唱,以工稳精细而不露痕迹著称,恰似杜甫妙手天成之绝句:"两个黄鹂鸣翠柳,一行白鹭上青天。窗含西岭千秋雪,门泊东吴万里船。"寻常语,自然声,对仗工整,平仄协律,和余叔岩十八张半的唱腔一样工而不琢,圆而不流。"穷年忧黎元,叹息肠内热""致君尧舜上,再使风俗淳",工整自然的杜诗里始终充盈着一种浓烈的忧患意识和天下情怀,余叔岩塑造的多为孔孟之徒、仁义之士,其韵味醇厚的清歌中别有一种悲天悯人的苍凉意味,这种天道人生的况味与诗圣的忧患意识可谓一脉相承。

十八张半,是道。"夫体道者,天下之君子所系焉。"余叔岩未必有意体道,却与道不谋而合。坎坷的艺术经历,积极的人生态度,呈现出天道刚健的精神。"中也者,天下之大本也;和也者,天下之达道也。致中和,天地位焉,万物育焉。"余叔岩的艺术牢牢把握住一个"中"字,用中锋嗓,使提溜劲,不偏不倚,不沉不浮,不黏不滞,四平八稳,由中而和,恰到好处,余派艺术呈现出一幅中和之貌。唇齿舌喉,开启撮合,平上去入，阴阳清浊，这些演唱法则、技巧，纯熟之至，道法自然，任由心生，绝无造作，举重若轻，游刃有余，得之于心而应之于口，自然天成而不露雕痕。《庄子·齐物论》中，南郭子綦告诉颜成子游："女闻人籁而未闻地籁，女闻地籁而未闻天籁夫！"余叔岩之十八张半，金声玉振，其高超的演唱技巧是"众窍比竹"的"地籁人籁"，而其无限的韵味正是清和玄远的天籁。这天籁之声，来源于可以触摸的地籁人籁，而又超脱于地籁人籁，"独与天地精神往来"，堪称大美至乐。

书法有兰亭，促进了行书技艺的普及提高和整体发展；京剧有十八张半，则推进了老生演唱艺术的规范与发展。余叔岩十八张半，代表了京剧老生演唱法则的标准和规矩，既是学京剧老生者入门的基础，更为提高老生演唱水平的范本，常听常新。余叔岩之后，老生行"无腔不熏余"局面的形成自有道理。

艺术的灵魂是精神，而艺术精神的根源之地在人的心灵世界，即所谓"灵府"。循此轨迹透视，余音十八张半更是一种文化，余叔岩已进入精神自由之境，需要我们好好品味，细细咀嚼。

经典的魅力

经典,是人类永恒精神的伊甸园。不管处于何时,无论身居何地,欣赏经典,都能引发人心灵的共鸣,让人穿越时光隧道,和古人会心的微笑。飞越空间距离,与远方的朋友牵手,传递心灵的感应,欣喜地发出"海内存知己,天涯若比邻"的浩叹。

前不见古人,后不见来者。
念天地之悠悠,独怆然而涕下!

当我们吟诵起这苍凉的诗句时,有几个人会想到,这是身怀报国宏愿的陈子昂。在契丹进犯大唐、他向主将武攸宜献退兵良谋不纳而苦闷难遣时,他登上古幽州台,发出的不能济世报国的感慨。读这首诗,我们往往会产生一种宇宙茫茫、人生孤独的寂寞与苍凉,这是人类感叹天道人生的永恒情感,早已超出诗人当时的情境。

欣赏经典的过程,也是体会善与美的过程。人之初,性本善。无论性格粗犷豪放,还是温和内向,在人性的深层,人们对善大都有一种本能的倾向。爱美之心,人皆有之。不管富贵还是贫穷,人们对美都有向往喜爱之情。这种对善与美的倾向,深藏在人的潜意识内,虽会偶尔自发流露于形,然更多的是需要开发挖掘、陶冶提炼、不断培养,才能得以升华提高,转化为我们把握人生、享受生活、创造世界的动力源泉。

经典，宛如从天空飘落的美丽天鹅之羽毛，能够撩拨起掩藏在人心底最深处的那根美与善的神经线，让人体会到一种难以言表的美妙，仿佛豁然间进入一个大智大慧的妙境，产生从未体验过的愉悦，甚至激情。《梁祝》悠扬的旋律回荡在空中，我们内心常会产生一种美好的感动，这种感动是因为那美妙的音符触动了我们心灵深处对善与美最敏感的神经，恐怕很少有人会想到或只是想到梁祝二人那哀婉的爱情故事，想象一对美丽的蝴蝶翩翩飞舞的场景。美妙的音乐，把这个故事中最美好的人性与人情提炼成音符，让人超脱具体的故事，只留下对善与美的感动。

经典永恒意，千古寸心知。聆听余叔岩大师留下的十八张半，锣鼓不如现在的武场清脆响亮，胡琴文场也没有加入中阮、琵琶、提琴以后那么浑厚丰满，但单调的三大件伴奏却越加显示出余音的魅力，让人领略到一种今天很少见到的纯粹。那美妙的天籁之音，醇厚的老生韵味，是那么单纯，令人如醉如痴，欲罢不能。穿越近一个世纪历史的云烟，那云遮月的声音，仿佛一轮破云而出的明月，更加纯净明朗。在艺术的星空里，余叔岩大师的身影越来越清晰。

京剧舞台上的奠基人程长庚，从安徽跋涉到北京，融徽、汉两调与昆腔于一炉，高亢沉雄，黄钟大吕，风骨铮铮，如一股雄风席卷梨园，令人为之一震。高亮的唱腔，力量有余，回味不足，难免令人遗憾。

谭鑫培，虽是程长庚的学生，但他学戏不拘一格，除学程长庚外，对擅唱花腔的余三胜、圆润干净的王九龄、被誉为"活孔明"的卢胜奎等兼收并蓄，并大胆借鉴花脸、青衣唱腔与京韵大鼓、单弦等曲艺唱法。他博采众长，融会贯通，圆润柔美，巧俏多变，韵味十足，成为生行魁首和伶界大王。美妙的韵味令人陶醉，却有些纤弱，无怪乎大老板程长庚在临终前说，谭之腔是亡国之兆的靡靡之音。

和终生推崇的老师谭鑫培相比，余叔岩嗓子音量小，中气弱。他苦练发声，精研用气和音律，以高超的提气技巧，中锋发声，高、中、低音俱佳，立音、脑后音、擞音兼具。宽不够，以峭拔取胜；厚不足，则用顿挫弥缝，在用嗓上从必然世界进入游刃有余的自由世界，独成天籁之美。对大、小腔多做上扬，加上对软擞的运用，他的声音激越中不失空灵，清刚中不失细腻。和多数前辈演员不同，他尤喜和文人墨客交好。耳濡目染中，潜移默化下，他的表演在老生的苍劲英武中别具儒雅之质，蕴含隽永深沉的书卷之气。终于，他走出一条力与美、气与韵兼备的中庸之道。

熟悉余叔岩先生艺术的刘曾复等先贤回忆，余叔岩对每个剧目、每个唱段、每句唱腔，精益求精，精雕细琢，从不马虎。舞榭歌台，风流总被雨打风吹去。大师早已人去台空，后人无法亲临现场，领略风采神韵。所幸，余先生分四次在不同时期录制了十八张半唱片，传于后世。大师录音时，一如其为人从艺，十分审慎，一声一字，一腔一调，绝无草率之作。聆听余音十八张半，虽不能识得余派演唱全貌，但可以管窥余派声韵一斑。

在老生各个流派唱腔中，余派向以醇厚的韵味美著称。苍劲略沙的声音，空灵蕴藉的行腔，遒劲弹性的旋律，抑扬讲究的音韵，充分体现在余叔岩先生各个时期的唱片之中。20世纪20年代，正是余叔岩舞台生涯的黄金时期，他的嗓音状态绝佳，艺术逐渐成熟，舞台人生可谓春风得意，风华正茂。1925年5月和11月分别在百代和高亭公司录制的唱片，清雅而刚健，体现出当时余先生的艺术人生风貌。其中，5月录制的唱片，代表了他学谭的心得和成绩，并已流露出其自身风格的端倪。《捉放曹·行路》《一捧雪》等唱段，谭派韵味非常浓厚。11月录制的唱片，则已显露出较为明显的余派风格，无论是《搜孤救孤》，还是《状元谱》《珠帘寨》等唱段，多处唱法与谭明显不同。从20年代末、30年代初开始，余叔岩先生因身体状况不佳，逐渐减少营业演出，直至不得不息影舞台，却一直没有停止对艺术的追求与研究。尽管嗓音已从高峰期跌落，云遮月的云层更厚，但瑕不掩瑜，他低沉而沙哑的嗓音，火候更为老到，达到了"人书俱老""炉火纯青"之境。1932年在长城公司录制的《摘缨会》《捉放宿店》《失街亭》等，比起20年代的录音唱段更加精致讲究，格调脱俗。1939年国乐所录《沙桥饯别》《伐东吴》《打侄上坟》，稳健中略带沧桑，唱法、音韵精雕细琢，堪称"删繁就简三秋树，领异标新二月花"。在这两次录制的唱片中，有些唱段为当时余叔岩先生逸兴之作，如《摘缨会》《沙桥饯别》等，足见余先生之高怀雅量。

美妙的天籁之韵，让人如饮醇醪。苍凉的音调，则使人产生一种天道人生、天人合一的深深感慨，不觉悲从中来。马叙伦先生在《石屋余渖》之《听余叔岩歌》中，曾经这样记述听余叔岩演唱的感受：

忽焉有感，肠回意惨，悲从中来，书李后主词以解之，而悲愈甚。

传统男子在世事艰难、人生坎坷中敢于担当的决绝与勇敢、沧桑与悲壮，尽在十八张半的余音里。其中，有身不由己的无奈，舍生取义的决绝，知音微茫的孤独，关爱苍生的博大，超然世外的潇洒，都体现着做人的精气神。余大师在十八张半中表现的故事和扮演的人物，无论王侯将相，还是士子凡夫，早已淹没在历史的风烟中，成为一种历史的存在。然而，故事是否曲折已无关紧要，飞速发展的网络传媒早已让无奇不传的戏曲观成为历史，关键是那种代代相传、绵延不绝的做人精神仍然在今天延续。余派唱腔之动人，不只在具体的人物和故事，也不只在美妙的音韵，而在于其中蕴含的做人精神仍能引起今人共鸣，让人产生一种抚触心灵的浓烈感动。这也是包括余音十八张半剧目在内的骨子老戏久演不衰的一个原因。

经典，是一种历史文化的积淀。在经典中，汲取营养，厚积薄发，方能源远流长。余音十八张半浓缩着京剧老生唱腔艺术发展的精华，积淀着老生演唱法则和审美追求的最高成果和最高境界，是生行第二座里程碑的活化石和标本，是学习老生演唱之人取之不竭、用之不尽的宝藏。十八张半已成为美妙余音的代名词。这些唱片当时就非常流行，人们争相一听为快，以能为贵，风靡一时。而今天欣赏十八张半唱片，只有历史的积淀和厚重，绝无岁月的陈旧和尘埃，仍然让人常听常新，如入宝山，必不空回。中晚年的谭富英日日与十八张半相伴，常常情不自禁地慨叹："老师的玩意儿太好了。"他通过从唱片中悟习余叔岩先生的唱法，他的艺术更加成熟完美，晚年所录《乌盆记》等录音几乎达到与余先生同样的境界。当今，天资聪颖的王珮瑜以摹唱十八张半入门习余，取法乎上，渐悟余派妙谛，成为当今余派后学中的青年才俊，如小冬再世，被誉为"小冬皇"。票友中习余者众多，孙志宏、李凤珠等坚持奉十八张半为圭臬，以非凡的毅力摹习大师遗音，虔诚笃专，终于脱颖而出，他们不仅成为票友中的佼佼者，高超的演唱水平常令专业宗余之人汗颜。

经典，是一种品味的积淀，也是一种心态的积淀。品味经典，需要良好的心态。而在经典的品味中，又能陶冶心情。对于余叔岩先生演唱艺术的清雅，有人误解为没有人间烟火气。愚认为这是一种艺术上的纯正，也是一种心灵上的淳朴。润物细无声，这种没有人间烟火的清气，在人心浮躁、利欲熏心的今天，如同一股清风吹拂人心，好似一汪清泉沁人心脾。纯粹的百年遗音，拨动起人内心深处真善美的琴弦，演奏出清静无欲的心灵之歌。

无论是细雨绵绵的春日，抑或落叶萧萧的秋季，不管是喧嚣的白昼，还是静谧的夜晚，放上几段余叔岩先生的十八张半老唱片，慢慢品味，含英咀华，浮躁的心都会归于平静，在精神的家园中不觉会营造出一个天朗气清、惠风和畅的宁日，可以"仰观宇宙之大，俯察品类之盛"，极尽耳福心娱，自得其乐。

悠然心会，妙处难与君说，还是沏上一杯清茶，听上几段余音，细细品味吧！

我志在删述

——余叔岩的艺术道路

中华传统文化源远流长,在于重视传承,薪尽火传,生生不息。而在传承上,有一种说法叫做述而不作。

述而不作,来源于孔子。"述而不作,信而好古,窃比于老彭。"朱熹集注:"述,传旧而已,作,则创始也。"述,是叙述,阐述;作,为创作、发明。述而不作,一般理解是只阐述而不创作。述而不作,决不可简单理解为被动的继承。述而不作,乃是一种敬畏,是孔子对古代先贤典籍和制度采取的一种态度,他对三代特别是周代文化保持了自觉的温情和敬意。述而不作,不是继承的方法,在具体继承过程中,则需要述而又作。孔子祖述尧舜,宪章文武,隆周礼,其以"仁"解"礼",赋予"礼"新的内涵和生命,便是"作"。正是这种"作",推动了儒家思想的形成与发展。

把先贤的思想和事业发扬光大,是人们世代的理想。在古人的典籍或思想基础上阐发自己的观点或进行创作,成为中国文化发展变革的主要方式。这种述而不作的传承方式,体现在思想的继承上,也体现于文艺创作中。传统诗文的厚重味道,往往来源于引经据典的"述"。中国文艺创作要有灵感和悟性,也要对传统经典很好学习继承,厚积才能薄发。

京剧传承亦然。余叔岩先生无疑是京剧中述而不作的一个典型。在众多的京剧流派中，大多以自己有别于其他流派的独有新剧目、新唱腔作为标志而开宗成派，喧腾人口，如梅派的《西施》《天女散花》《霸王别姬》《太真外传》等，程派的《锁麟囊》《荒山泪》《春闺梦》等，马派的《借东风》《淮河营》《苏武牧羊》等。这些流派的创始人积极适应不同时期人们的审美趣味，结合自身条件，编新戏、创新腔，使梨园花团锦簇、万紫千红。余叔岩先生迥异于他人，走了一条不同的艺术道路。他对老师、伶界大王谭鑫培极为推崇，在几十年的艺术实践中没有编演过一出自己的新戏，其表演也没有完全另起炉灶，几乎没有设计过新唱腔，每出戏的唱、念、做、打，甚至扮相也继承老师谭鑫培。观其戏，听其声，细细品味，会发现他演出的每一出戏、每一个人物处处有新意，都有自己的特色。他似乎很保守，实则古中有新，他遵循的正是述而不作的传承之路。

京剧老生的剧艺，由于谭鑫培的改革，取得了巨大成就。从剧目到唱腔都出现了繁花似锦、空前未有的景象，他博采各家之长，在不失古朴的前提下，变实大声宏为悠扬婉转，首开韵味派先河，其唱、念、做、打达到精美绝伦的地步，创立了老生行的第一座里程碑。站在巨人之肩的余叔岩，面对老师丰富的艺术宝藏，深怀敬畏之心，不敢有丝毫的马虎和懈怠。全面传承老师的艺术是其毕生追求，他固执而虔诚地坚守着谭派艺苑，不敢贸然创新腔、编新戏。甚至于，谭鑫培的堂名为"英秀堂"，余叔岩将其堂宅命名为"范秀轩"，以表其尊谭心志。对谭艺，他严格述而不作。

然而，和谭师相比，他的嗓音条件又有很大差别。特别是随着大清的覆灭，民国的建立，西方文化逐渐传入，人们的审美悄悄发生着变化。对这些,他异常明智,述而又作,"作"为了"述"。根据自己高音不够亮、中音不够宽、低音又欠沉厚的嗓音条件,余叔岩取谭腔的精神实质而另辟蹊径,运用提溜劲和"中锋嗓",下苦功夫,练出一条有天籁之美的"功夫嗓"。通过灵活运用四声调值,使演唱风格更加细腻婉转,含蓄自然,处处均有渊源,但处处又有新意,形成清刚俊雅、中正平和的唱法,达到"出蓝胜蓝"的完美之境,在艺术上超越了老谭,纠正了老谭过于柔靡之风,老生行由"无生不学谭"竟成为"无腔不熏余",树立了京剧老生行的第二座里程碑。他演出或演唱的《搜孤救孤》《法场换子》《摘缨会》《沙桥饯别》《一捧雪》《伐东吴》等剧目,经过特殊加工,可谓点石成金,精妙的演技歌艺,成为余派新经典。

述而不作,是一种对传承传统文化的严谨。余叔岩先生对灌录唱片极其谨慎,深知唱片一旦发行,即成永恒,无法更改。故而即使到后期因身体原因他甚少登台,经济不太富裕,也不为经济之利贸然录音。不成熟的唱段,从不录制。嗓子不舒服,也不录制。在当时,他对灌录唱片表现出少见的清醒和谨慎。正是由于他对艺术极其严谨,生前仅仅留下了十八张半唱片传世,张张堪称精品,成为后人学习余派唱腔的活标本,"十八张半"也成为美妙余音的代名词。

有着天纵奇才的李太白,打破诗律的羁绊,形成了特有的飘逸之风。然而,他的理想是重振大雅之声,在《古风》中他深深感慨"大雅久不作,吾衰竟谁陈",而向世人发出"我志在删述,垂辉映千春"的宏图大愿。梅兰芳对京剧的发展改革,提出"移步不换形"的主张,这种移步不换形,正是京剧传承述而不作的表现方式。这种述而不作,乃是一种敬重传统、博采众长、务实不躁、精益求精的精神。在创新时髦的今天，如何实现包括京剧艺术在内的中华优秀传统文化的传承与发展，是值得我们深思的问题。余叔岩先生以古为新，述而不作，推陈出新，桃李不言，下自成蹊，终于形成了余派艺术，给我们深深的启示。

戏味　周蓬桦 / 书

余叔岩的随意

和谭鑫培相比，余叔岩使老生艺术更为精致。余发声用嗓用中锋嗓，特别是在音韵方面总结出一套出字定声归韵的梨园家法，余派演唱更加严谨而规范。余叔岩艺术成熟后仅留下十八张半唱片，这些唱片不仅代表了老生演唱艺术的最高境界，更是老生演唱法则的最高示范，众多老生后学既以十八张半为老生入门、打基础的教材，又把其作为提高演唱境界之最高追求。这样，很多人在认识上不免产生这样的看法：余叔岩的十八张半确立了老生演唱技巧的标准，其严谨规范恰到好处，添一分嫌多，减一毫则少，是已经定型的标准范本，不得有稍微差池，也不能有丝毫变动。

2010年余叔岩金鼓版唱片《伐东吴》的被发现，打破了这一看法。和目前流行的国乐版《伐东吴》相比，金鼓版的唱法基本相同，但多处有细微不同，尤其是"黄汉生撩袍御营进"一句差别最大。而据收藏家和专业人士考证，这两个版本录音同时录制于国乐公司。余叔岩先生当时对每个唱段都录制了两次，制作了两个模板，国乐版制作发行时用了一个，金鼓版应该是两个模板中的另一个。同时录音，竟出现了两种唱法，不免令人诧异。

据刘曾复等前辈名宿言，余叔岩在录制十八张半过程中，部分唱段的唱法有一些和平时舞台演出、演唱不同的即兴发挥之处。如 1925 年底，在高亭公司录制《鱼肠剑》时，一时兴起，唱至倒数第二句"眼望吴城路不远"，没有按平时所唱在最后三个字"路不远"顿住，而是在"城"字有力一顿，"路不远"三字唱散，鼓师杭子和反应快速，锣鼓跟上，显得非常潇洒。而录制《洪洋洞》过程中，第二句"真可叹焦孟将命丧番营"的"番"字，则即兴比平时多拉了一板，却增添了波涛起伏的韵味，非常符合杨延昭悲凄难抑的心情。结果，这两处即兴唱法成为后人演唱的标准唱法。余叔岩晚年时追随他学艺的孟小冬，演唱《洪洋洞》时"番"字就拉一板，应为余叔岩正常唱法。

随心所欲而不逾矩，人不能两次踏进同一条河流。1932 年的《国剧画报》，曾登载署名"迷鹏者"在国剧学会之国剧传习所聆听余叔岩谈艺梗概："皮黄是一个活的东西，不像昆曲工尺有一定的。虽也有板眼限制，但是只要不出乎规矩，而变化是随便的，其深奥亦即在此。"余叔岩金鼓版《伐东吴》与广为流行的国乐版之差别，和高亭公司《鱼肠剑》《洪洋洞》的即兴发挥一样，都是他随意而歌之作。板眼、音韵为京剧演唱之本，他完全没有摆脱板眼的限制、音韵的规矩，而是因其固然，顺其自然，缘督以为经，由必然王国进入自由王国，如同戴着"镣铐"自由跳舞，得意而随形，游刃而有余。

大胆文章拼命酒。才大而胆大，识宏则量宏。熟于发声、严于用气、精于音韵、专于身段而游于程式的余叔岩，怎能不踌躇满志，随意歌之？余音之美妙，因此才鲜活若新发于硎。这是余叔岩十八张半魂之所在吧。

中正之美

中正，是中国人做人处事的理想。这种理想影响着人们的人生观、价值观、审美观等方方面面。余叔岩先生在艺术追求和舞台实践中默默实现着这种理想。他活跃的时代正是京剧走向鼎盛的辉煌时期，当时的老生行流派纷呈，名家繁花似锦，或以韵味取胜，或以气势见长，而他在韵味和气势之间选择了一条中庸之道。他在老谭讲究韵味的基础上，向气势回归，熟练运用"中锋嗓""提溜劲""三才韵"的唱法，可谓气势与韵味兼备，成为老生王国中的执牛耳者。这一时期出现了"无腔不熏余"的局面，马、谭、杨、奚四大须生均直接或间接受其影响。

后人评价，余叔岩先生最大的特点是正。艺术正，余派艺术处处体现着京剧老生行唱、做、念、打各要素的表演法则，是老生行的正宗和标准范本；路子正，余叔岩不媚俗，不取巧，不以功利为最高追求；人物正，他表演的人物都是正统的形象，处处体现出一种男子汉、大丈夫的浩然正气，所以八大样板戏的男一号都属于余派艺术范畴。

余叔岩先生的正，是一种严谨和认真。他在艺术成熟后，分别在百代、高亭、长城和国乐四大唱片公司录制了四期唱片，共计十八张半唱片。在录制唱片时，他没有草率之作。从剧目与唱段的筛选，到唱段时间的长短，从演唱录制时的身体状态，到试听效果，他都煞费苦心，努力追求最佳。如初期所录，有和老师伶界大王谭鑫培唱片同样的剧目《捉放曹》《四郎探母》《卖马》，但无同样唱段，既敢于媲美老师，又有意回避以示尊师。到后期，他录制了和老师同样剧目的同样唱段，《捉放曹》的二黄三眼和《打渔杀家》的西皮三眼，让人感到"出蓝胜蓝"。因此，他录制唱片的时间，从其艺术鼎盛时期的 1925 年到身体遭受病痛折磨的 1939 年，尽管跨度较长，后期身体状况极差，但都体现出他最高的演唱水平，堪称段段精品、字字珠玑，成为余叔岩先生之广陵绝响。

唐人绝句与余音的原板小唱段

绝句，又称截句、断句、绝诗，四句一首，短小精悍，字少意丰，来源于两汉，成形于魏晋南北朝，兴盛于大唐。绝句表现手法丰富，需要诗人有极其高妙的驾驭功力。唐代许多大诗人是写绝句的高手，如王维、王昌龄、李白、杜甫等，名篇佳句犹如群芳争艳，美不胜收。

京剧的原板是各种板式的基本形态。原者，本原也。原板是原始、原本、最初的意思。其他板式都是以原板为基础演变发展而成的。原板唱腔的旋律平和稳重，级进旋律多，大跳旋律少，不快不慢，平稳行进，往往费力而不易讨好。很多演员录音，无论西皮还是二黄，大多选大唱段，板式比较丰富，西皮之导板转原板、二六、流水，或选唱腔复杂的三眼，似乎不复杂不能显示演唱者的功力，单独录简洁的原板唱段者很少。

余叔岩的十八张半，分四期录制，每期都录有原板。1925年5月在百代唱片录制了《问樵闹府》的二黄原板，1925年11月在高亭公司录制了《乌盆记》和《搜孤救孤》两个二黄原板，1932年在长城公司录制了《失街亭》的西皮原板，1940年在国乐公司录制了《打侄上坟》和《伐东吴》两个西皮原板。十八张半共录唱段29个，原板6段，占了五分之一多，特别是最后一次录音录了三个唱段，其中有两个原板。这些小唱段，不仅唱词少，而且唱腔简单，没有大腔，显示了一代老生宗师极深的功力和极高的造诣。它们如同一首首短小精悍的绝句，体现着余叔岩先生的艺术精华，具有无限的意蕴，可谓淡而有味，如品橄榄。

红豆生南国，春来发几枝。
愿君多采撷，此物最相思。

该诗朴素无华，全是平常语，但语浅情深，委婉含蓄，自然入妙，令人回味无穷。王维之绝句，往往以常为奇，不露痕迹，冲淡朴实，超以象外，得其环中，此诗深以为然。

两国交锋龙虎斗，
各为其主统貔貅。
…………

《失街亭》原板只有短短六句，亦无大腔，是非常普通的一个唱段。余叔岩采用大路唱法，只用劲头控制，不瘟不火，平正大方，寻常之中，韵味无穷，俨然一个端庄肃穆的大丞相。

寒雨连江夜入吴，平明送客楚山孤。
洛阳亲友如相问，一片冰心在玉壶。

作为边塞派旗手的王龙标，尤长于用绝句抒写幽怨之情。沈德潜评论他："王龙标绝句，深情幽怨，意旨微茫。"陆时雍也说："王龙标七言绝句，自是唐人骚语，深情苦恨，襞襀重重，使人测之无端，玩之无尽。"王昌龄以寻常事物、简单笔墨，书写出无尽的人生意味。

娘子不必太烈性，
卑人言来你是听。
…………

　　这段《搜孤救孤》没有花腔，更没有大腔，如此唱段非常难唱。余叔岩唱来错落有致，如娓娓而谈，将程婴压抑婉曲的心理表现得淋漓尽致，无尽的韵味更有绕梁三日之妙，这个唱段因此也成为余派名段之一。

　　唐人绝句言近旨远，尺幅短，内涵广，表现生活中一瞬即逝的意念和感受，含蓄蕴藉，耐人寻味。余叔岩则用简洁的原板，简短的唱段，唱出深厚的人生沧桑，末路英雄的孤独寂寞、义士仁人的无奈压抑、干城良将的壮志凌云尽在其中。小唱段中包含着大人生，大师举重若轻，化常为奇，删繁就简，如三秋之树，神韵无穷。

余叔岩唱腔与王体行书随感

在书法家大漠先生家中,看到军旅书法家苗培红书写的陶渊明《桃花源记》行书。他家墙上挂着众多书家各种书体的作品,有邹德忠、张书范、张海、杨抑之等,包括真、草、篆、隶四体。苗的这幅作品在所悬挂的琳琅满目的作品中并不显眼,但只要人们发现它,都会不约而同地被它吸引。苗培红之行书,师法"二王"一脉,不张扬,中规中矩,清纯雅致,古趣盎然,典雅俊逸潇洒,含不尽之意于书外,平和自然,含蓄委婉。其书不激不厉,用笔精微,结字端庄,行气从容,章法和谐,蕴含着"婉而愈劲,通而愈节""飘逸愈沉着,婀娜愈刚健"的中和之美。读其笔墨,重内涵,求细腻,贵姿质,雍容端庄,颇得"二王"之神韵。尤其是这幅作品以晋人之书体书写晋人之美文,别有一番味道。

看着自然流畅的书法,我脑海中不禁浮现出余叔岩的名字,仿佛大师的唱腔回荡在耳边。余叔岩的唱腔,规矩中蕴含着一种灵秀之气,和王体行书何其相似。从历史的角度看,二者的出现都让人感受到风韵的美妙,清新雅致,潇洒飘逸,超迈绝伦,在各自领域树立起新的里程碑。而站在今天的角度,他们的艺术没有后人的繁复,反而用笔、行腔简约,显得规矩传统,无论王体行书还是余派唱腔,都被人称为通"大路"。但是,他们规矩而不呆板,简约而不单调,不以张扬引人,规矩大路的面孔下闪动着无限的神韵，耐人寻味，引人入胜，这就是中国艺术的主体精神。

汉魏艺术，讲究风骨，在书法上以隶为代表。汉隶简约大方，骨力遒劲，然而极易刻板呆滞。在隶书盛极始衰，走向程序化的穷途末路之时，王羲之应时而生，他摆脱了汉魏笔风的刻板和章草的波磔，精研体势，心摹手追，广采众长，备精诸体，冶于一炉，使书写更具自由情趣。体势纵横，俯仰顿挫，上下映带；笔势委婉，含蓄隽永，遒美健秀。其书风平和自然，婉约妍媚千余年，使书法真真正正上升到了可寄情、可抒怀的艺术高度，在书法上完成了由气势向韵味的转换，成就了书坛之最。

在京剧老生发展脉系中，程长庚的艺术黄钟大吕，是京剧初创时代气势派的代表，如同古朴而遒劲的汉隶。谭鑫培的艺术婉约细腻而不失古朴，开创了京剧韵味派的先河，树立了老生行的第一座里程碑，如浑朴而烂漫的章草。余叔岩继承谭鑫培，去粗取精，使老生艺术更加精致，珠圆玉润，树立了老生行的第二座里程碑。王羲之之后，后世学行草者，逸笔余兴，淋漓挥洒，莫不以王为圭臬，而余叔岩之后，老生行唱腔，讲究韵味，蔚然成风，"无腔不熏余"，正如书坛之王羲之。

余叔岩与杜甫断想

一

"不薄今人爱古人,清词丽句必为邻。"杜甫是一位集大成的诗人。中国诗歌有两条前进的轨道:一为重风骨的清词,一为讲究词华的丽句。杜诗把两条轨道合一,实现了风骨和优美兼备。杜诗上接汉魏,充满深沉的人生感慨和国家忧思。"三顾频烦天下计,两朝开济老臣心。出师未捷身先死,长使英雄泪满襟。"杜诗如同杜鹃啼血,字字含泪,是一种心底挥之不去的悲悯。杜诗不乏优美的词句"风含翠篠娟娟净,雨裛红蕖冉冉香""窗含西岭千秋雪,门泊东吴万里船"等丽句美景,赏心悦目。

余叔岩被誉为京剧老生行的第二座里程碑。京剧老生行,奠基人程长庚,实大声宏,字正腔圆,直腔直调,不尚花哨,如穿云裂石,慷慨激昂,以气势见长。第一座里程碑谭鑫培,他集程长庚、余三胜、张二奎、王九龄、卢胜奎、冯瑞祥等唱法之大成,广泛吸取青衣、老旦、花脸各行的唱法以及昆曲、梆子和大鼓的音调,巧妙地融于老生唱腔中而不露痕迹,以声调悠扬婉转、长于抒情取胜,演唱细腻玲珑,开创了韵味派先河,却感伤有余,气骨不足。余叔岩努力学习谭鑫培,同时积极从程长庚开创的气势派汲取力量,使演唱在精致中有韧劲,化谭的纤丽古朴为清刚细腻，寓儒雅于苍劲，于英武中蕴含深沉俊秀的书卷气，达到气势和韵味的统一。

二

杜甫是一位学习型作家，少年时期，"读书破万卷，下笔如有神"。杜甫才学富瞻，法度严谨，"语不惊人死不休"。李白擅长写不受格律限制的歌行和古体诗，而杜甫融汇古今，兼备各体，其律诗尤其造诣精深。无论是"风急天高猿啸哀"的《登高》，还是"剑外忽传收蓟北"的《闻官军收河南河北》，在严格遵守格律的前提下，他用字精妙，出神入化，实现了用笔的最大自由，读来毫无斧凿之痕，展示出极高的才力。与李白的天授奇才不同，杜甫达到人能的极致。

余叔岩早年天赋极高，家学渊源，成为少年红伶，谁知竟昙花一现，几步"伤仲永"之后尘，不得不息影舞台，后以惊人的毅力，向前辈名家陈德霖等学习，苦练发声，喊出一副云遮月的功夫嗓，创造了一个梨园奇迹。同时，他积极向文人学者学习诗词书画，特别是向魏铁栅等比较系统地学习四声、音韵理论，深入研究京剧吐字的梨园家法，摸索出三才韵的吐字规律。十年面壁磨剑，他厚积薄发，终以"提溜劲""中锋嗓""三才韵"，使老生演唱技巧更加丰富，老生唱腔更加精致。他的演唱字斟句酌、审慎精到，达到用嗓的最大自由，实现吐字的规矩自然，简洁精练、自然流畅中蕴藏着深厚的功力。

三

在历代诗人中，被誉为圣的只有一人，即杜甫。圣，不是对他诗歌创作成就的评价，而是对他"穷年忧黎元"的人格魅力和诗中深深的仁者情怀之赞誉。圣人需才德全尽，但更需注重德。孟子说，人伦之至，谓为圣人。每每读老杜之诗，常为他虽身处乱世、穷困潦倒却心怀天下、情系苍生的博大情怀而感动。杜诗中，丽句哀音常常并存，因为他对宇宙万物的起源和终结已经彻底参透。与天下的一切生灵，世间万象融洽无间，自然相处，把天道拓展入自己的性情，内心光明如日月，却如神明般在冥冥之中化育众生。"春岸桃花水，云帆枫树林。"桃花盛开，春潮浮天，云帆片片，枫林吐翠，多么美妙的大自然美景！"老病南征日，君恩北望心。"年老多病的老杜，面对怡人春景，仍然心怀魏阙天下，充满"无力正乾坤"的痛楚。

余叔岩似乎不能称之为圣人。京剧老生塑造的人物主体，是传统社会的正统男人形象，多为仁人君子的典范。余叔岩的表演最能体现人物仁义忧患的共性精神风貌，和杜诗的仁者情怀一脉相承。美妙的云遮月下，一种挥之不去的苍凉沉郁带给人淡淡的惆怅，正是作为仁人君子的忧患意识带给人心灵的震撼。"一轮明月照窗下，陈宫心中乱如麻。"通过回环往复的行腔，人们仿佛看到一个认识曹操奸诈情状后悔恨、痛楚的月下不眠身影。"先帝爷白帝城叮咛就，汉诸葛扶幼主岂能无忧。"紧拉慢唱的摇板唱腔，流露出鞠躬尽瘁、死而后已的一代名相对国家形势深深的忧虑。"白虎大堂奉了命。"石破天惊的二黄导板，交织着义士程婴对残害忠良丑恶行径的悲愤和对舍生取义美善之举的激动。余叔岩以高超的演唱技巧和高标绝俗的艺术格调,把传统男人"先天下之忧而忧,后天下之乐而乐"的情怀演绎得淋漓尽致。

吟杜诗,听余音,天道乎?人生乎?

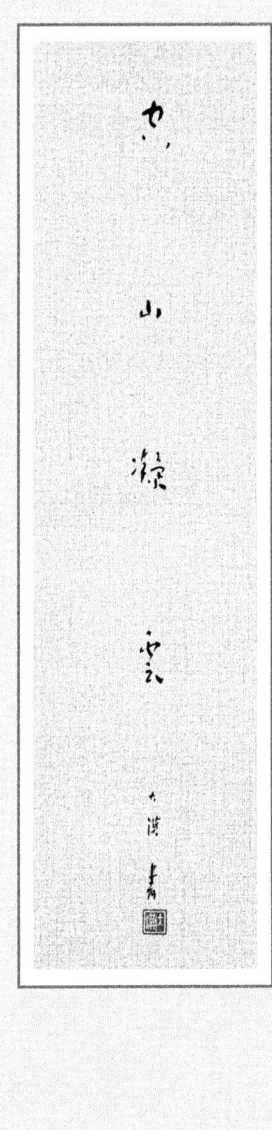

十全大净

——大写尚长荣

2020年11月,我去上海拜访尚长荣先生,和他商谈尚小云大剧院落成开台演出的事。

重视传承的中国人有很深的乡贤情结。位于冀南平原腹地的南宫市,在地方财政本不富裕的情况下,为这片土地上出了一位辉耀千古的京剧大师尚小云而在南宫湖畔投巨资建设了一座超越地域的文化地标——尚小云大剧院,与中国第一佛塔寺——普彤塔寺隔湖相望。

作为尚小云第三子,尚长荣感激家乡此举满足了他和京剧人的一大夙愿。从此,京剧界不仅有了尚小云文化艺术的展示圣地,也有了寄托思念、牢记传承的殿堂。我们在聊大剧院开台演出的时候,也聊到了他的艺术。他回忆起7岁时在天津第一次跟父亲看金少山的戏,《连环套》和《打龙袍》,便萌生了学戏要学花脸,学花脸要像金少山一样的想法。

金少山,净行"前三杰"之首,天赋极佳,身材魁梧,方额广颐,扮相威武持重,尤其嗓音极好,声震屋瓦,演唱时大气磅礴,如排山倒海,乃真正的黄钟大吕。他宗铜锤,兼架子花,学艺广博,戏路开阔,被誉为"十全大净"。在京剧史上,金少山为净行留下了浓墨重彩的一笔。可惜受当时条件的限制,他仅留下部分唱片,人们从中难窥其艺术全豹,只能从文献资料的记载中想象他的艺术风神。金少山之后,裘盛戎、袁世海分别把铜锤和架子发展到一个新高度,但各自主要限制在铜锤与架子范畴内。十全大净,"风流总被雨打风吹去",成为一个久远的回忆和京剧史上的话语。

应该说,大多数普通观众都是从《曹操与杨修》开始,认识了尚长荣,看到了一个新时期的十全大净。不仅因为他是名门之后,尚小云第三子,更因为其精湛的技艺。《曹操与杨修》为其厚积薄发之作。他的功底深厚,基本功扎实,《大探二》《大回朝》《御果园》等铜锤戏韵味醇厚,豪放大气;《华容道》《取洛阳》《连环套》等架子戏工架优美,粗犷阳刚。尤其是他的铜锤花脸架子演,架子花脸铜锤唱,并非铜锤架子两门抱,而是完成了二者的融合。他曾得到四位花脸名家亲传,其中陈富瑞、苏连汉和侯喜瑞三位是出科于富连成的京派名宿,腹笥丰厚,另一位是海派名家李克昌,重戏理,讲音韵。广博的师承,使他一直行进在继承和创新的道路上。传统戏演来堪称经典,而从20世纪60年代开始尝试编演新戏,《山河泪》《延安军民》《秦岭长虹》《张飞敬贤》等新编剧目的演出,使他积累了创演新戏的经验。从艺多年以来,他一直沿着老戏和新戏两条轨道前行,终在年过不惑之后、即将知天命之时,对二者实行了最佳结合,推出了亦新亦老的《曹操与杨修》。其中,扮杨修者,几度易主,而曹操非他莫属,成为他最具价值的代表作。一出戏奠定了他在剧坛和京剧史上的地位,被誉为第七代"活曹操"。此后,追求不止、创新不息的他,在退休前后推出《贞观盛世》《廉吏于成龙》,完成了尚长荣三部曲,成为新时期京剧经典之作。尽管是新编剧目,但在契合现代审美的同时,不失传统京剧的精致老道和醇厚韵味,塑造人物具有传统人物形象已达到炉火纯青的地步。通过这些剧目的实践，尚长荣实现了三种融合，即传统与现代融合、铜锤与架子融合、京派与海派融合。净行尚派花脸的说法呼之欲出，应是实至名归，瓜熟蒂落。

通过尚长荣，人们又看到了舞台上活生生的一个十全大净。在他身上，体现出一种海纳百川的包容、博大、宽厚，能够让人们看到金少山、侯喜瑞的影子。他的演唱，兼具金风侯韵，气势与韵味俱佳，风骨与技巧并重，力量与美感兼备。欣赏他的演唱，宛如欣赏诗仙太白句式长短不一的古体诗。每当聆听他的二黄快原板：

> 汉祚衰群雄起狼烟滚滚，
> 锦江山飘血腥遍野尸横。
> 只杀得赤地千里鸡犬殆尽，
> 只杀得众百姓九死一生。
> 献帝初天下人丁五千万，
> 杀到今只余下七百万民。
> 儿郎铠甲生虮虱，
> 思之断肠复断魂。
> 曹孟德志在安天下，
> 赤壁折了，折了我百万兵。
> ……

总会不自觉地想到李白的古体诗《宣州谢朓楼饯别校书叔云》：

> 弃我去者昨日之日不可留，

乱我心者今日之日多烦忧。
长风万里送秋雁，
对此可以酣高楼。
蓬莱文章建安骨，
中间小谢又清发。
…………

二者一样豪放、潇洒而飘逸，大开大合，大起大落，奔放处似天风海雨，汪洋恣肆，一泻千里；细腻时如江流宛转，清澈宁静，明丽优美。

一般认为，花脸扮演的多是性格和相貌有特点的人，或为草莽英雄，或为侠义之士，或为耿介之臣，或为狡诈奸雄。这些人尽管性格各异，但由花脸扮演后，其男性性格的阳刚得到突出，他们性格中或敢爱敢恨、憎恶分明，或阴狠奸诈、骄横傲世的一面被夸张到极致。花脸所扮人物，既有武将，也不乏文臣，多赋予人物粗犷豪迈之气，未展现人物复杂性的一面，尤其淡化了一些儒生的文人之气，似乎花脸在塑造人物上有一定局限性，所以有"脸谱化"之说。

尚长荣在继承传统的基础上，刻画人物，突出性格，超越脸谱化，赋予净行以新的精神内涵，使人们对花脸有了一种新的认识。他在其三部曲中塑造的曹操、魏征和于成龙，都是文坛宿将、政治精英。曹操，以吞吐日月星辰之志，兴利除弊，统一北方，使百姓得以休养生息；魏征，为唐太宗李世民的重要文臣和谏臣，一篇《谏太宗十思疏》文辞双美，飞扬的文采神思中满怀着其对唐王和天下百姓的拳拳之心；于成龙，被誉为"天下第一廉臣"，擅长书法，诗词亦工，他心系天下百姓，正直执拗的人格魅力和清廉俭朴的品行操守令人景仰。在这些戏中,最打动人的是主人公胸怀天下、心系苍生的襟怀,尚长荣由刻画人物性格提高到展现人物胸怀,体现出剧中人精神上的一种博大高远。古代文人的最高理想,是修身、齐家、治国、平天下,起点是个人,终点是天下,这是一种博大的文人怀抱。几千年来,这种精神在历代文人身上生生不息、绵延不绝。就连人们心目中的"奸相"曹孟德,看到兵连祸结、民不聊生,也深深地感叹:"白骨露于野,千里无鸡鸣。生民百遗一,念之断人肠。"尚长荣最高明、最成功之处,或许就在于他塑造的人物由个人性格的阳刚魅力上升到感念苍生的博大情怀,具有一种永恒的文化价值,令人在欣赏铿锵壮美的京剧花脸声韵时,产生一种文化的思考。有人评价尚长荣的演唱"既有花脸的粗犷,又有老生的帅气",这种帅气其实就源于天下为怀的文人之气。

当今京剧剧坛,风云人物可谓争奇斗艳,灿若群星,然其代表剧目多为《文昭关》《空城计》《玉堂春》《四郎探母》《盗御马》等百年经典,如尚公者,能有几人?20世纪二三十年代,梅兰芳将花旦的表演融入当时死抱着肚子唱的青衣,创立了唱表并重的花衫之行,引发了青衣行乃至整个京剧的巨大变革与发展。今天,随着人们生活节奏的加快和娱乐的多元化,一个优秀的花脸演员既要唱功好,还要表演好,架子花脸与铜锤花脸的融合成为一种趋势。尚长荣铜锤花脸架子演,架子花脸铜锤唱,不仅开创了花脸表演的新天地,同时也对其他行当的改革与发展具有深刻的启迪和借鉴意义。如果说梅兰芳大师是上一个时代京剧的代表,那么新时期的京剧代表非尚长荣莫属。

"尚长荣派"似已水到渠成,他却坚持不称派。他说,如果一定要说派的话,他是尚小云派,父亲尚小云对艺术的执着与敬业、继承与创新,特别是父亲讲究一团火的精神,在他的身上复活了。我们期待着尚长荣先生带着那团火在尚小云大剧院引吭高歌!

赤子心　春不老

——京剧名家王紫苓印象

王紫苓是荀慧生、尚小云两位京剧大师成就的天津名角，是天津四大名旦之一。20世纪40年代，红学大师周汝昌就是她的粉丝。2008年，周老回忆年轻时看王紫苓演戏的情景，为她赋诗一首："荀派传人在紫苓，大观楼上管弦清。回眸六十年前事，绣幕重温史可惊。"

当代观众印象最深的，是2015年中央电视台戏曲频道《空中剧院》播出的重阳老艺术家京剧演唱会上，84岁高龄的王紫苓老师表演了《打焦赞》片段，其行云流水的步法、潇洒利落的身段、清脆讲究的白口、顾盼生辉的眼神令人叹为观止。晚霞散绮，春光永驻，宝刀不老，很多人评价当晚的演唱会，紫苓老师最佳。

作为两位大师的入室弟子，紫苓老师在舞台上呈现的荀派戏多、尚派戏少，并不意味着她向尚小云先生学习少。1948年，她拜尚小云先生后，去其家中学戏半年多，学艺术，更学规矩、学做人，甚至后者对她可谓影响终身。每次与她见面，提及师傅尚小云先生，她沉浸在那种美好回忆中的神情，一下把我们也带入当时的情境中。尚先生家风严格，吃饭时长幼有序、恭让有礼，她第一次在先生家吃饭就学着长春、长麟师兄弟的样子敬师父、敬师娘、敬七姨儿、敬大哥、敬大嫂，得到了尚先生的赞赏。尽管尚先生是一代名旦，但他在生活中没有女人气，说话声音温和而不失威严，未见其人、先闻其声的一声轻咳，能让正在说闹的室内一下归于寂静。每每说起这些，紫苓老师都表现得眉飞色舞、活灵活现，仿佛年轻的她就在台上，而尚先生就在眼前。看紫苓老师的戏，是一种享受，听她讲述，更是一种难得的享受。

与她尊敬的老师尚小云先生一样，紫苓老师也是性情中人，坦诚直爽，其性格使然，也有当年跟随尚先生耳濡目染的影响。2016年1月，正是数九隆冬，陕西省举办纪念尚小云先生诞辰115周年活动，我负忝受邀参加。紫苓老师以85岁高龄在也已60多岁弟弟的陪护下，不顾严寒路远，由津赴陕莅临活动。25日上午，举办纪尚研讨会，匆匆间，天已过午，时间所限，紫苓老师未能在会上发言。回到酒店餐厅，她拉着我的手，委屈万分："为什么不让我说几句呢？虽然我在舞台上演老师的戏不多，但我跟老师学到了很多东西，老师人太好了，他有一颗水晶心哪！我想念师父啊！"说话间，热泪流淌脸颊。紫苓老师何尝没有一颗真诚无暇的水晶心呢？她的委屈，绝不是对会议组织、主持人员的抱怨，更多的是缘于深厚的师徒情而对尚小云先生的崇敬与思念，是她爱憎分明、赤诚真挚、没有机心的性情流露。

2016年6月，尚小云先生的家乡河北南宫举办尚德南宫——纪念尚小云先生诞辰116周年活动，王紫苓老师欣然受邀参加。她专门创作了一幅梅花图，献给活动的书画展。演唱会地点在政府礼堂，舞台是光滑的木地板，没有专门的台毯。作为组织方，我考虑到紫苓老师毕竟年事已高，这样的舞台条件不适合表演，便告诉她可以不表演节目，只需上台献上梅花图,这样既有机会表达对尚小云先生的崇敬,也能满足观众一睹其神容的心愿。结果,紫苓老师提前悄悄来到演唱会地点,看完场地,告诉我:没问题,可以演。当时参加演出的名角很多,李莉、鞠小苏、周利、周美慧、查思娜、高秋云、金梦等许多尚派三、四代传人的演唱,已经使演唱会彩声不断,高潮迭起,李万春弟子、82岁高龄的洪和昌的黄天霸走边将李派武生风采演绎得惟妙惟肖,更如烈火烹油,将演唱会推到一个新的高潮,年龄已经在老艺术家身上没有了概念。待到紫苓老师的十三妹一出场,一个举手扬鞭的动作,一个如电的眼神,一声清脆的念白,就使台下炸了窝,哪里还有耄耋老人的影子,分明就是一个果敢俏丽的年轻女郎!

余生也晚,和紫苓老师相识、相交近两年。在她面前,我是小字辈。每次见面、通话或微信联系,她的客气、谦虚都绝不是虚礼,那种神态和语气透着对人的真诚和友爱,对艺术的虔诚和敬重,对弘扬京剧的不懈努力。第一次去天津拜访她的情景历历在目,满屋子是她的笑声,好似舞台上的角儿。

紫苓老师擅演的《红娘》中,有一句唱词"春色撩人自消遣"。 我忽然明白了她的微信昵称"春不老"的内涵,在京剧艺术的无边春色里,紫苓老师一如那个伶俐活泼的小红娘,陶醉其中,天真烂漫。她是永远的红娘,永远的十三妹,永远的春不老!

冲淡清逸　澄怀致远

——余派传人陈志清唱腔印象

余派唱腔以韵味浓郁著名，然何为真正的余韵？学余者很多，但往往差之毫厘，失之千里。有的突出唱腔的擞音，醇厚有余而挺拔不足；有的学余的清刚，奔放有余而含蓄不足。作为当今硕果仅存的余派正宗传人，陈志清先生发音松弛，用气通畅，方法科学，音质优美纯正，高音清秀圆润，中音饱满顺畅，低音苍劲有力，内劲挺拔，吐字、行腔、归韵体现出深厚功力，较好地体现出余派清刚醇厚的特点。将近古稀之年的陈先生，歌唱如天籁一般，超凡脱俗，有一种清雅之美、俊逸之致、空灵之境，闻之如饮甘洌，沐清风，品清茶。"此曲只应天上有，人间能得几回闻"，以之形容陈先生唱腔，毫不为过。司空图在《二十四诗品》中论及冲淡一格时谓，"饮之太和，独鹤与飞。犹之惠风，荏苒在衣"。听陈志清先生演唱，冲淡清逸，仿佛濯足清流，不染尘俗。

每当欣赏余派传人陈志清先生的唱腔，脑海里便会浮现出宋元明文人书画的意境，想到王维"空山不见人，但闻人语响。返景入深林，复照青苔上"的诗句。文人书画和王维诗以冲淡著称，陈先生的唱腔如这些诗画一样，具有一种冲淡的意味。冲淡并非淡而无味，而是冲而不薄，淡而有味，即他给人带来的不是雷霆万钧般的震撼和冲击，而是绵绵春雨似的润物无声，他扮演过各种人物，如程婴、陈宫、杨延昭……这些人或悲、或喜、或怨、或怒，却哀而不伤，乐而不淫，怒而不瞋，怨而不愤。

"言气质，言神韵，不如言境界。有境界，本也。气质、神韵，末也。有境界而二者随之矣。"近人王国维的"意境说"，开创了古典诗词研究的新天地，从意境角度分析了古典诗词之所以常读常新、魅力永恒的原因。京剧亦然，真正的京剧大家也在于能够进入一种境界。陈志清先生的唱腔，余派韵味醇厚纯正，但已超越了韵味；具有高超的技巧，但已超越了技巧；有人物，但已超越了人物。可以说，他的演唱已经达到了一种境界。王国维曾将境界分为有我之境和无我之境，有我之境带着个人的主观情感观照外物，表现了强烈激动情感的境界；无我之境即为忘我之境，表现了宁静淡泊意味的境界。一般杰出的演员都能达到有我（我是双重的，既指演员，也指剧中人）之境。无我之境，物我两忘，天人合一，很多演员，包括具有一定造诣的演员，达不到这种境界。聆听陈志清先生之《洪羊洞》三段，既无英雄末路的压抑凄迷，也无人之将死的悲怨伤痛，而是一种参透生死的空明澄澈，冥我两忘，恍入无人之境。他录制的《文昭关》"一轮明月照窗前"，用余派方法演唱，改沉郁顿挫为静穆淡远，变沉雄哀痛为空灵超脱，从有我之境进入无我之境。

中国人讲究中庸之道，"喜怒哀乐之未发，谓之中。发而皆中节，谓之和。中也者，天下之大本也；和也者，天下之达道也。致中和，天地位焉，万物育焉"。陈先生的演唱，感情内敛，朴素大方，合于中和之道境。他演唱《三娘教子》中"小东人"一段，不刻意拖长腔、放慢尺寸，虽不及马派花哨、用情,但老仆对主人的一片殷殷丹心了然在胸,更为感人。《搜孤救孤》"法场"一折中的"迈步儿来在法场中"一段,人物极其悲愤压抑,碰板最后一句"是一个无义的人"的"人"字和叫散后"我的儿呵"的垫字"呵",是两个长腔,一般演唱者唱时铆足了劲,似江河奔流,酣畅淋漓,极尽抒情之能事,而陈先生妥善处理收放、轻重、快慢的关系,演唱举重若轻,不外露,不故意用力,不过分强调一点,令人不禁生出悲从中来之感。

林琴南在《春觉斋论文》中说:"意境当以高洁诚谨为上者。凡学养深醇之人,思虑必屏却一切缪辂渣滓,先无俗念填委胸次。"故创造意境时,"须先把灵府中淘涤干净"。刘曾复老先生评价陈志清先生的演唱,路子正,规矩。刘老所言之正与规矩,既是指陈先生之艺,更是指其学艺做人。陈先生出身梨园世家,祖父乃是有"老夫子"之称的陈德霖,姑父为余派创始人、梨园三大贤之一的余叔岩,父亲是著名余派传人"三小四少"中的陈少霖。他自幼随父亲陈少霖学戏,并向余叔岩和孟小冬的琴师王瑞芝与余派名票赵贯一问艺。1957年进入北京联谊京剧团。1960年考入中国戏曲学校,师从雷喜福、邢威明、陈斌雨等。毕业后,他经常向在老生艺术特别是余派方面造诣高深的京剧研究家刘曾复教授请教。家学渊源,加上虚心学习,使陈先生对老生的发声、用气、演唱总结出一套非常科学的方法。王国维强调文学之事,既有修能,又重内美。陈先生演唱艺术的高超与高洁,源于他良好的道德修养。他为人正派,虚怀若谷,不慕虚荣,淡泊名利。许多青年演员和余派票友向他问艺,他都认真教授,不摆架子,不提条件,以科学方法培育英才,为余派艺术发展传薪接火。刘曾复老先生和许多艺术家评价陈志清先生教学最大的特点是没有毛病。当今活跃于舞台上的青年名家由奇、周梦梅和著名小票友何思凝、在票届初露头角的李凤珠等都是他的学生。孔夫子评论韶乐"尽美矣,又尽善矣",认为韶乐达到了其心目中艺术的最高境界。陈志清先生之艺堪称尽善尽美。

余叔岩先生不追求廉价掌声,有人评价他的"十八张半"清刚醇厚,没有人间的烟火气,陈志清先生的唱腔正有这样的特点。这种没有人间烟火气和文人书画有着相似的境界。文人书画不仅能带给欣赏者一般的审美愉悦,更能启人心智,发人深思,令观赏者深深感悟到文人书画作品所透露出的文人书画家的思想情调、人生体验和文化精神,从而具有一种超越历史、超越时代的价值。从界定文人书画的角度评价,陈志清先生的演唱可以说属于一种文人戏。陈先生冲淡清逸的唱腔体现出一种中华传统文化的中和精神,他的演唱有一种天道人生之意味,颇具仙风道骨,听来不仅是审美和感官的愉悦,更是心灵的共鸣和荡涤,令人宠辱皆忘。

> 结庐在人境,而无车马喧。
> 问君何能尔,心远地自偏。
> 采菊东篱下,悠然见南山。
> 山气日夕佳,飞鸟相与还。
> 此中有真意,欲辨已忘言。

世事喧嚣,人事纷繁,不堪重负,寻寻觅觅,常常羡慕陶渊明那种悠然自得的闲静。陈志清先生的唱腔让人减却浮躁,无论是在秋雨梧桐叶落时的深秋,还是在北风吹地白草折的初冬,都感到一种东篱采菊的释然和久违的宁静与安详。

柔情似水

——《对花枪》反二黄之畅想曲

水,温柔不争,任意而随形。水,耐力非凡,滴水可穿石。水,刚柔相济。女人,性情如水。

聆听新老旦《对花枪》的大段反二黄,如同一支九曲十八弯的水流,时而静静流淌,时而奔涌澎湃,时而沉静,时而激荡,让人感受到女人似水的一种柔情。

我的家祖居南阳地,

离城十里姜家集。

…………

一条清澈的小溪,潺潺流出,舒缓委婉,如同清纯无杂、情窦未开的少女之心。"家"字以切音技巧缓缓而出,随着音色的逐渐明亮,仿佛和美丽的姜桂枝一同回到她那美好的少女时代,来到她那个温馨和谐、天伦之乐的家。那颗少女之心如同小溪一样清澈,没有任何渣滓和杂质。"家"和"南",高亢而明亮的音色,让人感到整条水流必将如同那少女之心一样明澈。

四十年前有一天清晨起,

大雪飘飘铺满地。

……………

水面渐宽,流速渐快,溪流逐渐汇成大河。"飘飘"两字的高腔,让人似乎看到雪花纷纷,大雪满地,善良的桂枝一家搭救贫病交加的罗艺的情景。渐宽的河面,如同少女善良的本性一样博大开阔。

罗艺练花枪,
由我来教习。
……………

水流激起一个小小的旋涡,那阵阵涟漪,是两情相悦、两心相印的波澜,是初尝爱情甜蜜的婉转女儿心。

请宾客,摆宴席,
吹吹打打满堂喜。
点花烛,拜天地,
花枪结良缘,做了好夫妻。

奔腾的河水,冲向一个大峡谷,波浪翻滚,卷起千堆雪,欢快地流向前方。真挚的爱情,在一个少女的心房激发起无穷的力量,如同这奔流激荡的高峡激流。

好男儿立志在沙场之上,
怎能够虚度这大好时光。
……………

冲出峡谷,百川汇合,前面来到一片开阔平静的水面,浩浩水波,无边无垠,深不可测。好开阔啊!女人的心如同这容纳百川的江海，不仅装着爱人，还装着爱人的功业，更装着天下，她要通过爱人实现自己的天下梦。有人说，女人心，海底深。忽然我想，这深，不是一种深不可测，而是一种爱的深沉。

盼夫郎盼过了多少春去秋来柳叶黄，
为想我夫病倒床。
…………

江水东流，无休无止。爱人远去，杳无音信。忆君心似西江水，日夜东流无歇时。

春雷一声划破长空震天响，
一桩喜事驱散乌云从天降！
…………

浩大的江流，终于汇集到浩瀚的入海口。分别四十年的夫妻即将团圆，怎不令人激动兴奋？！

陶醉在这清纯的唱腔里，如同沐浴在澄澈的清流中，感到一种从里到外的净化。曹雪芹借宝玉之口说：女人是水做的骨肉，在他眼里，"但凡山川日月之精秀只钟于女儿，须眉男子不过是些渣滓浊沫而已"。造化钟神秀，美丽的老旦，既有溪水的清爽，又有飞瀑的磅礴，集中了水的精华，是水的精灵所化。

这是一弯明净的清流，恰如女儿一颗纯真的心。这份纯真，洋溢着激情，焕发着青春的气息，让人感受到一种青春之美，温婉之美，至情之美，这是四十年只有时空距离、没有心灵距离的爱情的力量啊！新老旦，将扮演老年妇女形象的老且，还原为一个有着似水般柔情的女儿。新老旦们赋予老旦美以新的内涵，树立起一座新的老旦里程碑。

老子说，"上善若水"。孔夫子说，"尽善尽美"。新老旦的嗓音，如同溪水般纯净，如同激流般透着生命的张力，如同大海般有一种海纳百川的亲和力。这是一种蕙质琴心，透着如水般的美丽风情。

眼神的魅力

——观京剧数字电影《对花枪》

你的眸子
如澄净的秋水
明澈而清纯

你的眸子
似夏日的太阳
热烈而赤诚

你的眸子
就像弯弯的新月
远山含黛
波光流转
创造了一个月映万川的美丽之梦

2009年,在第五届中美电影节上,爆了一个冷门,京剧《对花枪》获得金天使奖。影片最令不懂京剧的专家和观众惊叹的是姜桂芝回忆家世和情路的长镜头,这个镜头长达24分钟。在我国的电影中,出现24分钟的长镜头尚属首次。在电影业发达的西方,这种长镜头也未曾见过。

电影是一门视觉艺术,可看性是其首要特质,要求演员必须具有高超的表演技巧和表演艺术。而《对花枪》的这个长镜头表现的不是可看性强的做、打,而是地地道道的一段108句、长达24分钟的反二黄唱腔。这段唱腔脍炙人口,让戏迷过足了戏瘾。排成电影,固然需要演员的唱功过关,更主要的是需要表演过硬。京剧是综合艺术,强调唱、念、做、打,这段戏却给演员的表演空间不大,一个美丽的老妇,在月夜下,回忆四十年的悲欢离合、酸甜人生。其中,有少女时代的豆蔻娇羞,有心心相印的爱情甜蜜,有亲人离别的悲苦酸楚,有孑然独身的孤独寂寞,有喜从天降的激动兴奋,有一家团聚的天伦喜乐。对这一切,唱腔设计关雅浓先生用表现力较强的反二黄,为演员提供了成功表现的基础。但是,表演完全要靠演员自己发挥。袁慧琴在电影中的成功,在于她对这段唱腔完美的演唱,更在于她对人物的准确把握,借助深厚的艺术功力,化作魅力四射、表现力极强的眼神。导演萧锋透露,这个长镜头拍起来并没有太难,袁慧琴只花了一天时间做准备,拍了三次就大功告成。

电影拍摄没有用实景,而是利用国画、剪纸等纯中国写意元素,形象地表达人物意境,反映四季变换,表现女主人公的叙事、回忆和想象。这样,整个场景全靠演员调动。这段长镜头的唱腔可分六个段落。在舒缓的长过门音乐中,姜桂芝一出场,未启唇放歌,那明如清泉的双眸已春波荡漾,洋溢着欢喜光芒的眼神仿佛把人们带到了纯洁浪漫的少女时代。随着明净的歌声,对家乡美好的回忆,一家人其乐融融地团聚和习武的情景似乎就在眼前。在长镜头的推拉摇移中,慧琴的眼神中充满了关切、善良。姜桂芝回忆起四十年前大雪漫天的清晨，救罗艺，收徒弟，授枪技，那眼神有了羞涩与赤诚，秋波流转，二人"练花枪脉脉含情常私语，彼此爱慕会心意"的情景仍历历在目。"点花烛，拜天地，花枪结良缘，做了好夫妻。"羞涩的眼神充满着一种火的热烈，一个兴奋、美丽的新嫁娘站在人们面前。"好男儿立志在沙场之上，怎能够虚度这大好时光。"沉静的眼神如同明澈的秋水，几分淡定，几分从容，俨然一个识大体、明事理的大度少妇。"盼夫郎盼得我朝思暮也想，天天倚门望。"紧蹙的双眉，忧伤的眼神，是姜桂芝对爱人深深的思念。"春雷一声划破长空震天响，一桩喜事驱散乌云从天降！"怒放的心花，通过眼睛化作四溅的火花，直射人的心房，令人和姜桂芝一起沉浸在即将夫妻团聚、骨肉团圆的激动兴奋中。

　　表演形式有民族差别，而精湛的表演可以消除这种差别。尤其是袁慧琴在《对花枪》中，眼神里自始至终洋溢的那种善良、真挚与赤诚，乃是一种永恒的人性之美，打动了东西方所有人的心灵。

红莲池里白莲开

——读张火丁

唐代诗人武元衡《赠道者》诗中有这样一句，"红莲池里白莲开"，用红莲池中玉洁冰清的白莲来形容一位白衣女子的脱俗之美。当今京剧舞台的旦角演员，灿若群星，百花争艳，一个个靓丽无比，花枝招展。在这一片喧嚣与繁华中，有一位沉静的艺术家显得卓尔不群，宛如一朵素净洁雅的白莲，在梨园开放。白燕升曾引用许多观众的说法，以冷艳来形容她。她就是程派演员张火丁。

火丁为程派大家赵荣琛高徒，她那纯正的程派唱腔，让人体会到程派的幽咽婉转之美。她唱腔的幽咽不是学习流派的模仿，旋律的婉转并非继承前人的刻意，其中融入了自己对艺术和人生的理解。昔日，李颀听董大弹琴，仿佛"四郊秋叶惊摵摵"，又似"空山百鸟散还合，万里浮云阴且晴。嘶酸雏雁失群夜，断绝胡儿恋母声"。火丁略带沙音的声调，正如秋风吹林，其中蕴含着一种能触及人灵魂的忧伤，这种忧伤伴随着优美的程派旋律流进人的心田。在充分的程派韵味享受中，蕴含着一种触动人心灵的力量。这是女性的婉约柔媚与程派的幽咽沉郁异常完美的结合。火丁的做表亦非常到位，她那翻飞的水袖，如飘然回雪，天女散花，极尽女子之美态。每每欣赏火丁演出，聆听她演唱，心中常生感慨，仿佛她就是为程派而生。

幽咽中自有一种内在的锋芒，忧伤里别有一种感动的力量。这种锋芒和力量在火丁身上化作一种专一和执着，体现在她扮演的各个人物身上，无论是对爱人的忠贞、对夫君的忠爱，还是对事业的忠诚，都蕴含着一个字：忠。最欣赏火丁的四出戏：《春闺梦》《白蛇传》《梁祝》《江姐》。这四出戏是她继承传统戏、改革传统戏、新编历史剧和新编现代戏四个方面的代表作，统一规范的程派风格，一以贯之的人生感动，标志着火丁艺术的成熟。

《春闺梦》乃程派经典，唱做念舞并重，火丁所扮张慧珠之中规中矩自不待言，婉转的唱腔，抑扬的念白，挥舞的水袖，顾盼的眼神，全面继承程派规范，深入挖掘人物内心。随着剧情的深入，观者在陶醉于正宗程韵的同时，不禁有些心疼。"可怜无定河边骨，犹是春闺梦里人。"怎不令人痛惜？

《白蛇传》本为梅、张所擅的大路戏，高山在前，火丁逾高山而另辟蹊径，出窠臼而依旧方圆，地道的程派蛇仙让人耳目一新，痴情的天仙女令人心绪难宁，这才是有着一颗婉转女儿心的蛇仙啊！

梁祝的故事是戏曲常演题材，为大众所熟悉。京剧中，梅派《柳荫记》早为戏迷耳熟能详，程派《英台抗婚》传唱已久。若说火丁演出《白蛇传》是推陈出新的成功尝试，而她的《梁祝》则完全是另起炉灶，老戏新编，新腔老唱，程风张韵，一个新的程派祝英台立在舞台之上，一个为爱情而殉身的奇女子给人带来久久的感动与思考。

《江姐》是火丁多年继承和演出程派戏的一次厚积薄发，堪称她的巅峰之作。第一次观看此剧演出，就觉得这仿佛是一出编演多年的经典。江姐第一次出场的亮相，第一句"看长江战歌激起千层浪"的唱腔,让人觉得这是正宗的程派,这就是江姐!火丁将程派幽咽婉转中的内在锋芒,化作革命者意志的坚定、精神的无畏、信念的执着、人生的正气,化作巾帼英烈对苍生的关心。

红岩上红梅开,千里冰霜脚下踩。
三九严寒何所惧,一片丹心向阳开。

火丁使程派艺术和革命英烈实现了完美统一。"麻衣如雪一枝梅",这梅,是江姐,还是火丁?

火丁的身上没有一丝烟火气,这何尝不是她对京剧心无旁骛的坚守、对程派艺术无怨无悔的执着?这何尝不是一种远离浮躁和功利的做人精神?据说她是圈里唯一一个没有主动找导演上各种晚会,却将个人演唱会开到了人民大会堂的京剧演员。在各种清唱场合,她从未浓妆艳抹,总是一头齐耳短发,一袭长袍,素面朝天,不像伶人,更似一个文静的大学生。清人吴文英评价庄子:"庄子眼极冷,心肠极热。眼冷,故是非不管;心肠热,故感慨万端。"从某种意义上说,火丁不就是这样吗?

仙音天外来

——史依弘唱腔印象

梅派唱法含蓄，平淡典雅而不失俏奇华丽。史依弘非常全面地体现出梅韵之美，又别具一种不食人间烟火气的风格。

"西施女生长在苎萝村里"，朱唇轻启，歌喉圆润，那柔和而充满弹性、婉转而不失挺拔的声音，辽远而又逼近，在空中袅袅回荡。听来不矜持，不用力，毫无收放提纵的人工之痕，只有回环往复的自然声韵。那一个个音符仿佛滚圆的珍珠，一粒一粒地滚出，抛撒到空中，形成一条条美丽的弧线后，落于玉盘之中，天地间响起一片片深远的回音。这哪里是在歌唱？分明是一位司春天女调动骀荡春风，吹拂百花盛开，引得百鸟齐鸣发出的天籁之音。

史依弘原本未学青衣，她学的是武旦，其师张美娟为提高她的唱功，把她推荐给研究戏曲声乐的卢文勤教授。卢教授一生研究梅兰芳艺术，尤其对梅兰芳唱腔有独特体会。他欣喜地发现了一个梅派好苗子，于是悉心培养。在京剧界，历来讲究口传心授，这位卢教授却从不口传心授，他让史依弘反复聆听梅兰芳的录音，让她模仿梅先生的唱法，然后用声乐学的方法逐一分析、讲解、指导。取法乎上，得乎其中。史依弘跟随没有教过她一句唱腔的声乐教授，创造了京剧的一个奇迹，她掌握了梅派的发声、用气方法，声音通透，达到天赋与人工的极致，似莺声一样提溜滚圆，如仙音一般天外而来。她的演唱含起伏于平缓之中，端庄典雅，平和中正，蕴藉流畅。史依弘竟从一个刀马旦成为一个梅派大青衣。

　　李太白闻蜀僧濬弹琴，说客心洗流水，其心如同被流水洗过一样澄澈。聆依弘仙音，同样如此。清早，打开音响，欣赏几段史依弘的仙音京韵，简直如同流水洗心，洗去昨日的烦恼，洗出一天的轻松和激情。

清水出芙蓉

——张慧芳唱腔印象

人似乎都有趋之若鹜的心理。对一个演员的评价，赞美之词往往比较丰富，赞誉如出一辙。张慧芳声誉日隆，众人评价她是近年来继李胜素之后，又一个一流旦角。进入21世纪以来，她屡屡获得大奖，如全国京剧优秀青年演员评比展演一等奖、全国京剧优秀青年演员电视大赛优秀表演奖、中国戏剧梅花奖、全国京剧优秀青年演员电视大赛青衣组金奖等。扮相俊美，嗓音宽厚圆润，演唱韵味醇浓，台风端正凝重，具有大家风范，是梨园内外对她的一致评价。其实，许多著名演员都可以得到这样的评语。

对慧芳的演唱，我更关注、喜欢她的个性。她的演唱既有传统流派特色，更有自己独特的风格。她的嗓音具有一种特殊的水音，特别是演唱带a音符的开口音行腔时，特别明显。如她演唱《状元媒》"自那日与六郎阵前相见"一段时，郎、还、山等字婉转明丽，仿佛一汪碧澄的清泉在汩汩涌动，无杂质，无纤尘。欣赏她的唱腔，好似沐浴在山野间的清风中，心中的渣滓荡然一空，好似看到一个质朴清新的小家碧玉，吐露着一颗纯真的少女之心。

这种清纯，有嗓音的天赋，也凝聚着后天"转益多师是吾师"兼收并蓄的恢宏追求。那如幽兰般的清丽，是学习梅派给她留下的烙印；似怒放之牡丹般的华丽，是研习张派的影子；如溪水潺潺般的委婉多姿，是程派潜移默化的影响。

中国艺术追求真善美，真是基础。这种真，既有艺术之真，也有人生之真。莲花出淤泥而不染，才有皎洁的风姿。卸下戏装的张慧芳清新质朴，温文尔雅，一如她在舞台上的形象。虽然从艺道路历经坎坷，从河北到湖北，再到北京，辗转千里，但沉潜、勤奋的她一直默默耕耘坚守在这片传统文化园林中，改变的是时间，不变的是追求。

杜甫评价李白诗：清水出芙蓉，天然去雕饰。正如慧芳的名字一样，她的唱腔，蕙质芳馨，似天然去雕饰的清水芙蓉，亭亭玉立，卓然不群，已超出韵味浓郁、优美动听的范畴。

珮瑜的无奈

珮瑜者，美玉也。余派新秀王珮瑜的演唱，就似她如玉的名字一样，超凡脱俗。她以聪颖的悟性，清新的演唱，颇能体现余派峭劲之韵。她的唱腔清纯有味，完美体现出余派没有人间烟火气的风格。虽无雌音，但其演唱在醇厚的余派韵味中又别具婉约清秀之致，或许这正是女老生之所长。她扮演的陈宫、程婴、祢衡等大丈夫，洋溢着清雅浓郁的书卷气。

张中行说，余派演唱有天道人生的况味。这天道人生的况味中，自有一种曾经沧海的沧桑与苍凉。极喜欢《武家坡》中薛平贵与王宝钏相认后、团圆时，薛平贵唱的一句散板"平贵离家十八年"（后面王宝钏接唱"受苦受难王宝钏"）。这一句没有大的拖腔，极普通，"家"字用力往上一挑，"八"字以气做回环往复，宛如石破天惊，雾散霞照，仿佛心中郁结多年的苦楚之气一吐而快。《武家坡》是杨宝森先生与程砚秋大师的杰作，杨先生嗓音宽厚有余，高亢不足，自有一种苍凉之意。他演唱此句以狮子搏兔之劲，难免有涩感，但往往给人带来一种心灵的震撼。每每听杨宝森先生唱到此处，心中便有一种莫名的感动。

近来，珮瑜与人多次演出此剧，唱腔纯正优美，中规中矩，无可挑剔，然此一句却无那种苍凉意和震撼感，其中有唱法的细小差异，主要因她受女老生所限，缺少男性嗓音的厚度，难以体会男人的沧桑。同样，听她演唱《四郎探母·坐宫》"杨延辉坐宫院自思自叹"一段，也缺少那种大雁失群、人在异乡的惆怅与伤感。

造化钟神秀，仙音天外来，有些确非人力之能所为，何况珮瑜之女扮男装？

听《贞观盛世》与《沙桥饯别》偶感

　　紫殿开宸阙朗霞光千丈，
　　登九重览众山君临万邦。
　　灭隋炀伐无道气吞霄壤，
　　居五位定乾坤始见大唐。
　　应天时遂民意恩威并降，
　　沐春晖奏箫韶国祚日强。
　　回眸看兴衰成败古今状，
　　几曾见浩瀚神州这般辉煌。
　　励精图治呈嘉象，
　　心仪尧舜步康庄。
　　四海咸宁疆域广，
　　府库充盈帝运昌。
　　君贤明臣忠直基业共创，
　　庆长安开盛世福祉绵长！

　　这是上海京剧院新编戏《贞观盛世》中唐太宗李世民的一个主要唱段，唱词写得气壮山河，一代盛世英主的气魄跃然词句之中，音乐配器恢宏雄浑，气度不凡，让人仿佛置身于那个令人神往的盛世。尤其是李世民的饰演者关栋天以清越中正的余派演唱将人物表现得比较到位，让人看到一个君临天下、协和万邦的大唐明君。然而，京剧唱段的灵魂与神韵在唱腔之美，若唱腔设计不佳，行腔必然不会让听众产生绕梁三日的美感的享受和力度的感动。对于以上唱段，如果演员不具备关栋天这样的嗓音条件、演唱功力和乐队配置，能否恰如其分地体现出人物气质神韵，令人怀疑。

《沙桥饯别》中有一段非常经典的唱腔：

> 提龙笔写牒文大唐国号，
> 孤御弟唐三藏替孤代劳。
> 各国内众蛮王休要阻道，
> 到西天取了经即便还朝。
> 孤赐你锦袈裟霞光万道，
> 孤赐你紫金钵禅杖一条，
> 孤赐你藏经箱僧衣僧帽，
> 孤赐你四童儿鞍前马后、涉水登山好把箱挑。
> 内侍臣与孤王将宝抬到，
> 金銮殿王与你改换法袍。

同样是二黄唱腔，同样扮演李世民，和《贞观盛世》相比，这段唱词就逊色得多，非常平淡。伴奏也只是传统的三大件，显得有些单调，行腔节奏舒缓，但唱腔毫无呆板拖沓之感。平缓起伏的唱腔中，蕴含着一种内在的韧劲，极富感染力，越听越美妙，君王的气度尽在行腔的美妙中，越听越能体会到君主海纳百川的胸怀和生机勃发的精气神。这种美妙来源于提溜劲的用气，来源于中锋嗓的发音，来源于音韵的错落讲究，其美让人常听常新，言之不尽，道之不完，只有心领神会的无声感悟，没有完全合适的语言表达。这当然是余叔岩唱腔之美，也是传统京剧之美。

　　传统京剧更注重演员本身，新编戏则更多地靠外在技术手段，唱腔设计、音乐配器、舞台灯光等，孰优孰劣，孰高孰低？

看《罢宴》

寇准，北宋名相，以正直忠贞闻于世，但生活豪华奢侈。《宋史》本传记载："准少年富贵，性豪侈。"清杨潮观有杂剧《寇莱公思亲罢宴》。20世纪50年代，中国京剧院为正值盛年的李金泉量身定制，改编了小戏《罢宴》，写寇准寿宴大事铺张，极尽豪华，乳母刘妈妈以寇母当年抚养寇准的艰辛劝谏寇准罢宴。

京剧《罢宴》的故事情节虽简单，但勤劳为本、节俭生活的立意，婉转迂回、优美动听的唱腔，使这出戏迅速得到传唱，成为李金泉代表作之一，逐渐积淀为一出和骨子老戏《钓金龟》一样的老旦精品戏。李老的学生中，赵葆秀的此戏非常精彩。袁慧琴的此戏学自恩师，得真传，有新意。

袁慧琴出场摇曳多姿的两句二黄摇板，"蒙相爷赐寿宴西廊之上，只饮到醉醺醺日落西方"，和老师李金泉相比，在醉老之态中，声音、唱腔、形象、眼神，洗却沉沉暮气，多了一份神清气爽，令人心旌摇摇。同时，这种清爽非常符合刘妈妈当时欢庆寇相寿诞心花怒放的心境。

散板不好唱。"此时间我理应当对他言讲，原来是这蜡烛流油泻满回廊。相爷他身荣贵把旧事全忘，太夫人你你你你好苦啊。"几句散板，慧琴唱做结合，恰如其分，第一句的"讲"字运用拖腔，边唱、边圆场，搓步，唱腔优美，动作漂亮，极见功力。

慧琴的念白,和唱腔一样优美动听。"适才饮罢寿宴往华堂,只见这红灯成对,寿烛成双,照得这相府好辉煌。我失足滑倒在西廊上,皆因是这红烛高烧,蜡油满回廊,我见景伤情思以往。"慧琴的念白,似吟诵诗章,为无乐之唱,句句含情,字字有韵,听来如饮醇醪。

想当年先太爷早把命丧,
太夫人与人家浆浆洗洗,缝缝连连,
一家人苦度时光。
料不想那年间灾旱又降,
这凄凉景象急坏了你苦命的娘,
哪有钱买油做灯亮,
无奈何把山岗上,
采松香代灯油跋涉奔忙,
怕的是你学业有荒。
到如今这堂前红烛通宵明亮,
照不见当年的受苦亲娘!

这是该戏的核心唱段,叙述寇母抚养寇准的艰辛,唱腔婉转低回,多中低音。慧琴嗓音高亢明亮,这个唱段不易发挥其长,她却唱得不飘不浮,沉着有力,层次分明,驾驭高中低音的技巧可谓炉火纯青。深情的唱腔,把刘妈妈对寇母回忆的深挚、对寇准奢侈的痛惜和劝谏的恳切表现得淋漓尽致,算得是语重心长,感人至深。

接下来的"休道她未曾把富贵来享",和《赤桑镇》中"听罢包拯一席话暗自思想"一句非常相似,此时刘妈妈的情绪达到极点，演唱达到高潮。高亢奔放的唱腔将慧琴嗓音的优势发挥到极致，听起来似大河奔流，一泻千里，酣畅淋漓，令观众过足了戏瘾。

李金泉演出本半个小时有余，非常精练，为折子戏中的精品，但其中有一些过渡性唱念略显拖沓。袁慧琴积极适应今天观众的审美和欣赏习惯，进行重新加工，删去了部分过渡性唱念，使节奏更加紧凑，演出更加洗练。如刘妈妈上场后有宴乐的内白，她即景生情，有一段二黄摇板："笙歌处处舞霓裳，张灯结彩好辉煌。看今年又胜过往年景象，不料想相爷他做事荒唐。"这和后面陈山叙述寇准命他携万金采购古玩玉器、挑选歌童舞女的情节有重复。陈山叙述后，刘妈妈还有重复的问话等。袁慧琴对这些重复而影响演出节奏的唱念都进行了删改。尾声部分，为刘妈妈增加了一句"你今日辜负了年迈萱堂"的嘎调，把整个演出推向最高潮，也把慧琴美妙的声韵展示到极点。

历史上是否有寇准罢宴的故事，未有考证，但有其侍女蒨桃讽谏寇准节俭的两首《呈寇公》绝句流传甚广：

其　一

一曲清歌一束绫，美人犹自意嫌轻。
不知织女萤窗下，几度抛梭织得成。

其　二

风劲衣单手屡呵，幽窗轧轧度寒梭。
腊天日短不盈尺，何似妖姬一曲歌。

《罢宴》之戏是否根据两首诗演绎而来或受到诗的启发，不得而知，但诗和戏有很大的相似性。尤其是袁慧琴重新加工整理后演出的《罢宴》，就如绝句一样洗练而优美。

纪念奚啸伯先生演唱会随感

2011年1月15日晚,《空中剧院》直播纪念奚啸伯先生诞辰100周年演唱会。当时没赶上看,后来在网上观看了回放。

奚啸伯先生之艺为阳春白雪,徐慕云形象地评价"奚音有洞箫之美"。奚先生拜言菊朋为师,崇余大贤,和言菊朋一样,文化素养较高,文化底蕴深厚,均为儒伶,唱腔旋律学的是老师,内在神韵却学的是余大贤。奚先生的一七辙最为人称道,金石之美的脑后音和余息息相通。所以,窃以为奚派唱腔可用言腔余韵来概括。

演唱会汇集了国内奚门三四代传人的大部分。人气最高的当然是建国老师,近来他的嗓音不如以前,当晚的演唱已出神入化;演唱最好的当推张军强,一段《法门寺》,不仅奚韵十足,而且别具一种甜美的风格;王小婵的演唱属上乘,其《白帝城》有老奚味;赵建忠有奚派神韵,顿挫处稍显过火;久不露面的李伯培老先生,虽为奚门再传,但曾亲聆奚先生教诲,一段《杨白劳》非常老道;杨志刚、李保良,有奚味;黄佳、吴佳明,小荷才露尖尖角。当晚还有两位女奚派老生,我一直以为,奚派独特的脑后音,既有技巧因素,也有性别因素。受生理条件限制,女生唱奚派,为劣势。张姓演员的《珠帘寨》,奚味不足,赵淑华之《马鞍山》倒有些意思。这次演唱会,美中不足的是,奚派青年翘楚张建峰未参加。后来得知,他的团里有任务，实在无法抽身，他也深以为憾。

奚啸伯先生曾长期工作在石家庄，当今奚派老生的佼佼者多从燕赵起步，为河北培养，如张建国、张军强、王小婵等，可惜均已各奔东西，只剩略逊一筹的赵建忠一人，这一情况值得地方深思。

当晚，许多其他行当和流派的名家助兴演出。从河北走出的张慧芳，演唱《谢瑶环》，梅韵中有君秋之美；谭孝曾的演唱，虽不能说徒有虚名，离老谭、小谭差距甚大，徒依谭门之大树耳；余、马、杨俱学的杜镇杰，当晚演唱十八张半之经典《鱼肠剑》，中规中矩，似乎缺了点余大贤之澄净空灵和对天道人生的感叹；叶少兰，虽已古稀之年，但仍具风采。最后出场的老乡尚长荣不负众望，一段《天水关》，声振屋瓦，惊天动地，极富气势与神韵，不愧为当今之十全大净，戏界之牛耳。为他伴奏的陈平一，操琴不瘟不火，中规中矩，稳重大方。一老一少为演唱会画上了圆满的句号。

演唱会主持人为对京剧十分熟悉的资深主持人余声，却出现两处不连贯之口误，实属遗憾！

戏味

梆韵美　玉兰香

——观新编河北梆子现代戏《吕玉兰》

这是一个古老的剧种。高亢激越的唱腔，如滋养她的泥土和传唱她的人民一样朴实无华。

这是一个永恒的名字。岁月流逝，带不走心灵深处那一缕幽兰的清香。

大幕已经闭合，掌声经久不息。这不是明星大腕走穴，也非国粹经典演出。在戏曲已不是主流娱乐的今天，在一个名不见经传的地市级地方戏剧团的演出过程中，在一出不易讨彩的以真人真事为题材的新编剧目首演时，座无虚席、掌声如潮，不是神话和梦想，而是由邢台市文广新局策划、邢台市河北梆子剧团编演的现代戏《吕玉兰》的演出现场。

吕玉兰，20世纪那段激情燃烧岁月的一个杰出代表，时代精神的一个鲜明符号。她用扎根农村、封沙造林、战天斗地的艰难历程，诠释了奋斗、奉献与激情的内涵，受到当时党和国家领导人的高度赞扬。在有限的时空中，演绎这样一个经历传奇的人物有很大难度。此戏编剧为来自邢台清河的著名编剧史长生，清河毗邻临西，史先生带着家乡人的一种特殊情感，倾情创作，化繁为简，举重若轻，精心提炼，充分发挥戏曲写意之长，截取1955年至1971年吕玉兰带领父老乡亲治沙造林的故事，以有限的情节表现出吕玉兰精神的无限内涵。

大幕拉开，简明的舞美灯光，雕塑般的人物造型，古老的田园牧歌，顿时让人耳目一新。整出戏不蔓不枝，节奏流畅，调度有方，简洁大气，充满诗情画意。吕玉兰从观众席跑上台的设计大胆新颖，寓意玉兰来自群众，就在我们身边。而导板上场，又非常传统，戏味十足。剧中将传统亮相升华为雕塑式的造型，几段儿歌式的幕间曲，极富创意，给人以极强的视听感受。开场通俗与民族意味兼具的序歌，和第四场皮二林去见杨八姐时架子鼓伴奏的演唱，充满浓烈的时代气息。而第三场冬寒之夜，吕玉兰带领大家突击植树受挫，导演李宪法特意设计了一个梦境，让充满委屈的吕玉兰梦见绿满川原，金凤飞翔，玉兰翩翩起舞。从《游园惊梦》到《春闺梦》，梦，成为戏曲舞台想象力的有力翅膀。吕玉兰之梦，这中国式的浪漫，充分展示了戏曲的美妙和玉兰的追求。整出戏，几个重点唱段的安排恰到好处，为人物抒情、演员演唱、观众品戏留足了空间，可谓曲尽其妙。整个演出，既不失河北梆子本体特性，又极具时代性。从京剧《焚香怨》，我开始了解导演李宪法。其导演理念超前，导演技法纯熟，导演手段多样，河北梆子《吕玉兰》在保证姓梆的前提下，充分利用现代声光电技法，舞台表演和舞美灯光大胆引进现代元素，使传统艺术与现代审美实现完美统一。

我与剧中吕玉兰的扮演者刘莉莎，曾有一面之缘。2014年春天，我们组织尚德南宫——纪念京剧大师尚小云先生诞辰114周年专场演出，专程而来的刘老师，为人很低调。不愧是中国戏剧梅花奖得主，在演出中声情并茂，唱念做舞俱佳，大家风范，让观众不仅欣赏到原汁原味的梆子腔，过足了戏瘾，而且看到了一个有血有肉的吕玉兰形象，深受感动。观看此戏的人，都对戏的音乐唱腔设计赞赏有加，并留下了深刻印象。设计者张记恒老师可谓宝刀不老，他原是邢台河北梆子团的琴师，已离开舞台多年，此戏的创作让他重新焕发了艺术青春。

河北梆子《吕玉兰》，堪称一出集时代性、思想性、艺术性、观赏性于一体的剧目。难以想象，这出戏从5月下旬开始排演，到6月27日与观众见面，仅仅用了一个月时间。邢台市河北梆子剧团是一个有着"一棵菜"精神的团队，他们编演的《包公卖铡》《神医扁鹊》等剧目享誉一时。而这次编演《吕玉兰》，创演人员战胜了时间紧、条件差、待遇低等各种困难。他们只有一个想法，就是把戏排好。他们深深感到，排演《吕玉兰》的过程，也是走近吕玉兰、了解吕玉兰的过程，是体验、学习、实践吕玉兰精神的过程，是一次鲜活的体验式的群众路线教育过程。在玉兰精神的激励下，创演人员倾注了真情与汗水，一个月内使艺术智慧、艺术灵感和创作激情得到了最大释放。演出中，无论主演还是配角，个个精神饱满，认真细致，充满激情，玉兰精神在演员身上化作了一种荡气回肠的精气神。河北省委驻邢台党的群众路线教育实践活动教育督导组对此戏的创作排演给予了大力指导，特别是原省委副秘书长、督导组常务副组长张国钧先生为此倾注了很大心血。

在演出中，许多观众情不自禁，热泪盈眶，好久没有看到这样令人感动的戏了，尤其是由一个地方剧团排的新编戏。《吕玉兰》剧组每到一地，观众如潮，掌声如雷。在吕玉兰老家临西县演出时，更是异常轰动，掌声达26次之多，许多观众边看戏边流泪。我两次观看此剧，分别由两位对戏曲毫无认识、更无兴趣、第一次进剧场看戏的朋友陪同，他们无不深受感染，原来戏曲有如此魅力。特别是该剧在下基层巡回演出时，有的地方舞台条件简陋，现代化的舞美灯光无法派上用场，演员们敬业的精神、精湛的演出，依然征服了观众，出神入化的表演将戏曲的写意之性展现得淋漓尽致，用有限的舞台创造出无限的空间。广大观众在享受艺术的同时，也受到了一次生动的群众路线教育。该戏没有空洞的口号、枯燥的情节、空泛的内容、僵化的程式，只有诗意的场景、精彩的表演、深情的演唱。这既是一出艺术经典，也是党的群众路线教育实践活动方式创新的一个典范。熟悉的形象，生动的表演，缩短了教育的距离，使演者、观者、所有参与者同时受到了教育。第五场，吕玉兰发自内心地说道："当干部不为老百姓办事，这还是共产党员吗？"剧场内，观众席不禁爆发出雷鸣般的掌声。

新编河北梆子《吕玉兰》，成功了！很多新编戏，行内获奖，观众冷落，这出戏却得到了观众的高度认可，可以说在当今戏曲演出中比较罕见，对戏曲工作者不能不说是一个启发。家乡人写家乡事，家乡人演家乡戏，家乡戏演家乡人，接地气，唱民声。越是地域的，越具普域性；越是民间的，越具生命力。经典艺术形式，经典人物形象，恰当的结合，将产生经典作品。经过再加工、再提高，《吕玉兰》冲击国家舞台艺术精品工程剧目将大有希望。

闺女呀姑娘，
春风啊暖阳，
你是冬天一铺热炕，
你是老人们的闺女，
你是孩子们的亲娘，
你是夏日一片荫凉，

下雨你是遮雨的伞，

刮风你是挡风的墙。

大气磅礴、慷慨激昂的梆子腔，热耳酸心，酣畅淋漓。吕玉兰义无反顾造林治沙、为民造福的豪迈壮举，撼泣鬼神，感天动地。高风昭日月，亮节启后人。"俺吕玉兰，永远是咱东留善固的闺女！"玉兰的深情告白，朴实无华，久久回响在耳边，回荡在春风荡漾的邢襄大地……

京剧中的游子吟

——说说《三家店》

在人类的各种情感中，母亲对儿女的舐犊之情可谓最纯洁无私。当一个人离乡背井或身处危难之时，母亲对儿女的牵挂，如明月满川，无穷无尽。正所谓："儿行千里母担忧。"而每当人生不如意时，儿女对母亲的思念，往往更加强烈。想到人言可畏、人心难测、钩心斗角、见利忘义这些世态炎凉之事，母亲对儿女怜惜疼爱之情的无私无欲，让人找到心灵的港湾。游子为何思乡？因为乡中有家，家中有母。游子离歌打动人心，超越时空，具有永恒的意义。

慈母手中线，游子身上衣。
临行密密缝，意恐迟迟归。
谁言寸草心，报得三春晖。

何人能无母？何母不疼儿？孟郊的这首《游子吟》娓娓道尽游子与慈母的舐犊情深与跪乳之恩，虽历一千多年风尘，却让人常读常新，成为一首永恒的母爱颂歌。

京剧，用优美的唱做念打，演尽人间悲欢离合，往往于美的享受中表现人伦之情，令人感叹唏嘘。《三家店》即如此，该戏演的是隋末杨林因程咬金、徐勣大反山东，聚义瓦岗，怒提秦琼至登州问罪，秦琼起解，宿三家店，追思往事，不胜感

叹。起解时,秦琼念母思友,演唱了一段流水板:

> 将身儿来至在大街口,尊一声过往宾朋听从头:
> 一不是响马并贼寇,二不是歹人把城偷。
> 杨林与我来争斗,因此上发配到登州。
> 舍不得太爷的恩情厚,舍不得衙役们众班头;
> 实难舍街坊四邻与我的好朋友,舍不得老娘白了头。
> 娘生儿,连心肉,儿行千里母担忧。
> 儿想娘身难叩首,娘想儿来泪双流。
> 眼见得红日坠落在西山后,叫一声解差把店投。

这段唱腔可谓家喻户晓,不管是否戏迷、票友都知道。2015年中央电视台春节联欢晚会联唱《明星反串闹新春》,歌星陈羽凡、胡海泉演唱了《三家店》,使这一唱段更为深入人心。这段唱腔节奏流畅,旋律紧凑,很是中听,尤其"儿行千里母担忧"一句最为动人心肠,引发了人们很多感慨,堪称京剧中的游子吟。

《三家店》是京剧的骨子老戏,其中的这段流水却是染尽岁月风霜而最终有了现在的唱法。刘曾复先生腹笥丰赡,对众多老生剧目的传统演法了如指掌。华东师范大学出版社出版的《刘曾复说戏剧本集》记录了这一剧目中秦琼发配起解时的传统唱法,却只唱了四句摇板:

> 历城县内上了扭,儿行千里母担忧。
> 眼观日落西山后,望求差爷把店投。

20世纪50年代进行戏改时,中国戏曲研究院编辑出版的《京剧丛刊》,原是"刊",合订为"书",剧本根据当时名家舞台演出本整理加工而成，具有很高的舞台实践性，可以说是清末至民国这段中国京剧鼎盛时期剧本精华之所在，共收剧本160种，多数是当时比较流行的京剧传统本子。由"杨宝森先生和本院（中国戏曲研究院）编辑处祁野耘共同整理"，第二十七集中《三家店》的剧本记录的唱词也是四句，与刘曾复本差不多：

历城县内上了栲，儿行千里母担忧。
眼看日落西山后，望求差爷把店投。

不过，该书专门附注："按老本此段只唱四句。另有词句较多的唱法，兹附录于下"：

将身儿来在大街口，尊一声列位听从头：
我不是歹人并贼寇，也非是响马把城偷。
杨林道我私通贼寇，因此上起解到登州。
舍不得太爷待我的恩德厚，舍不得衙役们众班头，
舍不得街坊四邻的好朋友，实难舍老娘白了头。
娘想生，难聚首，儿行千里母担忧。
眼看红日坠落在西山后，望求公差把店投。

这个版本与当今流行唱法的唱词差不多。

《京剧汇编》于20世纪50年代出版，全部收录未经加工的传统剧目原本，具有很高的文献价值。第六集有李万春的《三家店》藏本，也是词句较多唱法，与上面《京剧丛刊》中词句较多唱法大同小异：

历城县内上了肘，长亭别母泪双流。

将身来在大街口，尊一声列位宾朋听从头：
一不是强梁并贼寇；二不是歹人把城偷。
都只为杨林与我结仇扣，因此上发配到登州。
舍不得太爷好恩厚，难舍衙役众班头；
实难舍街坊四邻好朋友，难舍夫妻不能够到白头。
娘生儿的恩情厚，儿行千里母担忧。
眼见得红日坠落到西山后，叫一声军爷把店投。

台湾《国剧大成》是20世纪60年代末在台湾的张伯谨根据自己所藏的京剧剧本及"中央研究院"所收的诸本整理的京剧剧本集。该书收录了将近600个本子，也是京剧的传统本子，可以与50年代大陆出版的《京剧汇编》相媲美。该书第五集记录的该剧唱法，词句却介于多少之间：

历城县登程往前走，年迈高堂泪双流。
母子生离难忍受，又无兄弟奉珍馐。
养儿本是娘身肉，长亭别母两忧愁，
红日滚滚西山后，儿行千里母担忧。
黄土岗上实难走，尊一声差官把店投。

作为一出骨子老戏，众多前辈老生名宿均唱《三家店》，大都是词句较少唱法。据刘曾复先生弟子樊百乐考证，1903年克莱姆峰出过假孙菊仙的唱片，其中就有"将身儿"的唱段，由此证明至少在清末就有词句较多的流水板唱法。到了30年代，王庾生先生的两位高足吴铁庵、李白水都擅演此戏词句较多的流水板唱法。1931年李白水在百代录制了"将身儿"的唱片，应该是目前这段唱词最早的录音资料了。据王庾生先生的另一高足李英斌回忆,此戏最早由吴铁庵唱红。吴铁庵将此戏传于周啸天。在四大须生时代,唱得最红的是周啸天先生,尤其是其中的流水板,苍劲醇厚而又俏丽新颖,声韵安排,抑扬有致,脍炙人口,当时风靡全国。其唱词词句较多:

将身儿来至在大街口,尊一声列位宾朋听从头。
一不是响马并贼寇,二不是歹人把城偷。
杨林与我来争斗,因此上发配到登州。
舍不得老爷的恩情有;舍不得衙役们众班头;
实难舍街坊四邻我的好朋友;舍不得老娘白了头。
娘生儿,一块肉,儿行千里母担忧。
儿想娘亲难叩首,娘想儿来泪双流。
眼见得红日坠落在西山后,叫一声解差把店投。

从唱词上看,除了"娘生儿,一块肉"与现在的"娘生儿,连心肉"略有差别外,其余几乎一样。而其唱法,也与现在的流行唱法大致相同。

1950年前后,周啸天在南京演出,其包括《三家店》在内的拿手好戏全部《打登州》大受欢迎。此时,李鸣盛正在南京,他领衔的北京进步京剧团恰与周在同一剧场演出。李鸣盛看到周啸天的《打登州》非常喜爱,周啸天离开时,李鸣盛邀请周的琴师黄金陆、班底演员冯玉增等人留下共同演出。在他们的帮助下,他很快学会了该剧。其后,他对其中的《三家店》进一步进行整理。"其中著名的西皮流水唱段'将身儿来至在大街口'就是李鸣盛和他的琴师高月波先生共同在原来周啸天演唱的基础上再创造而形成的。首先,高月波对起唱的胡琴小过门进行了重新设计,使之俏丽别致,不同于一般西皮流水过门。再者,唱腔多处也做了重新处理,如唱句中'将身儿来至在'的'至'字,'因此上发配到登州'中'因此上'和'登州'几个字,都使其字音唱正。同时唱词也略有修改,如原词中的'娘生儿,一块肉'改为了'娘生儿,连心肉'。因李鸣盛崇尚杨派,高月波又是杨宝忠先生的学生,所以这段唱腔以及剧中其他唱段的唱腔,都体现出了杨派的风格。"(刘连伦《玉音响四方——李鸣盛》,商务印书馆)

李鸣盛的唱法更为通畅,加上苍凉的嗓音,沧桑的杨派唱法,让人在流畅的旋律中生出对母爱人伦的感动,成为现在最流行的唱法。因其是杨派传人,令人误认为是杨派戏。其实,杨宝森先生演此剧,只唱四句,如上所录,词句较多者并非杨派主流唱法。

"朝闻游子唱离歌,昨夜微霜初渡河。"人生别离时,世态炎凉处,"儿行千里母担忧",触动人心深处寸草春晖的神经。"萱草生堂阶,游子行天涯。慈亲倚堂门,不见萱草花。"耳畔每每响起《三家店》的唱段,给予人的不仅是声腔的愉悦,更多的是在沧桑人世对博大母爱的感慨。

一个有意思的现象

——上海京剧偶感

为庆祝京剧申请世界非遗成功,有关部门组织京津沪三大京剧码头的名家举办了京剧流派对口演唱会,演唱曲目全部是京剧各大流派的经典唱段。演出地点选在了上海,意味深长。

近代以来,上海作为中国最早对外开放的窗口,逐渐发展为一个国际性大都会,在开放发展中形成了海纳百川的开放文化。京剧由北方传播到上海后,被深深打上了这种开放的文化烙印。从京剧开始传入上海的那一刻,上海京剧就努力寻求京剧艺术与时代观众审美情趣的契合,《瓜种兰因》等时事新戏的编演,灯光、布景的革新,现场舞台表演的火爆,使更多的文化因子注入京剧。通过发挥编、导、演、音、美综合艺术优势,追求好看、好听、好玩,形成了海派京剧,成为三大京剧码头中最具地域文化特性的一个。上海京剧对时代审美的注重,不是昙花一现,留下了很多艺术精品。从最早的《黑奴吁天录》到周信芳的《追韩信》《徐策跑城》等麒派剧目,从民国时代的《宏碧缘》到新时期的《狸猫换太子》等连台本戏,从方小亚的《盘丝洞》到尚长荣、言兴朋的《曹操与杨修》,这些均为京剧史上的经典之作。

尽管对海派京剧有"洒狗血"的诟病,有意思的是,近年来传统京剧的最高艺术水平,或者说对传统京剧的较好传承,没有出现在传统文化底蕴深厚的北方，而是在八面来风的上海。余派是老生行的最高典范，当今最正宗的余派传人，是上海戏校培养的王珮瑜，她举办的余派十八张半个人演唱会，让人重新欣赏到清雅纯正的余音，被誉为"小冬皇"。王珮瑜刚出道时，上海京剧院曾为其组织"余音绕梁——王珮瑜个人演唱会"，刘曾复受邀参加点评，他对王珮瑜的出现非常欣喜，由此他提到传统经典剧目，他深有感触地说，上海京剧院为奚中路排演了传统剧目《铁笼山》，在北京已经很难见到排演这样的戏了。上海的史依弘，演唱如仙音下凡，天籁奏鸣，从演唱方法的角度看，众多行内外人士认为她是最好的梅派传人。当代最负盛名的京剧名家尚长荣在五十知天命之年从陕西调入上海，完成了标志着当代京剧最高水平的三部曲《曹操与杨修》《贞观盛世》《廉吏于成龙》，他深有感触地说，是上海成就了尚长荣。

前几年，上海京剧院编演了被称作交响京剧的《大唐贵妃》，其中杨贵妃的主要唱段为梅派经典《太真外传》和《贵妃醉酒》的核心唱段，唐玄宗的一个主要唱段"劝妃子"则为余派经典《摘缨会》的翻版。八面有来风，根深而叶茂，看起来上海京剧人深深懂得这个道理。

清风余韵

——李凤珠余音"十八张半"专场演唱会记

近日,余派名票李凤珠在廊坊电视台成功举办"清风余韵——李凤珠余音'十八张半'专场演唱会",让人再次感受到清音余韵的魅力。

在京剧老生行,余叔岩先生被公认为是继谭鑫培之后的第二座里程碑。他在全面继承谭鑫培艺术的基础上,使老生演唱艺术更加规范、精致,其实践总结的"中锋嗓""提溜劲""三才韵",代表了京剧老生演唱艺术的最高准则和最高审美境界,在老生行形成了"无腔不熏余"的局面。余叔岩先生对待艺术认真严谨,生前仅留下分别在百代、高亭、长城、国乐四家唱片公司录制的三十七面唱片,世称"十八张半",成为余音之广陵绝响,如书法之《兰亭序》,被奉为学习老生演唱的圭臬,既是初习老生的入门教材,也是提高、研究老生演唱艺术的高级范本。京剧研究家吴小如教授形容"十八张半"唱片"若新发于硎",每次聆听,"如入宝山,必不空回"。从前辈大师谭富英到当今菊坛翘楚王珮瑜,众多名家从余音"十八张半"中受益丰厚。2004 年,王珮瑜在北京民族文化宫成功举办了余音"十八张半"个人演唱会,引起很大轰动,让更多的戏迷领略到"十八张半"的艺术魅力。

来自河北的李凤珠,初习老旦,2004 年学唱余派老生,

2006年拜余叔岩先生内侄、余派名家陈志清先生为师。她学习余派以来，取法乎上，始终奉余叔岩"十八张半"为"法帖"，天天听摹，体会日深，由喜欢而至痴迷，演唱颇具余派风范，曾得到国宝级京剧研究家刘曾复先生首肯，并受到业界内外广泛好评。凤珠是一位群众文化工作者，她坚持抓住一切机会，以主持人的身份和京剧活动家的胸怀，积极为宣传余派、普及京剧、弘扬传统艺术站台，通过自己的演唱和宣传，让更多的人了解余派、接受京剧、喜欢国粹。此次举办余音"十八张半"个人演唱会专场，她乃票界第一人，既是对自己学习"十八张半"的总结，更是对"十八张半"的宣传和弘扬。

陈平一，当代最负盛名的青年琴师。其琴艺中正大气，清澈纯净，对生、旦、净各个行当的诸多流派伴奏得心应手，曾为梅葆玖、尚长荣、关正明等名宿佐声。尤其擅长余派伴奏，与王珮瑜合作，如同李佩卿之与余叔岩珠联璧合，叹为绝配，二人之"余叔岩十八张半演唱会"令人久久回味。此次为李凤珠余音"十八张半"专场演唱会伴奏，说明他对凤珠余韵的认可，体现出他对余派后学提携厚爱的拳拳之心。在演唱会上，李凤珠演唱了《战太平》《搜孤救孤》《打侄上坟》《战樊城》等余音"十八张半"中的14个唱段，其婉转悠扬的演唱，配以陈平一的伴奏，堪称烈火烹油，锦上添花，让人极尽耳福，因此得到了大家的一致赞赏。专程从上海赶来的沪上余派名宿陈宗汉先生万分感慨，说今天在专业圈里已经很难听到这样的唱法了。

天津京剧院著名女花脸左红莲、天津名票孙长军助演，著名鼓师陈熙凯司鼓，天津京剧院乐队伴奏，著名书法家大漠先生为演唱会题名，更使演唱会精彩异常。

清风一缕，余音袅袅，令人三月而不知肉味。

人生如戏　魏万利/绘

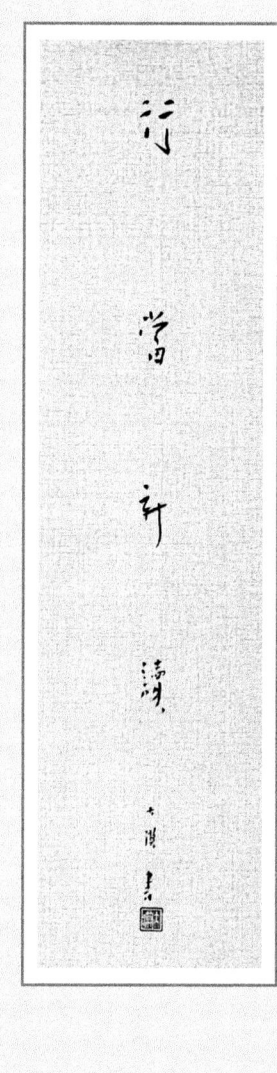

行当划分与做人

常言道：物以类聚，人以群分。中国人尤其重视类与群的概念。

戏曲塑造人物，先实现人物的类型化，再实现其个性化，这就是行当的划分。这种划分由来已久，在七八百年以前的元杂剧时代，就划分出很多行当。从元杂剧的末、净、旦，到昆曲的江湖十二角色，再到汉剧的十大行当，京剧在继承其他剧种行当划分和表演经验的基础上，划分为生、旦、净、丑四大类型，每个大类之中又包含若干个小类。

行当的确定，和性别、年龄有关，但它们非主要因素。近人王国维先生在《古剧脚色考》的最后，对脚色（行当）的确定提出了一个著名的观点："一表其人在剧中之地位，二表其品性之善恶，三表其气质之刚柔也。"不同的行当，有不同的表演规范和表演程式，也体现着不同人群的精神风貌。

生行中以老生为主，老生一般都戴髯口，即挂胡子，许多人认为老生扮演的是老年人，非也。老生之"老"，有年老之意，更指老成、老练。老生也叫正生，表示严肃端庄正气之意。在传统戏中，老生很少演坏人，印象中只有陈世美是老生中一个遭人唾骂的败类。老生扮演的人物很广泛，既有文臣，也有武将，包括皇帝、重臣、书生、员外、仆人。各类人物一旦由老生扮演起来，就都被道德化了，其中主要是被儒家化了，演的是某个历史人物，赋予的却是某种道德理想。历史上的伍子胥力举千鼎，为报家仇，过昭关，一夜急白须发，应当是一个性格急躁的勇士，但《文昭关》（昭关是一个地名，加上一个"文"字很有意思）的一个"文"字不单单指这是一出文戏，而是把伍子胥给儒雅化了，使舞台上的伍子胥成为一个文士形象。最早程长庚演伍子胥是慷慨激昂的黄钟大吕，或许还比较接近历史上的人物风貌，到后来杨宝森的《文昭关》大流行，深沉含蓄的杨派婉转之音完全把伍子胥改造成了一个儒生形象，以致表演和人物实现了剥离，正如伍子胥在剧中所唱"伍员在头上换儒巾"。许多人说，京剧展现的是玩意儿，不以塑造人物为主，这从技术与技巧的角度来说可谓一言中的。纯粹的形式没有意义，技术与技巧和内容是统一的。因此，与其说京剧不强调塑造人物，毋宁说它塑造的是国人心目中的一种理想人物、理想形象，并非历史上或生活中的人物原型，即舞台表演和塑造与历史上和现实中的人物实现了剥离。一般认为，小生扮演年少之人，小生之"小"，亦非专指年龄，《白门楼》中吕布已过而立之年，该是老生了，却仍为小生，因其刚愎自用不成熟，未能"立"也。和吕布一样，周瑜到死都是长不大的小生。

　　按照传统来说，青衣在旦行里占着最主要的位置，所以叫正旦。青衣扮演的一般都是端庄、贤淑、正派的人物，大多数是贤妻良母，或者贞节烈女之类。青衣表演上的特点是以唱工为主，动作幅度比较小，行动比较稳重。古代妇女的行动不自由，"亲亲也、尊尊也、长长也，男女有别"，封建礼法要求妇女目不斜视、笑不露齿，甚至袖不露指，走路也不能快走，必须稳重安详。舞台上以青衣为主的旦角表演程式和演出风貌与之十分吻合，对如何做好一个合格的东方女性作了最好的诠释。

净行因面部重施油彩，绘以复杂图案，又称花脸。其审美意义非常独特而鲜明，一张脸谱造成一种特殊的间离效果，使观众可以专心于审美和欣赏。净行扮演的角色多粗犷豪放，实则将人物之忠奸曲直表现到了极致。红色多形容赤胆忠心，如义薄云天的关羽；黑色象征铁面无私或刚猛直爽，如执法如山的包拯和疾恶如仇的张飞；水白色代表阴险奸诈，如曹操；油白色说明刚愎自用，如马谡；金银色表示异类，如二郎神、金钱豹等。脸谱的不同谱色和构图变化，不仅让人领略到京剧的美术之美，更加重了观众的爱憎之感。脸谱遮住了人的本来面目，其实对人物道德评价的意义更加明了和直接，故有脸谱化之说。

末行多演中年以上的男性。原来的末行专司引戏的职能，如打头出场者，反其义而称为末，元杂剧有正末出场。京剧归入老生一类，原为京剧五大行生且净末丑之一，现已与生合并。

丑行通常被认为是专门扮演坏人的，其实不然。准确地说，丑行扮演的多是社会地位不高之人，像渔夫、农夫、樵夫、酒保、更夫、夜值、差役、书童、乞丐等，大部分都由丑角来扮演，有的太监地位虽高，但不是健全的人。有的阴险狡猾、贪鄙自私，也有的正直善良，但从表演说，都很幽默、滑稽、活泼。丑行插科打诨，虽有"无丑不成戏"之说，但永远不会成为主行当。丑行是对低贱之人丑化的夸张。丑行和性别无关，无论男女，均可为丑。

我国是一个富有浪漫色彩的理想主义国度，戏曲中行当的划分与确定有着浓厚的道德理想主义色彩，其中寄托着一种做怎样的人的道德理想，或者说行当的划分与确定被打上了深深的道德理想人的烙印。一种行当的划分，一个人物行当的确定，表现出对一类人的肯定，以及对另一类人的否定。因此，尽管在一些具体的戏中，花脸、小生、小丑、老旦等可以是主角，但在整个传统京剧的大格局中，老生与青衣是各行当中的主行当，它们成熟最早，最为发达，也只有它们能体现出、代表一个男人或女人做人理想的最高境界。

演戏，首先要归行当；人来到世上，首先要学做人。

行当的智慧与幽默

中国人看问题、想事情,喜欢从大处着眼、高处立意,正所谓"删繁就简三秋树"。古人启蒙,认识世界,就要读"日月七星,谓之七政。天地与人,谓之三才"。唐人绝句素以语浅情厚、句短意深著名,中国的水墨山水画更讲究以简驭繁,以形写意,数笔线条,点点墨痕,山川形胜尽收尺幅之内。"超以象外,得其环中。"大千世界,搬到京剧舞台上,化作了一桌二椅;芸芸众生,来到红氍毹上,不过生、旦、净、丑而已。

我们常说,百人百性。然而,人有阶层之分,不同的特定人群,其精神风貌、气质风度不同,知识分子和行政官员的气质有差别,商人与农民的气质也不一样。而把百性之人表现于舞台,戏曲家们实在高明,依性别、性格、年龄、气质分为几个行当,每个行当用特定的表演手法即唱做念打的程式,表现特定的人群。生,表示男性,老生表现成熟男性,小生则表现年少气盛的男性;旦,表示女性,青衣是正统端庄的女性,为东方淑女,花旦是活泼伶俐的女性。这样的方法简便,易传承,演员按照不同行当的表演程式演出,一出戏就可以很快立于舞台。老生,重唱功,用真声,念韵白,动作造型庄重、端方。青衣,用小嗓,唱腔婉约,韵白抑扬,形象端淑。老旦,唱念用本嗓,唱腔具有女性婉转迂回的韵味,国人心目中的慈母形象。花脸,面部化妆运用各种色彩和图案勾勒脸谱,演唱强调脑腔共鸣，声音洪亮宽阔，动作大开大阖、顿挫鲜明，豪放大汉形象。丑角，用白粉在鼻梁眼窝间勾画小块脸谱，不重唱工，念白口齿清楚、清脆流利，动作滑稽夸张，极尽幽默之能事。一般的演员按照自己行当的要求尽可圆满完成故事的演绎，高明的演员则可在行当的程式范畴中造魔，发挥才情，演出个性，所以有"四大名旦""四小名旦""四大须生""铜锤三奎"等特定的名家群体。

在行当表演中，人物的言谈举止，用唱念做打进行了艺术化的处理，远远脱离了现实。但人物内在的精神风貌，却正是人们心目中的理想。所以，不同行当有着不同的形象内涵，行当不仅是不同表演手法即技术的分类，也是不同人物形象的区分。武生宗师杨小楼被誉为"活赵云"，老生名宿马连良被誉为"活诸葛"，架子花脸大家袁世海被誉为"活曹操"，这些不同行当的经典人物在人们心目中打下了深深的烙印。电视连续剧《三国演义》中成功塑造曹操形象的鲍国安，在表演中借鉴了很多京剧的东西，其心雄万夫的气度有着几分京剧郝派的影子。

京剧塑造人物的类型化方法，现在叫行当，以前称脚色。王国维在《古剧脚色考》中运用考据方法，钩沉爬梳，整理出大量的材料，使人对脚色的认识不断深化。从宋元杂剧到明清传奇，从各种地方戏到京剧，虽然行当的分类有差别，但行当的思维方式没有变，行当表演的技术手段即程式不断成熟。按王国维的说法，隋唐以前，虽有戏剧之萌芽，尚无所谓脚色也。唐中叶以后，从宋元杂剧才有越来越丰富的脚色划分，直至京剧约分四色：生、旦、净、丑。

对各种行当名称的由来，众说纷纭。有人认为是反喻，颠倒其名，乃是中国式的一种幽默。胡应麟说："凡传奇以戏文为称也，亡往而非戏也。……故曲欲熟而命以生也，妇宜夜而命以旦也，开场始事而命以末也，涂污不洁而命以净也；凡此，咸以颠倒其名也。"这是生、旦、末、净几种行当命名来源的说法。这种说法未必客观，如祝允山和焦循就另持意见，但行当的划定的确体现出一种幽默。

人，乃群居动物。人在不同的活动圈子，会有不同的人群。从一个家庭，到一个工作单位，甚至一次会议、一次聚餐，都会形成一个特定的人群。其中，有主要决策或作用者，有附和者；有唱反调者，有调和者；有直言者，有委婉者。不同的人，因所处位置、性格等不同，扮演着不同的角色。就如同一场戏，有发挥主要作用、端庄严肃的正生、正旦，也有喜怒形于色、直爽率真的大花脸，关键时刻能和稀泥、打破僵局的丑。所以，在处理一个复杂问题时，既有唱黑脸的，也有唱白脸的，配合默契，才能获得圆满的结局。舞台上的生、旦、净、丑，不是脸谱化的简单，不是束缚人的框框，恰如一位智者，高屋建瓴，用智慧和幽默为百态人世塑造的一种模型。尚小云和五弟尚富霞，一个是旦角，一个是小生，在台上是很好的搭档，配合默契，二人合作的《十三妹》《梅玉配》等非常精彩。在生活中，尚小云性如烈火，一点即着，尚富霞性格温和，不急不躁；在管理执教荣春社科班时，两个人，一个唱红脸，一个唱白脸，将科班管理得井井有条。无论台上还是台下，二人都堪称绝配。

一台戏，要好听好看好玩，首先要搭配好行当。生、旦的对儿戏《做宫》《武家坡》，听点多，好腔迭出；看点也多，男女搭配，看戏不累。生、旦、净的对儿戏《二进宫》，正生、正旦、正净，强强联合，咬着唱的妙腔，绕梁三日。人物简单甚至凄苦的戏，则避免单调，用行当的高明搭配，打破沉闷，一庄一谐，一丑一俊，一张一弛，以极大的行当反差取得轻松活泼的舞台效果。《三岔口》，两个男人争斗，看点不多，则一个武生，一个武丑，顿时热闹。《乌盆记》，老生独唱单调，冤魂诉苦悲酸，来个丑角张别古，气氛一下活跃起来。《窦娥冤》《孔雀东南飞》，窦娥与刘兰芝，均为正旦，同样悲苦与单调的冤妇怨妇，那么禁婆和恶婆就以丑应工，进行调节。《甘露寺》是孙刘斗智最高峰的戏，人物众多，各怀心思，生、旦、净、丑全上场，其中的正生刘备和正旦孙尚香终于迎来了大团圆的结局，所以这出戏又名《龙凤呈祥》。

理性的老生

男女有别,除了生理外,最主要的体现就是性情和心理的不同。女人一般比较感性,男人则往往要理性一些。不知道这种区别,东西方是否相同,按照汉代徐干"学也者,所以疏神达思,怡情理性,圣人之上务也"的说法可知,中国尤其强调男人的理性。因此,在京剧舞台上,扮演男性的主行当——老生,主要体现了中国男人理性的风貌。

中国对做人有一个要求:彬彬有礼。"叔孙通定礼仪,则文学彬彬稍进。"理想的男人,应该文质彬彬。"质胜文则野,文胜质则史,文质彬彬,然后君子。"言谈举止,必须中规中矩;为人处世,讲究深思熟虑。礼,是一种理性。"克己复礼为仁。"仁,更是一种理性。京剧舞台上的老生,用嗓不偏不倚,表演含蓄有节,持重温和,是对传统男人形象标准的诠释。老生之老,首先非指年龄,而是老练、老成、老到、老实,即理性。

理性,是一种担当,一种对家庭、对社会、对国家的担当。无论是范仲淹的"先天下之忧而忧,后天下之乐而乐",还是杜甫的"安得广厦千万间,大庇天下寒士俱欢颜",他们舍身成仁的担当精神历来都为人所津津乐道,成为后世修身为人的典范。在京剧舞台上,众多敢于担当、勇于担当的志士义杰,不管身份尊卑、贵贱高低、年龄长幼,无论庙堂重臣、田园隐士、仆从下人，皆由老生应工，构成了一幅源远流长的老生壮阔画卷。《捉放曹》中的陈宫，《桑园寄子》中的邓伯道，《正气歌》中的文天祥，从京剧初创时期的老"三鼎甲"程长庚、余三胜、张二奎，到京剧逐渐繁荣的新"三鼎甲"谭鑫培、孙菊仙、汪桂芬，这些老生形象深入人心，老生名家彪炳千秋。老生一直是京剧中的第一主行当。老生，也叫正生，其正在于老生形象的浩然正气。否则，八大样板戏的男一号主人公应当不会皆由老生来扮演。

理性，往往伴随着潜意识中的一种忧患。忧患意识，是中国的一大文化传统，渊源深远。"穷年忧黎元，叹息肠内热。"中华文明孕育和包含的忧患意识，是中国人的精神动力和源泉，使中华民族历经磨难而不衰。老生讲究拧眉，以利头腔共鸣，却让人感到那种忧患意识已不自觉流露于眉宇之间。老生演唱的高境界，别具一种苍凉意味。老生主流派的谭、余、杨，蕴含着一种云遮月的沧桑美，其中有人生岁月的痕迹，也正是历史上男人忧患意识深深的烙印。《空城计》中的诸葛亮，城楼潇洒抚琴，"我本是卧龙岗散淡的人"，洒脱的西皮三眼声韵里分明有对汉室复兴深深的忧患和"鞠躬尽瘁、死而后已"的沉郁。杨宝森以宽厚而沙涩的嗓音唱来，中正平稳中有无限苍凉顿挫，最为感人。

理性，把事业甚至功名看得高于一切。男人要先立业后成家，常常发出"男儿生不成名身已老"的感叹。有时，难免死要面子活受罪。《范进中举》中的老书生，五十多岁仍在参加科考，真是名副其实的老生了。

四十余年功用尽，废寝忘食不稍停，念经文念得我眼花头晕，我笔不停写，写得我手腕疼；目不窥远头不安枕，我口不知味耳不知音，春夏秋冬全不知那暑和冷，实指望苍天不负苦心的人。又谁知费尽了心机成画饼，事到头来功名不成。我问一问先师孔夫子，留什么四书作的是什么经；再问问太宗太祖高皇帝，留什么科举考什么文。害得我高不成来低不就，害得我死不死来生不生。

老范进不禁发出这样的慨叹："倘若是转世投胎我将母认，发誓不做读书人！"奚啸伯先生以洞箫之韵把男人的这种尴尬与无奈曲曲传出，淋漓尽致。

男人的理性，相对而言。有时，理性的老生也会感情用事。失落番邦十五年、招赘大辽皇家婿的杨延辉，得闻母亲押粮来到两军阵前，难抑思亲之情，冒着杀头危险，盗令、出关，演绎了一出感人肺腑却众说纷纭的《四郎探母》。这部百年经典的命运，如同人们褒贬不一的戏中主人公杨四郎一样，历史上几度遭到禁演。

老生的情怀

红氍毹上,一袭宽松的长袍,一缕三绺长髯,面庞上涂抹着淡淡的脂粉,特别是一双微蹙的长眉斜入鬓角,一双眼睛熠熠闪光,使人物别具一种精气神。这是京剧舞台上典型的老生形象。从演唱学的角度看,双眉紧蹙,易使丹田气上提,声贯于顶,形成老生特有的头腔共鸣。而从表现人物的角度看,这是一个悲天悯人、充满忧患意识的男子汉形象。

老生之老,非指年龄之老,而是老诚之老。这老诚不是世故,而是集中了中国男人温、良、恭、俭、让的品格,"天行健,君子以自强不息"的自强不息精神和"地势坤,君子以厚德载物"的海纳百川胸怀,是一种审慎。遗具貌、取神髓的京剧艺术,把中国男人的品格、精神与胸襟赋予老生身上。老生,体现了中国男子汉的共同情怀。

铁肩担道义,听一曲"头戴着紫金盔齐眉盖顶,为大将临阵时难顾得残生"的慷慨,感受在国家与民族危亡之际,老生义无反顾的大无畏精神;品一段"白虎大堂奉了命"的激越,感受老生舍生取义的义士情怀。先天下之忧而忧,"东西战南北剿保定乾坤",道出诸葛丞相为蜀汉殚精竭虑、鞠躬尽瘁的心声;"为国家食君禄报王恩昼夜奔忙",唱出一个文士兢兢业业、一心为国的心曲。

男儿有泪不轻弹,无情未必真豪杰。老生的心灵世界,可以用两个字来概括:责任。老生的世界似乎可以分为两部分:

一部分装着天下苍生,"安得广厦千万间,大庇天下寒士俱欢颜",为天下负责;另一部分则牵挂着他的她,"为伊消得人憔悴",为她负责。为她遮风避雨,为她撑腰壮胆,给她温暖,给她安全,不让她委屈,不让她担惊,是他的职责。而真善美的她又给了他直挂云帆济沧海的力量,她叮嘱他,"好男儿志在四方"。此时,两个世界融合为一个世界。这世界有时很小,小得只能容下她一个人,有时又很大,大得能容下天地万物。忽然有所领悟,中国把浩浩的天地世界称作乾坤,而为何把男性称为乾,把女性称作坤。

他要出门远行,立功业,酬壮志,她亲自把他送到分别的路口。一出《红鬃烈马》的京剧,演绎了薛平贵和王宝钏悲欢离合的爱情故事。人们一般都喜欢其中的《武家坡》和《大登殿》的轻松和团圆,我却对薛平贵投军前告别爱妻王宝钏的《投军别窑》一折的伤感情有独钟。

(王宝钏)王宝钏送夫郎心酸难忍,
(薛平贵)叫人难舍又难分。
(王宝钏)但愿得此一去旗开得胜,
(薛平贵)自有那探马儿来报捷音。

感人的场面,动人的唱腔,精彩的老生唱做,丈夫留给妻子的虽然只有十担干柴、八斗老米,却将一个男人对爱人、对事业负责的精神体现得淋漓尽致。

京剧的老生,把中国男子汉的负责精神提炼得至真至纯。对天下负责,当恪尽职守,鞠躬尽瘁;对她负责,当关心她,理解她,尊重她,呵护她。每当和着清脆的琴音竹韵引吭高歌时,分明感到自己就是一个老生。

武生的气魄

对戏,有一种说法:内行看门道,外行看热闹。热闹的戏,一般指武戏。鲁迅先生在《社戏》中,回忆儿时看戏的情景,于不懂戏的他,印象最深的就是:"在停船的匆忙中,看见台上有一个黑的长胡子的背上插着四张旗,捏着长枪,和一群赤膊的人正打仗。"这就是武戏。其实,武戏怎能仅以热闹概括?

武戏,以武生领军。一般认为,武生就是扮演擅长武艺的男性角色,实际上这是不准确的。武丑也是扮演擅长武艺的男性角色,却是丑,而不是生。武生,首先是生。在生中,有一种正生,是生中的主导,严肃端庄,方为正生。如果说老生是充满忧患意识的沧桑男性,武生则是充满无畏气概的热血男儿。

欲除天下不平事,方显人间大丈夫。如同千古文人侠客梦一样,武生也是舞台上的男儿梦。老生唱腔虽美,但有些沉重,而武生快意恩仇的潇洒让人心旌摇摇。那冲、溜、脆、帅的起霸,那舒展利落的腾挪闪转,那如翩翩蝴蝶一样美的靠肚靠旗靠甲的飞扬,在英风飒爽中自有一种人生快意。

武生,不是武夫。正如苏东坡所言:"古之所谓豪杰之士者,必有过人之节。人情有所不能忍者,匹夫见辱,拔剑而起,挺身而斗,此不足为勇也。天下有大勇者,卒然临之而不惊，无故加之而不怒。此其所挟持者甚大，而其志甚远也。"从某种程度上说，这可看作对武生的一种诠释。武生，最难得的是要体现出一种英气。面对困难，百折不挠的勇气；身处险境，无所畏惧的胆气；不管风霜雪雨，胜似闲庭信步的潇洒。这一切，就在长靠武生脚蹬厚底、金鸡独立的亮相中，就在厚靴高举的朝天蹬中，就在如飞的旋子中。各种武打程式技巧的展示中，长长箭衣的如风展扬时，紧蹙双眉下的眼神里，虎啸鹤唳的堂音内，流露的是生机勃勃的英气，蕴含的是人生天地的气魄。靠旗飞转，长衣飘飘，刀枪飞舞，仿佛一股雄气四贯于舞台，飞扬于乾坤，就像电视连续剧《三国演义》片尾所唱，"历史的天空闪烁几颗星，人间一股英雄气在驰骋纵横"。

庄子说：剑有三种，即天子之剑、诸侯之剑和庶人之剑。天子之剑"直之无前，举之无上，运之无旁。上决浮云，下绝地纪"。诸侯之剑"上法圆天，以顺三光；下法方地，以顺四时；中和民意，以安四乡"。庶人之剑"瞋目而语难，无异于斗鸡"。武生表演，有三个境界，即武唱、文唱和心唱。

武唱。不是演人物，而是展武功，示技巧。突出武技，着重于角色擅长的武艺，是武术技艺的展示，此乃武生行的第一阶段，或叫初级阶段。在武戏的初级阶段，武戏演员被称作武行，因为不注重人物，只是卖弄技巧，故属于戏班中的末等。现在，仍有许多武生演员把重点放在武上，其技巧之繁难，和杨小楼、盖叫天、尚和玉等宗师相比，有过之而无不及。武生演员热衷于卖弄技巧，《八大锤》中陆文龙搬腿的三起三落，本是武生名家王金璐为弟子参赛时所安排的权宜之计，结果众多武生趋之若鹜，竞相习用，如今已成该剧约定俗成的演法。追求武打技巧的难度，成为武生演员的第一目标。这种一味注重武的倾向，实与武生的表演南辕北辙。单纯的武者，体现的是力，而武生，更应注重美。

文唱。高超的武侠小说不在于令人眼花缭乱的打打杀杀，而在刀光剑影中显出一种诗文韵味，雄伟中蕴有一股秀逸的书卷气，将精湛的武功化作"手挥五弦、目送归鸿"的浪漫。同样，武戏文唱，是武生的高境界。文唱并非必须像文戏那样有大段的唱念，或以唱念为主，讲究的是人物的刻画，综合运用唱、念、做、打各种技巧，而不仅仅是在武打技巧上下功夫。武戏，首先是戏，而不是武术表演。所以说虽然行当是武生，演的是武戏，但是同样需要刻画人物，同样需要借鉴文戏中人物的表演手法。杨小楼坚持武戏文唱，实现了武生行由技到艺的转变、由力向美的转变，与余叔岩、梅兰芳并称"梨园三大贤"。武生和老生、青衣在京剧舞台上几欲三足鼎立。

心唱。武戏文唱，达到从心所欲的程度，就是心唱。心唱，靠的是扎实的武功基础、准确的人物理解、深厚的文化底蕴。心唱者，不仅演活了人物，更赋予人物一种超越自身角色的气质、一种男子汉的气魄。从这个意义上说，《艳阳楼》的高登、《连环套》的黄天霸，人们不会在意他们是反面人物，演员的表演已经超越了特定的人物，体现出一种雄气。《长坂坡》中的赵云，那种威风与煞气，令人陡然心动，那不顾安危、一心救主的决绝，让人想到李白"三杯吐然诺，五岳倒为轻"的侠义；那鹞子翻身后的亮相，分明有"十年磨一剑，霜刃未曾试。今日把示君，谁有不平事"的豪爽；那如雪舞花飞、吞吐收放的舞枪，分明有"游人五陵去，宝剑值千金。分手脱相赠，平生一片心"的义气；那一声"马来"的长啸念白，带给人的是大将气度的心灵震撼。

心唱，并不是演员的武功不行，而是到了出神入化、炉火纯青的地步，正所谓"删繁就简三秋树"。人们评价晚年的杨小楼，虽然武打比年轻时简略，但他脚底下地方之准、尺寸之快，已入化境，故有"脚底有眼"的美誉。他走两步转一个圈，别人快走三步都无法赶上。打把子时，看他动得少动得慢，别人却要很快才能跟得上，这是火候。李万春先生亲传弟子洪和昌（洪鸣珠）老师给我讲李先生演《两将军》，马超出场，动作不多不花，在"万马营中无人敌"西皮摇板的最后一个"敌"字出口行腔时，厚底靴猛一跺地，头上盔头的绒球，如风吹树梢，纷纷颤动，有的竟被震落，足见其功力之深。就如《笑傲江湖》中风清扬向令狐冲传授"无招胜有招"的剑术，武功似并不突出，一切都已在心中，化繁为简。"力拔山兮气盖世"的西楚霸王，尽管勾脸，开打不多，但杨小楼以工架和气势取胜，演来稳健沉雄，颇具一代霸主气度，而同样以演霸王著称、素有"金霸王"之誉的花脸宗师金少山虽然声震屋瓦，却略逊一筹。

　　武生，有大武生之说。大武生绝不仅指长靠，或短打，或箭衣。按照吴小如先生的说法，大武生的"大"，指气魄大，台风美，格调高，神韵足，功底深，根基厚。气魄大，被他放在首位。唱、念、做、打技巧全面，方为大武生，大武生者，如同他扮演的角色一样，为人大气，大大方方，堂堂正正。盖叫天刚出道时，面对众人嘲弄，改艺名"小小叫天"为"盖叫天"，这种不服输、不服软的自强精神正是大武生的气魄。48岁演出《狮子楼》，折断右腿避免了砸伤同伴，留下了大武生舍身成仁、义薄云天的佳话。庸医错接断骨，将至无法登台，他毅然在床架上撞断了腿骨，要医生重接。一代宗师用不屈不挠的精神和高超精湛的艺术树立了大武生的典范。陈毅题诗盖叫天"燕南真好汉,江南活武松",正是一代大武生的真实写照。20世纪50年代末,正处于舞台艺术黄金期的王金璐,腰部突然受伤,宣告了他武生舞台生命的结束,他却拿出大武生钢铁一样的意志,穿钢化背心,扎钢化腰带,练功不辍,韬晦磨砺。复值"文化大革命"十年,身心摧残达到极致,他山后练鞭,从未停歇,半条命的武生大家终于在阴霾过后的59岁"高龄"时,重新披挂上阵,以一出繁难的《挑滑车》,让人看到了一个不屈的梨园魂,见证了一个舞台奇迹。可以说,每一个武生的成长史都是一部毅力、意志和磨难的传奇。武生既有男人的洒脱、霸气,更有男人的不屈与担当,是少女的偶像。电影《人鬼情》中小秋芸看到张老师演的《挑滑车》,不禁对这个大武生暗生情愫。

梁羽生先生谈到武侠,说侠是灵魂,武是躯壳,侠是目的,武是手段。其实,对武生,也可以这样说,生是灵魂,武是躯壳。

闲话京剧男旦

无心插柳

人有男女，而以程式化塑造人物的京剧中有生旦。生扮男性，旦专指女性角色，这对不熟悉戏曲的人来说也是常识。有趣的是，戏曲尤其是传统京剧舞台上的旦主要由男性扮演，称男旦。今天的舞台上男旦虽然很少见，但众多女性旦角继承的都是男旦所创造的表演程式、积累的表演经验，角为女角，表演却仍未出男旦范畴。提及京剧旦角，人们首先想到的是"四大名旦"——梅兰芳、尚小云、程砚秋、荀慧生，"四小名旦"——张君秋、李世芳、毛世来、宋德珠，八位须眉男儿也。

追求新奇是人的天性。不论男人还是女人，无不对异性充满好奇，都有了解对方的愿望，正所谓异性相吸。按照荣格《心理学》的说法，这是因为男人身上有女人的基因，女人身上有男人的基因，男性分泌少量女性荷尔蒙，女性分泌少量男性荷尔蒙。由此，"人的情感和心态总是同时兼有两性倾向"，男女两性都各自带有对方性别的心理特征。这表现在戏剧舞台上，男扮女或女扮男，应该是正常的事。不仅中国有，外国也有。

这种两性倾向的比重关系会因地域历史文化环境的不同而有差异。据说，现在英国有一个男性女声合唱团，有的西方国家还有男性芭蕾演员扮演女性角色，日本的歌舞伎还保留着男扮女装。然而，西方国家的男唱女、男演女只是凤毛麟角，不成气候，只有中国的男演女即男旦，蔚为大观，日本的歌舞伎也是受中国文化影响。

中国社会几千年，讲究男女有别，并且歧视女性，"夫为妻纲""唯女子与小人为难养也"，因此禁忌女优。人的声色之娱却是需要的，于是只好让男优来扮演女角。这样，男旦应运而生，并成为一些人的职业和谋生手段，甚至"一招鲜，吃遍天"。在中国现代文化史上，最激烈地反对男旦的是鲁迅先生，他立论的根据可能就在于此。

从这个角度看，男旦固然是旧礼教催生出的一朵畸形之花，但对我们后人来说，实在也是因祸得福，我们欣赏到了另一种美艳，真是无心插柳柳成荫。以歌舞演故事的戏曲，不追求表现生活的原生态，而是遗貌取神，讲究写意，这为男旦的发展提供了一个广阔而自由的发展天地。男旦演员创造女性角色的最大特点是力求神似，演出女性有别于男性的精神风貌方面的特质。如果只是一味地模仿女性的一言一行、一招一式，必然会造成矫揉造作的"娘娘腔"，为观众所不齿。"不识庐山真面目，只缘身在此山中。"女人演女人，本色出演即可，她不会刻意地去想如何表现自己性别的特质；而男人演女人，能够从自己的角度细心观察女人的一举一动，揣摩女人的心理，然后经过艺术加工，把女人最典型的性别特点和气质表现出来。所以，男旦表演往往比女人更像女人，比女人还女人。

人们对男旦非专业角度的片面认识，甚至视之为糟粕，导致现在专业男旦很少，旦角以女演员为主。有意思的却是，女徒弟往往唱不过男老师。京剧的演技建立在唱、念、做、打扎实的基本功基础上，和女性相比，男性由于肺活量大，底气足，吸气肌群有力，声带弹性好，形体和生理条件等方面具有明显优势，男旦演员在舞台上所表现的腰功、腿功以及声音的力度、厚度和广度，女演员很难达到。这样，男旦就具有更大的潜力、更高的可塑性和更强的表现力。民国时期，京剧大师程砚秋坚持不收女弟子，不仅有不愿接近女色的考虑，也和女性无法发出独特的程派脑后音有关。而程派的那种刚烈、悲情，已赋予了坚强的男性特点，只有男人的生命力量才能企及。当今，尚派传人少，一个重要的原因就是许多女演员不具备尚小云先生那样的嗓音、武功条件。尚小云先生在台上的一团火精神，实际上是燕赵男儿侠肝义胆的一种激情，是铮铮铁汉的热血慷慨。梅兰芳身上具有一种雍容华贵的气度，固然是他深厚文化修养积淀的结果，但在风华绝代的虞姬、杨玉环和天女身上，你难道感觉不到梅大师已把男人的那种沉稳与坚定融入了这些美丽女子的娇媚之中吗？

男旦自唐宋产生，以后便不绝如缕，明清之际有了长足的发展，涌现出清乾隆年间蜀伶魏长生那样著名的男旦和以他为代表的男旦群。伴随着京剧艺术的产生、发展和鼎盛，"四大名旦""四小名旦"先后崛起，男旦艺术终于达到空前绝后的巅峰状态，成为世界剧坛一道独特的风景线。

这在中国不足为奇。

风月千年婉约情

学贯中西、对东西方文化均有深入研究的林语堂先生在《吾国与吾民》中，对中国人的特点进行了分析。这虽不算一本严谨的学术专著,但其中不乏真知灼见。在论及国人的心理时,他说:"中国人的心灵的确有许多方面是近乎女性的,'女性型'这个名词为唯一统括各方面情况的称呼法。心性灵巧与女性理性的性质,即为中国人之心之性质。"

这种"女性型"的根源在远古。中华民族自商周以来就建立起以农为主,以血缘关系为纽带,上下相维、结构稳定的社会模式。在追求和谐的同时,力求内部稳定,这是一种内向的社会模式。作为一个个体的人,内向往往意味着封闭,封闭则往往意味着对外界事物的敏感和这种敏感的细腻、丰富,所以表面看上去宠辱不惊、静若处子,实际上内心有九曲十八弯的柔婉之水。内向,和张扬相对。作为两种不同的性格特点,张扬常和男性相连,内向则与女性相关。内向,对于一个群体、一个民族来说,则具有柔弱的倾向。这便是林语堂先生说的女性型。

我们不妨顺着历史的轨迹对此再做一番寻踪。作为社会科学的历史,只是记录历史事件和历史发展的脉络,而活的历史精神记录在诗歌之中。人们把重大的历史事件记录在历史典籍中,而把当时人们的悲欢离合、所思所想吟诵成诗歌。"对酒当歌,人生几何。譬如朝露,去日苦多。慨当以慷,忧思难忘。"这首诗让人看到了曹操丰富的内心世界,也让人了解到建安时代人们对人生的思考,这在任何文物考古和历史典籍的记载中都是没有的。亚里士多德在《诗学》中曾说,"诗"比一般的历史更真实,它是活的历史,是真正的历史。因为"诗"所吟诵的正是当时的真实生活。读一部诗歌史,就是读一部活的历史。

中国是历史意识最发达的国家,因为我们的历史典籍最丰富,诗也最发达。中国人的柔弱心理在诗中得到了淋漓尽致的发挥和展现。以强大著称的唐朝，诗歌中有一种恢弘的盛唐气象。然而在慷慨激昂的吟诵中，往往伴有轻柔委婉的细语。其中专门有一类闺怨诗、宫怨诗。"故国三千里，深宫二十年。一声何满子，双泪洒君前。""寥落古行宫，宫花寂寞红。白头宫女在，闲坐说玄宗。"这样的诗比比皆是。一般情况下，人们多评价这种诗揭示了古代女子的悲惨命运。应该说，这种评价不为错，而只是就诗论诗。诗如其人，诗人不可能完全从客观的角度描述一件事或一个人，这种出自男儿之手的怨情诗，正折射出男人内心的那种柔弱与敏感，其中有对世事无常的无奈，有对人生如梦的叹息，有对国家命运兴衰的感慨。不管是哪一派诗人，几乎都写过闺怨宫怨诗。"燕草如碧丝，秦桑低绿枝。当君怀归日，是妾断肠时。春风不相识，何事入罗帏？"如果不知作者，谁会想到这首诗出自豪放潇洒飘逸的诗仙太白之手？边塞诗派的诗人们以苦为乐，描写边塞奇特风光，吟唱金戈铁马，有如黄钟大吕。可是，其中的旗手王昌龄乃写闺怨宫怨诗的高手，"闺中少妇不曾愁，春日凝妆上翠楼。忽见陌头杨柳色，悔教夫婿觅封侯"为昌龄名篇。

英国学者巴勒克在《世界史便览》一书中，概括"安史之乱"的结果说："中国从中亚撤退，吐蕃与回纥人又占领了他们原有之领土……中国从此变得更加内向。"这种内向表现在诗歌的发展上，就是唐宋词的出现和发展。词的字数不等，句数长短不一，更易于抒写委婉细腻之情。和诗相比，词的主要特点是婉约，尽管其中也有苏辛"大江东去，浪淘尽，千古风流人物""想当年，金戈铁马，气吞万里如虎"的豪放之音，但以婉约为主。其实，连苏辛也不乏婉约之音。"花褪残红青杏小。燕子飞时，绿水人家绕。枝上柳绵吹又少，天涯何处无芳草！墙里秋千墙外道。墙外行人,墙里佳人笑。笑渐不闻声渐悄,多情却被无情恼。"这首婉转俏丽的《蝶恋花》,出自东坡之手。缠绵妩媚的"肠已断,泪难收,相思重上小红楼。情知已被山遮断,频倚栏杆不自由",为稼轩所作。无论是晚唐五代的温庭筠、韦庄、南唐后主和冯延巳,还是宋代的晏殊、晏几道父子以及柳永、周邦彦、姜白石,词中弥漫的都是"杨柳岸,晓风残月"的婉约与曼妙。花月有痕,柔情似水,其实不用读他们的作品,从第一部词集取名《花间词》,到宋晏殊将其词集叫《漱玉词》,甚至到清代纳兰性德把他的词集名《饮水词》,就能看出词的婉约之情。

经过唐诗、宋词发展到元曲和明清传奇,中国的诗逐步由描述性的吟诵或歌唱发展为代言体的表演,但其精神实质仍未脱离诗性。前辈戏曲理论家张庚先生把中国京剧叫作"剧诗"。诗词中那种由男性作家描摹女性心理而形成的婉约和柔美,并未中断,在戏曲中的男旦身上得到了完美的继承和体现。看梅兰芳的《贵妃醉酒》,就宛如读一首婉约的宫怨诗:

海岛冰轮初转腾,
见玉兔,玉兔又早东升。
那冰轮离海岛,乾坤分外明,
皓月当空,恰便似嫦娥离月宫,
奴似嫦娥离月宫,好一似嫦娥下九重,
清清冷落在广寒宫,啊,在广寒宫。

读顾况那首著名的《宫词》:

玉楼天半起笙歌,风送宫嫔笑语和。

月殿影开闻夜漏,水晶帘卷近秋河。

耳畔仿佛回荡起委婉哀怨的程派《梅妃》二黄三眼:

别院中起笙歌因风送听,递一阵笑语声到耳分明。
我只索坐幽亭梅花伴影,看林烟和初月又作黄昏。
惨凄凄闻坠叶空廊自警,他那厢还只管弄笛吹笙。
对今宵禁不住伤心泪迸,算多情只有那长夜霜衾。
初不信水东流君王他薄幸,到今朝才知道别处里恩新。

在同样美好的月夜,别处笑语阵阵,笙歌袅袅,而此处宫院寂寂,漏斗声声,长夜漫漫。同为男性,诗人顾况用文字描写出失宠宫妃的凄凉孤独,京剧男旦程砚秋则用京腔京韵刻画出一个失宠贵妃的惨凄哀怨,可谓异曲同工。

人们常惊叹,本为男儿汉,为何能在舞台上将美丽的苏三、红娘、崔莺莺、铁镜公主表演得比女人还女人?不知是否有人想过,历史上那些男性诗人词家早已将女子的内心世界体会、描摹得淋漓尽致,他们写得比女人还女人。在诗词中,杏花春雨,柳溪清流,明月晨雾,春梦秋云,故常勾起人的香闺绮思、生别死离、河汉相望、彩笺遥寄之婉约情怀。这种丰富的心理体验和创作经验一脉相传,早已为男旦创造女性角色提供了深厚的基础,供男旦们借鉴利用,化作唱念做打的独特程式,展现于舞台,因为他们有一种共同的千年风月婉约之情。

这边风景

了解一点戏曲史的人都知道,男旦并非京剧独有,乾隆年间著名的男旦魏长生就是秦腔演员。然而,在各个地方剧种的发展中,男旦却逐渐萎缩,比如同样历史悠久、流传广泛的豫剧,旦行中极具影响的常、闫、崔、马、陈五大流派,其创始人都是女性。在当今舞台上,地方戏的男旦更是几乎绝迹,非但在专业圈如此,在地方戏的票友中唱男旦的也很少。这与京剧不同,京剧旦行的所有流派均由男性独领风骚,虽然新中国成立后没有出现大批的专业男旦演员,但女旦都是按照男旦开创的路子表演。特别是在广大的京剧戏迷票友中,男旦比比皆是,一直香火旺盛。现在,越来越多的人已认识到男旦的艺术价值,在专业演员中出现了"四小乾旦",男旦有望在京剧舞台上重新形成一定的气候。

程式化和写意性是戏曲的主要特点,但各个剧种对写意的体现却是程度不同。大部分地方剧种离生活较近,生活气息浓厚,富有浓郁的地方色彩,塑造的人物具有地域性。单从旦行来说,从各个地方剧种就可以对各地女人的性格特点有个粗略的了解。看川剧的《潘金莲》,一个带辣味的川妹子就站在你面前;欣赏越剧的《梁祝》,我们仿佛看到一个温婉秀丽、有着似水柔情的江南美女;听花淑兰的评剧《茶瓶记》,在脑海中浮现的是一个豪爽朴实的东北女人形象。这样的剧种表演起来比较本色,当初由男旦来演,那是迫不得已。男性演来总如模仿秀,看上去难免忸怩作态。源于徽、汉花部,吸收雅昆营养,在北京发展起来的京剧,旦行演的并非北京、湖北、安徽或江苏一带之女子,而是笑不露齿、足不出户、讲究三从四德的中国古代女子,温柔善良而颇晓大义,端庄贤淑而知书明理。这样,和地方戏相比,京剧旦行更为远离现实生活,体现的是东方女性的共同性格特点。艺术需要距离,有了距离才能产生美感。这为京剧男旦发展提供了广阔的空间。

从一个侧面体现传统文化精神的京剧,要实现生存和发展,需要和其他文化因子嫁接,融入整个文化的大系统中,男旦当然不例外。1924年,对常人来说,是普通的一年。对男旦的发展,对梅兰芳之崛起,却是非同寻常的一年。梅兰芳一场寻常的《汾河湾》演出,引起了留洋归来、对中西方戏剧文化有较深认识的齐如山的注意,他从注重表演的角度写信向梅兰芳谈观剧感受,提改进建议,梅择善从流,实践于舞台,与伶界大王谭鑫培合演此戏,竟获得了比谭大王还多的掌声。从此,梅兰芳多了一个文化朋友圈,其中包括齐如山、张彭春、张大千等人,在这些文人的影响下,他的戏逐渐向文化靠拢,《太真外传》《西施》《天女散花》等把男旦艺术引入一个新天地。何止是梅?程砚秋遇到了罗瘿公、金仲荪,尚小云遇到了还珠楼主李寿民,荀慧生遇到了陈墨香,这些大文化人对他们潜移默化,为他们的表演注入文化营养,使他们在舞台上创造了和古典诗词一样的婉约意境,让人们看到了中国古代女子的美。他们被誉为"四大名旦",使京剧男旦艺术犹如鲜花着锦、烈火烹油,更加精妙绝伦、炉火纯青,形成了京剧发展的一个高峰。"四大名旦"的形成,竟彻底扭转了当时京剧舞台以老生为主体的格局,使得男旦后来居上,上升到极为突出的地位,出现了庞大的男旦群体,形成了异彩纷呈的流派,并开始推动京剧走向世界。

男旦风景,这边独好。

青衣的牵挂

暮春时节，罗敷提篮来到桑园。春日迟迟，驱不散她心头的阴影；桑叶碧碧，如她的心事般沉重：

儿夫一去不归家，
婆媳双双度日华；
盼断关山空流泪，
望穿秋水徒自嗟。

清早的汾河湾，柳迎春斜倚寒窑门首。波光闪闪，如同她飘忽不定的心；雾霭苍苍，好似她纷繁的心绪。叮咛儿子的话语仿佛还回荡在耳边：

儿的父去投军无音信，
全仗儿打雁养娘亲。
将弓弹和鱼镖于儿带定，
莫等到红日落儿要早早回程。

简单的故事，两个女人，一个在思念丈夫，一个在担心儿子，饱含着深深的思恋。在空灵的舞台上，淡淡的表演中，如丝如缕的唱腔里，青衣表现了东方女性最典型的心灵世界。如果说老生体现了中国男人最基本的家国责任情怀，青衣则把东方女性关心他人的牵挂情思表现得淋漓尽致。牵挂，包括对爱

戏味

人的牵挂,对儿女的牵挂,对老人的牵挂。

《搜孤救孤》中程婴之妻出场言,妻随夫志行。牵挂,是一种奉献,她以他的成功为她的成功,她以他的欢乐为她的欢乐,甚至她以他为她的骄傲和荣耀。牵挂,是鲜花对阳光的眷恋,是春风对溪水的轻抚。牵挂,是一种温暖。老生体会青衣的牵挂,没有风雨,没有严寒,只有四季如春,这种温暖不是花前月下的浪漫,而是心底的温馨。

牵挂,是一种体贴,更是一种力量。青衣的牵挂,开掘了老生的无穷动力之源,充满"甘洒热血写春秋"的慷慨大气,"休看我,戴铁镣,裹铁链,锁住我双脚和双手,锁不住我雄心壮志冲云天"的百折不挠,"为大将临阵时哪顾得残生"的矢志不渝。

牵挂的情思,不是女性的软弱和对男性的依附,是万物心灵间的息息相通,是一种男性和女性的和谐,是一种人性殉道的精神,是人类精神的终极意义上的善良,是一种阴柔之美,是一种人性之美,是一种剪不断、理还乱、难以言说的意绪。

> 多蒙邻居对我言,
> 武家坡又来了王氏宝钏,
> 站立在坡前举目观看,
> 那一旁站定了一军官。
> ....

唱词平淡明了,没有多大的深意和感情色彩。悠悠的胡琴声响起,和着那琴声,委婉的唱腔却让人感到一种难以言说的惆怅,那种牵挂的情思让人难以排解。老生,该对青衣的牵挂多体会、多理解、多呵护。

老旦的成熟

在京剧行当中，冠以老字的有老生和老旦。然而，二者似不可同日而语。老旦，是扮演老年妇女角色者。老生却不是，京剧舞台上的主要男性角色大都由老生扮演，而年龄却包括了中年和老年，甚至青年。同样的老字，内涵实不相同。京剧舞台上的老生不是"老生惜岁月，烈士志功名"中之老，其老不只是年龄，而是老练、老道、老成、老实，其侧重点在于为人处世的成熟。而老旦，主要是年龄之老。

传统老旦的戏路虽宽，从皇族贵妇到贫苦老妪，涵盖了各个阶层的妇女，人物的范围很大，活动的空间却不大，表现的内容也较窄，活动空间主要局限于家庭伦理，表现内容主要是亲情和孝道，劝善行好。清代有演绎目连救母故事的戏，戏名却叫《劝善金科》，于此也可见其端倪。《龙凤呈祥》中的吴国太和《四郎探母》里的佘太君，都是政治身份极高的贵妇，一个是国母，一个是国公夫人，但在戏中她们都以母亲的面目出现，两出戏表现的是母子情和母女情。二人关心的都是儿女，一个关心的是女儿的终身大事，对儿子利用女儿施展美人计达到政治目的非常气恼，"紫宸宫气坏了吴国太"，一旦对政敌刘备满意就命令立刻成婚，结果使儿子的一场政治计谋弄巧成拙，贻笑天下。一个则是对失散亲子的思念和牵挂，对突然降临的母子团圆的万分激动，"一见娇儿泪满腮"。传统老旦戏

《钓金龟》《遇皇后打龙袍》《望儿楼》等,人物身份虽异,却一样是风烛残年的老妇对命运无常的感叹和亲情难圆的倾诉,即使处于忠奸斗争中的李皇后,也以母子团圆大报仇为结局。

和老生相比,老旦在京剧行当中是一个次行当,形成发展较晚,开始大都由老生或丑角扮演。老旦的发展,可谓有三座里程碑:龚云甫奠基,使之专业化;李多奎定型,使之精致化;李金泉发展,使之时代化。在梅、余、杨三大贤活跃的京剧鼎盛时期,龚云甫的出现终于促成了老旦行的崛起,开始以老旦挑大梁。李多奎先生的继承开拓,使老旦行当的表演程式定型,演唱趋于成熟,形成了影响深远的老旦李派艺术,以后的老旦演员基本宗李,几乎十个老旦十个学李。李多奎先生不仅在艺术上对老旦艺术进行了整理改革,也在内容上进行了突破。在新中国成立后的政治氛围影响下,老艺术家创作热情高涨,争相排新戏,梅兰芳排演了《穆桂英挂帅》,李多奎则和裘盛戎排演了《赤桑镇》。唱腔脍炙人口,已成典范。戏仍然写的是母子情,但他把这种亲情放在情与法、公与私、国与家冲突的背景下,大大拓宽了人物的思想活动空间,戏中人物一下从亲情超越为灭亲的大义,而且戏的矛盾更尖锐,给两位大师带来更大的艺术自由,使该戏成为不多的老旦和花脸的对儿戏经典。

李金泉先生是老旦艺术的创新者和改革者,他编演的《李逵探母》《罢宴》《岳母刺字》在继承老师李多奎先生艺术的基础上进行了较大开拓,从家庭的范围拓展到社会和国家、民族的空间,从个人的伦常上升到民族的大义;既有传统老旦高亢苍劲、喷口有力的韵味,更注重塑造人物,以腔唱情。当时,还有中国京剧院编演的《杨门女将》与之相呼应,大大拓宽了老旦表演的空间。

20世纪80年代，是一个理想主义的时代，禁锢的思想得到解放，古老的艺术焕发了青春。中国戏曲学院实验团从豫剧移植的老旦戏《对花枪》，开始站在人性的角度探索塑造老旦角色，其中108句、长达20多分钟的大段反二黄既有高亢激昂的传统老旦韵味，又有低回婉约的女性之美，最后独创的老旦高拨子唱腔和扎靠开打，丰富了老旦的表演手段，让老旦在京剧舞台上全身而立。师承李金泉的赵葆秀和袁慧琴，进一步开掘老旦扮演女人的成熟之美，洗尽岁月的铅华，脱去女儿的忸怩和羞涩，实现了对老旦表现力的突破。赵葆秀《风雨同仁堂》中塑造的乐徐氏，面对变故，那种淡定与冷静，乃是风雨之后的彩虹，女人的成熟之美。袁慧琴的《契丹英后》，一个充满英气、飒爽美丽的萧燕燕，令人眼前一亮，彻底改变了人们对老旦的认识。

父爱无言。老生，被赋予了太多的沧桑和忧患。老旦演唱，音高入云霄，气沛贯长虹。这种酣畅与激昂，乃是生命绽放的蓬勃纯真。老旦演唱的最高境界，为蜂蜜嗓子秋凉韵，那种韵味乃是女人经历沧海之后的成熟之美。

新老旦的美丽

风花雪月，是诗中常见的题材，诗人借此表达个人感情的真挚和生活的美好，极尽唯美之能事。然而，在诗圣杜甫的诗中，风花雪月不是他潇洒的人生态度，却是他忧虑的身影和敢于担当、勇于担当的忧患心灵。杜甫把个人情感和国家伦理结合在一起，其风花雪月的诗作充满了沧桑之美。

在京剧中，扮演女性的角色称旦角。旦角以青衣和花旦为主，青衣端庄含蓄，典型的东方淑女风范；花旦婀娜娇美，一幅窈窕女儿态。俊俏的扮相、甜美的音调、袅娜的声腔，构成一个美的世界。在中国的汉字中，"女"字是审美的。京剧舞台上，梅、尚、程、荀、张等艺术大家用青衣和花旦之美将女子之美演绎得淋漓尽致。

在旦角中，老旦处于从属地位。一般从年龄和身体形态的角度认为，老旦主要扮演年长的妇女形象。不加修饰的本色嗓音，显得有些粗豪，似乎经过生活的洗礼，失去了美的装饰，呈现出一副本色之态。老旦，音调高亢，旋律铿锵，让人感受到京剧的昂扬韵味，力大于美。

我一直坚持一个观点：京剧行当的划分主要在于人性的不同。老生之老，首先不在年龄之老，而在一种做人的老练、老成，小生也并非完全是青春少年，其小在于类似少年的气盛冲动。所以，老旦也不应只是老龄和老态。以赵葆秀、袁慧琴为代表的新老旦向人们打开了一个美的老旦世界。和青衣花旦相比，老旦呈现出另一种美。

有人用美丽老旦来形容袁慧琴等新老旦，不仅指她们的外在形象，更指她们塑造的众多女人身上体现出的一种内在精神。她们改变了老旦的风貌，一洗传统老旦的老态，赋予人物一种女性之美，本真的嗓音诠释了女人的成熟之美，让人看到了又一个美的世界，或许这才是老旦行当在京剧舞台上本来应承担的职责和任务。

【反二黄慢板】四十年前有一天，
清晨起大雪飘飘铺满地，
遇一个年少人他病倒在庙里。
…………

新老旦让人看到了老旦忠贞的爱情。姜桂芝四十年对音信皆无的丈夫深深的爱恋，不仅让人感动于她对爱情的坚贞，而且也让人体会到爱情的真谛：两情若是久长时，又岂在朝朝暮暮。

【西皮导板】铁牛孩儿回家转，
【反西皮二六】泪虽干今日又涟涟。
自从娇儿你离家园，
为娘时刻就挂在心田。
哪一天不哭你几百遍，
哪一夜不哭儿到五更天。
哭来哭去哭坏了眼，
【快二六】海水流干我泪也不干。

到如今儿对面我看也看不见，
眼泪流干才转家园。（白）儿啊！
这几载谁为你做茶做饭，
哪一个为【快板】你缝缝连连。
哪一个经管你冷和暖，
…………

新老旦让人看到了母亲对儿子的永恒的无私的关爱。衣食冷暖不能自保的母亲，见到阔别多年儿子的第一眼，没有对儿子的责备和抱怨，没有诉说自己生活的孤苦无依，只有对儿子满腔的关心和爱意。

【反二黄慢板】好男儿立志在疆场之上，
怎能够虚度这大好时光。
罗艺他还要进京赴考场，
花枪他也要中个状元郎。
为妻我怎能够把他来阻挡，
是我身怀有孕舍不得远离夫郎。
…………

新老旦让人看到了女人对男人事业的支持和对家庭的担当。新婚妻子慨然送别丈夫到外面的世界建功立业，自己毅然担起了照顾家庭和儿女的重担。

新老旦不只有传统京剧的韵味，她们扮演的老旦也让人想到了美丽，这是一种历尽人生风雨之后的纯真之美，宛如秋霜后的高空洗练澄澈高远。青衣和花旦甜美的嗓音表现了女性的青春之美，老旦豪放的音韵则表现出女人的成熟之美，如果说青衣花旦是一种春天之美，老旦就是一种秋天之美。在中国，理想女性的标准是贤妻良母。从某种程度上说，青衣代表贤妻，老旦代表良母。而对一个男人来说，贤妻的关心与温暖有时就如母亲。因此，贤妻良母更适合由老旦来表现。

对男人来说，女人是一个港湾，打拼劳累的男人渴望像母亲一样的女人，听他倾诉，安抚他心灵的疲惫。女人，柔弱的双肩下是宽广的胸怀，无比温暖，在似水的柔情里，男人疲惫的心灵得到滋润，重新焕发生机。女人说，照顾家庭和孩子是母亲的职责，为了这一切可以不顾风霜雪雨，或许头上的长发有些凌乱，或许脸上的妆容有些残缺，或许身上的衣衫有些皱褶，但来不及梳理，来不及打扮，为了接回放学的孩子，为了家人能及时吃上可口的饭菜，女人放弃了天性对美的追求与装饰，义无反顾。夜深人静，还在洗衣；拂晓天暗，已在操持早餐。这是一种大美，让所有的人感动，尤其是让男人感动。这种美被老旦表现得异常充分而到位。

在女人似水的柔情里，分明有一种力量，一种激发男人的力量。这种力量让新老旦幻化成高亢的音调、铿锵的旋律，听着她们的唱腔，宛如母亲用双手轻轻抚摸着你的头发，让你感到踏实、温暖、放松，让人感动，使人陶醉，体会博大，体会感恩，体会美的真谛。女人之美，不在外表，而在无私、利他的内心。

柔情似水，贞爱如石，宽怀比海。新老旦让人对老旦之美有了新的领悟，对女人的成熟之美有了新的发现。如同诗圣的诗句，同样的花月，老杜"感时花溅泪""月涌大江流"，乃另一个境界。

母性的光辉

——新老旦一看

一直以为,从某种程度上说,京剧如同一门关于如何为人的哲学。老生,是担负家国之责的男人典范。青衣,则演绎了东方端淑的大家闺秀。而老旦,并非表现年迈苍苍、人老珠黄的老女人,其身上体现着为人母的女性所特有的慈爱、宽容、坚定。"一见娇儿泪满腮,点点珠泪洒下来",《四郎探母》将一位母亲思念儿子的慈爱之情演绎得淋漓尽致;"好男儿理应当天下名扬",《岳母刺字》把母亲鼓励儿子建功立业、精忠报国的大义大度刻画得入木三分;"我的家祖居南阳地",《对花枪》把一个贤妻良母对负心汉的宽容表现得非常充分。这是中国女人所特有的一种母性之光。

能充分表现出这种母性爱的光芒的老旦,乃是真正的好老旦,以赵葆秀、袁慧琴为代表的新老旦堪称其中的佼佼者。这种母性之光首先体现在唱腔上。她们的唱腔亦老亦新,符合传统京剧的古典之道。师承李金泉这样的大家,使她们的唱腔充满老旦那种浓厚的老帮味道,颇受老戏迷推崇。而注重人物创造,在传统韵味中不失时代感,又得到众多青年人的喜爱。沧桑的嗓音不失明澈干净,高亢中不失委婉,激越中不乏深沉。纯正的传统韵味里,流露出女性历经人世风雨的沧桑。高亢的嗓音下,饱含着女性的博爱与宽厚。历经沧桑、盼子心切的李达之母，深明大义、国家至上的佘氏太君，睿智果敢、仁义多情的萧后燕燕……新老旦在表现这种母性之光的同时，扩大了新时期老旦的外延，诠释了新时代老旦的内涵。

新老旦注重时代审美，唱念做打传统手段娴熟，借鉴利用眼神等话剧影视手法增强感染力。袁慧琴最美在她的眼神。欣赏着她美妙的唱腔，专注于舞台上她的表演，忽然发现她的眼神里有一种特别的内涵。明亮而深邃的眸子，蕴含着女性的多重蕙质，温柔与慈爱，刚毅与果断，善良与纯洁……她那美丽的眼睛，带给人的不只是一种愉悦，更是一种感动。她的眼睛流露的是蕙质琴心，是一种母性的光辉。这种眼神，这种光芒，让人渴望，使人感到温暖、幸福、满足、踏实，烛亮着我们每个人的人生旅途。电视剧《北风那个吹》中的牛鲜花，眼中闪耀的就是这种让男人感到温暖和踏实的光芒。

或许正是因为老旦诠释着中国女人关爱他人的宽广的母性，这种母性中蕴藏着一个女性可以用孱弱的双肩为儿女、为爱人、为国家担当一切的坚定和顽强，所以老旦所扮人物虽多年老，但老旦在京剧的各种行当中是一种高调门唱法，唱腔多高亢激昂，听来坚定有力，是一种生命的张力体现。因此，宗老旦者，必须有优越的嗓音条件。新老旦嗓音条件很好，高亮的嗓音，激昂的唱腔，听起来如盛夏酷暑喝冷饮，似寒冬雪日饮白干，激发了身上的每个毛孔，激活起一颗火热的心。

四十年前有一天清晨起，
大雪飘飘铺满地。
遇一个年少人他病倒在庙里，
我父挽他起，

向前问仔细。

…………

　　陶醉在新老旦激越委婉的唱腔中，就如沐浴在一种母性的爱中，让人深深感动。似乎委屈时可以向她倾诉，疲惫时可以偎在她怀中，她就如同一个港湾，一棵大树，一个加油站，一位慈严妙相的菩萨。此时，忘记烦恼和疲惫，放松紧张的身心，重新鼓起勇气，重新激发出自己人生激情与能量的源泉，靠着百折不挠的力量豪迈地走向人生目标！

无瑕如玉

——新老旦再看

玉,一片冰心,纯洁无瑕,清光澄澈。新老旦的演唱,如玉一般纯净无瑕。

新老旦赋予老旦以清丽的美,改变了人们对老旦的认识。有人说,有的新老旦不像老旦,其实是她滤去了现实老太的年迈与老态,留下的是纯正的女人精神之美。老旦,并不意味着老迈,她完全有理由美丽。新老旦的美丽,不是老旦的年轻化和不成熟,而是一种曾经沧海、绚烂之极归于平淡后人性坚强与美丽的再度崛起,是历经岁月和世事沧桑的女人摆脱羞涩和忸怩后,沉淀的对亲人、对国家的坚强爱恋和爱护之情,正如《杨门女将》中佘太君所唱"历经沧桑我也未曾灰心"。这是一种纯粹,是一种如玉一般的纯净无瑕。

玉不琢,不成器。岁月改变的是容颜和青春,不变的是人的心灵和精神。经过风雨的沧桑砥砺,心灵会更加坚定和纯真。新老旦展示的正是这种心灵之美,她们塑造的老旦不是现实的,而是精神的。

玉,外表温润,而内质坚韧。古人常以玉比喻君子之德。《诗经》说,"谦谦君子,温润如玉"。新老旦塑造的老旦,有着如玉的品质。《李逵探母》中"在异乡飘荡荡儿难以还家"一句,"乡"和"还"字采用老生上扬唱法,用劲头悠着向上唱,让观众听到的是一种昂扬,而不是凄苦。李母,贫穷眼瞎的一个年迈老妇人,支撑她生命的精气神,是母亲对儿子深深的牵挂与思念,新老旦将这种生命的坚强精神放大,淡化了她的老态,让人看到的是一种如玉般坚韧的人性之美。这种坚韧精神甚至可与男子汉媲美。

京剧是一种形而上的艺术。新老旦不是对传统唱法的颠覆和背叛,而是一种超越;没有改变京剧形而上的基本精神,而是对内涵进行了扩大。真正的美丽应是内心的美丽,新老旦展示于人的,正是这种人性之美,有善良、宽容、坚韧、忠贞。这是一种玉的精神和品格。

趁月光瞭敌营山高势险,
百岁人哪顾得征鞍万里、冷月西风、白发凝霜,
杨家将誓保三关!

孔子提出,玉有乐之德。"乐者,扣之,声清悦耳,身心安定也。"每当情绪低落与失望失意之时,欣赏一段新老旦纯净澄澈的唱腔,心便会灵动起来,感受到她那温仁的内涵,体会到冰肌玉骨、冰洁玉清、冰清玉润的内涵,心灵也会得到净化,心底不禁涌出一种激情,产生一种力量,发出一种震颤,使你温暖,令你兴奋,让你陶醉,给你带来乐趣,令你焕发生机,这是新老旦的魅力,也正是玉的灵性再现。

"玉者,其质纯洁,犹如雪山,虽入淤泥,清净无染,人所共修也。"玉,集天地之灵气,凝日月之光辉,孕万物之丰采,精光内蕴,纯净洁白,表里如一,圆融无碍。新老旦的演唱,澄净纯洁中充满坚韧刚毅,朴实高雅中不失灵透温润。天地有大美而不言,欣赏如玉的新老旦艺术,陶醉于无瑕的新老旦演唱,会感到一种天人合一,豁然进入一个广阔的大美大爱天地。

宽怀比海

——新老旦三看

每当聆听新老旦的演唱，都有一种开阔的感觉。"趁月光瞭敌营山高势险"的"光"字，开阔优美，让人仿佛看到一个玉宇澄澈无尘、山河沐浴银辉的阔大景象，领悟到一种心灵上的开阔。"我的家祖居南阳地"，"家"字一出，开阔嘹亮，那种开阔，不仅是音色上的动听，更是心灵上的博大与温暖。

有人说，女人的心眼小。和男人相比，好似女人的胸怀不够宽广。这是一种偏见，真正的好女人有着如海洋般开阔的宽怀。欣赏新老旦之艺，领悟女人宽怀比海。

贤惠果断的姜桂芝，虽然对负心郎"空盼望气难忍我好心伤"，"又悲又恨又羞又恼怒火满腔"，但最终还是宽容、原谅了忘恩负义的罗艺，因为她四十年的痴情未改；"三代男儿伤亡尽"的佘太君，慨叹"那一阵不伤我杨家将，那一阵不死我父子兵"，面对朝廷的误解，也曾去意彷徨，但当国家危难时，却表现出无比的宽容，义无反顾地挂帅出征，因为她对国家有无比坚定的忠诚。

桂枝和太君的宽怀，乃是一种坚贞和忠诚。因坚贞而专注于一，因忠诚而宁心于一。这种于一往往给人以狭小的错觉，岂不知这一，可容纳万物。道生一，一生二，二生三，三生万物。因笃专于一，便不计外物的干扰，从而能够容纳一切。

海纳百川，有容乃大。

这种宽怀是一种坚强，能容纳各种风雨沧桑。

这种宽怀是一种善良，能让男人汗颜羞愧，黯然失色。

这种宽怀，在新老旦的演唱中表现为一种大气磅礴，意气风发。

> 叫孙儿你与我速备纸砚，
> 未曾提笔好心酸。
> 自你走后四十载，
> 为妻盼你凋朱颜。
> 两眼望穿云边月，
> 十夜常有九不眠。
> 如今儿孙俱长大，
> 你我夫妻得团圆。
> 先叫儿孙把你见，
> 为妻随后就上山。
> 脉脉含情嫌纸短，
> 喜相逢举家大小笑开颜！

欣赏新老旦宽厚高亮的演唱，如同沐浴在宽怀的大海中，不只给人带来力量，让人感到温暖，使人感到踏实，更是对人心灵的洗涤，对男人的一种教育。

难怪元稹说，"曾经沧海难为水"。

秋声赋

——再谈新老旦的美丽

秋之形,在肃。霜风紧,红衰翠减,落叶飘飘,苒苒物华休,大地一片肃杀景象。悲秋,是中国文人的传统。悲秋实是在悲己。那花草的荣枯,常常让人想到人生的盛衰。"常恐秋节至,焜黄华叶衰。少壮不努力,老大徒伤悲。"秋天,如同人生的暮年。

扮演花季少女和青春少妇的青衣与花旦,用假嗓,声音明丽妩媚,如同绚丽烂漫的春与生机勃发的夏。扮演老妪的老旦,用真声,声音粗豪沧桑,就如肃杀的秋。无论是"窦太真在昭阳自思自想,想起了世民儿好不惨伤",还是"想当年在皇宫何等安好",都充满了对人生暮年好景不再的感叹。

秋之骨,在清,故曰清秋。其清,在于纯粹,在于明净。经过春的萌发,夏的洗礼,成熟的花草万物有一种纯粹的明净之美。天阔云淡,秋高气爽,山明水净。只有经历秋霜后,才有数树深红出浅黄的层林尽染之美。所以,秋日有登高之俗。登高望远,会觉得整个身心融入开阔的天地间。"试上高楼清入骨,长风万里送秋雁",寥廓明净的秋空,大雁高飞,顿觉清澈入骨,心胸开阔。

"铁牛孩儿回家转!"一声高亢明净的唱腔,仿佛把人带入一个高远清空的世界。是新老旦!她们的声音在老旦的老帮中别具一种明净。这种明净，是一种"秋波落泗水，海色明徂徕"的开阔与纯粹，是一种"对潇潇暮雨洒江天，一番洗清秋"的清俊与高远，是一种"晴空一鹤排云上，便引诗情到碧霄"的遒劲与人生骨力，让人感到天地越来越开阔。

秋之韵，在静。人烟寒橘柚，秋色老梧桐。炊烟袅袅，在水一方，橘柚深碧，梧桐微黄，渐老的秋光浓缩在一幅宁静的画面中。绚烂之极归于平淡，日月的迁流，草木的荣枯，人世的盛衰，人生和宇宙的真谛，都在这画面中得到诠释。尽管无边落木萧萧下，但不尽长江滚滚来。

"听谯楼打罢了初更时分"，新老旦的声音高亢，充满力量，但不张扬，有一种内在的亲和力，一如这宁静的秋光让人心静如水。这是一种经历风雨洗礼、岁月沧桑的宁静，让人踏实，让人沉思。

花脸的大度

先确定类型化,再追求个性化,是京剧行当的特点。扮演男性角色的行当,有老生、武生、小生、丑角(这是唯一一个没按性别划分的行当,女性角色也有丑角)、花脸等。从类型化的角度说,这些行当的划分和确定依据主要是性格,老生突出成熟,武生侧重气魄,小生因为气盛稚嫩,丑角源于畸形,花脸则主要表现男性的大度。

对于花脸,一般这样定义:大多扮演性格、品质或相貌上有些特异的男性人物,按性格说有正直、刚毅、勇猛、威壮、粗犷、鲁莽、狡诈、残暴、愚蛮等。这样的确定,有些含混。从性格的角度看,花脸更突出男性的大度,所以人们习惯称花脸为大花脸。

男人大度,女人细腻。这种大度或是一种不拘小节的大咧咧,生活上的粗线条,甚至有些粗鲁。在京剧花脸中,张飞、李逵、牛皋等,如是。这些人粗犷豪放,纯真乐观,往往被转化成舞台上的风趣可爱,别有一番韵致。如《黑旋风李逵》中,李逵下山看到满山桃花盛开,那种喜形于色的心花怒放,让人感到一种本真的生命之美。但是,男人如果心粗至野性,甚至残暴的程度,扭曲人性,则面目可憎,非常可恶亦可怕。《搜孤救孤》中,屠岸贾为斩草除根,已灭绝了人性,那粗豪的唱念令人觉得狰狞可恶。《失空斩》中,马谡粗到刚愎自用的程度，最终导致事败命亡的结局。

有人把相貌特异作为确定花脸行当的一种依据，殊不知演员用各种色彩在面部勾画成一定的图案，即脸谱，乃借以显示人物的性格也。一般以红色代表忠勇，如《华容道》之关羽；黑色代表粗犷、耿直，如《芦花荡》之张飞、《铡美案》之包拯；白色代表奸邪，如《群英会》之曹操和《空城计》之司马懿；黄脸大多表现性格残暴的人物，如《刺王僚》中之姬僚；蓝脸大多表现勇猛刚强的人物，如《盗御马》中之窦尔敦。

花脸演唱的调门都较高，调门达不到则不能体现那种大度的气势。花脸和老旦同样是高调门，所以有一些花脸老旦经典对儿戏，如《遇皇后打龙袍》《赤桑镇》《李逵探母》等，脍炙人口。花脸和青衣、花旦的对儿戏很少。

如果说武生从形体的角度将男人的阳刚之美在舞台上体现得淋漓尽致，花脸则从声腔音韵的方面把男人的阳刚之美展现得酣畅淋漓。从花脸高亢激昂的唱腔里，可以感受到男人那种疾恶如仇、爱憎分明的直爽，每每听到裘盛戎版的《杜鹃山》乌豆唱段，"她是一个好党员"，最后那句楼上楼的拖腔，令人心潮翻滚。而听《锁五龙》中单雄信那段"号令一声绑帐外"，高腔迭出，让人体会到豪杰之士面对生死无所畏惧的潇洒。这是一种生命的洒脱，出自本性，并非后世的参悟，尤其是后面"这几句话儿真爽快"几句，足证。裘派大家康万生曾举办原生态个人演唱会，即不用任何音响，演唱上述两个唱段，其深厚功力化作声震屋瓦、大江奔流的唱腔，令整个剧场轰动。

花脸的没有拘束，不拘小节，声腔方面铜锤独擅，表演方面则架子优长。20世纪50年代北京京剧院排演《三顾茅庐》，裘盛戎先生饰演张飞，他用铜锤的方法念白，缺乏架子花的大度气势，以致在台下看戏的老舍先生幽默地说："这张飞妹妹了！"

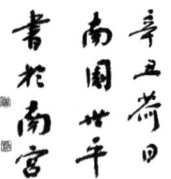

戏味　蔡世平/书

戏味

真实的丑角

丑角,如同菜肴之佐料,插科打诨,调节气氛,博人欢笑,增强戏剧性,带来娱乐性,不可或缺,故有"无丑不成戏"之说。含冤凄苦的苏三让人太压抑,所以《女起解》有丑角解差崇公道;年迈贫苦的张广才让人心酸,因此《扫松下书》中安排了丑角张五哥;穷困无依的康氏一副苦相使人沉重,故而《钓金龟》里的儿子由丑角扮演。戏者,戏也。丑角演员往往能从现场和现实中即兴抓词,制造间离效果,创造欢乐氛围。《三堂会审》中刘大人戏谑王金龙"苦中取乐",丑角于戏,正是这样。

从舞台的呈现看,丑角滑稽、幽默、活泼。然而,欢笑的背后往往能体现出社会的真实。由于遵循"发乎情止乎礼"的礼乐传统,京剧舞台上的生、旦,被穿上了孔、孟的礼服,树立了做人的典范。所以,不管其身份、地位如何,一旦人物由生旦扮演,便都呈现出正统的风貌。京剧中有"四大义仆戏"之说,《马义救主》里的马义、《一捧雪》里的莫成、《南天门》里的曹福,还有《三娘教子》里的薛保,这些人都是社会最底层的仆人身份,言谈举止气度,却完全一副铁肩担道义的封建正统饱学之士面貌。丑角,脱去伪装,率性纯真,说真话,演真情,于轻松中表现真实。《女起解》一开幕,丑角解差崇公道的开场白为"你说你公道,我说我公道,公道不公道,只有天知道";《锁麟囊》最后一场,得知奶妈真实身份的赵守贞让以丑扮演的丫鬟碧玉去为薛湘灵换最好的衣服,湘灵十分疑惑,碧玉说了一句令人捧腹的心里话:"我们员外夫人都是好人,没有别的意思,如果有,早把我填二房了,也轮不到你呀!"这些看似玩笑的话语,细想之下,都有真理的成分。话糙理不糙,丑而不丑。虽然丑角被称为小丑,但在圈内被人推崇的是"大丑",丑角往往是小角色,但绝不能演小了。

丑角扮演的人物最为广泛,无论男女、老幼、贫富、贵贱、文武、善恶、忠奸、美丑,芸芸众生,都可由丑角扮演。豆腐块下面,亦庄亦谐,亦嗔亦喜,嬉笑怒骂,皆成文章。调侃中含真理,幽默里见真情,风趣下有无奈,欢笑时有眼泪,展示了一副真实的众生相。所以,有一种说法:丑是戏中胆。编演于1940年的《锁麟囊》一问世,即成程派经典。该剧讲述了在富贵无常的人世中,一个善良的富家小姐,因当年的仗义助人而得到报恩的感人故事。无疑,这是一出真善美的人性颂歌,却同时也是一幅世态炎凉图。该剧的成功,当然首先得益于程砚秋先生高超的技艺,而其中的丑角设计十分高明,功不可没。该剧中共有六个丑角,这些人既有趋炎附势的势利眼,如那两个老少傧相,争相去富贵的薛家,不愿到贫穷的卢家;也有忠厚善良的仁义之人,如大水后落难的薛府奶妈胡婆,仍然像以前一样忠心耿耿,照顾自己的主人。

丑角表演,绝不是低级的滑稽,不能以哗众取宠的噱头取胜。欣赏丑角大王萧长华先生的《群英会》和《连升店》,能够让人咀嚼三日的笑料,乃是一种中国式的高级冷幽默。蛇年春晚,蔡明变身毒舌大妈,"我艺名叫小陀螺""人是微缩的,心是猥琐的"……其小品《想跳就跳》正是一种冷幽默,和京剧丑角表演有异曲同工之妙。

从某种角度说，自优孟衣冠开始，中国戏剧发端于丑角。在其后的历史发展长河中，丑角表演蔚为大观，丑角剧目丰富多彩，如《杀狗劝妻》《百寿图》《写状打弹》《开当》《摩天岭》《沙陀国》《背板凳》《别妻》《乾坤带》《戏妻》《湖楼》《绿牡丹》《南阳关》《望儿楼》《牧羊卷》《打面缸》《打樱桃》等，数不胜数。然而，今天的菊坛，丑角发展明显滞后，甚至畸形。优秀丑角演员凤毛麟角，常演剧目屈指可数，武丑仅有《三岔口》《时迁偷鸡》《时迁盗甲》等，文丑命运更惨，只是在各种赛事中有《游街》《连升店》等，在正常演出中很少见到专门的文丑戏，更谈不上新编剧目，而且丑角戏多作开场，不唱大轴和压轴。湖北朱世慧曾以《徐九经升官记》掀起一股丑戏波澜，但终归难挽狂澜。

丑角，一个豆腐块，一张三块瓦，给人以滑稽之感。对于丑角，人们一般认为扮演插科打诨比较滑稽的角色，甚至认为扮演相貌丑陋的人物。豆腐块、三块瓦下面的真实与个性，往往被人忽视。或许，今天丑角被边缘化的命运与人们对丑角这样的认识有关。

诗词与生旦

诗与词是我国古典诗歌的两大主体，二者在意境上有相似、相通之处，也有相反、不同的地方。国学大师王国维在《人间词话》中说：词"能言诗之所不能言，而不能尽言诗之所能言，诗之境阔，词之言长。"和词相比，诗中所写的内容和意境更为广阔、更为博大。

东临碣石，以观沧海。
水何澹澹，山岛竦峙。
树木丛生，百草丰茂。
秋风萧瑟，洪波涌起。
日月之行，若出其中；
星汉灿烂，若出其里。

曹操的这首《观沧海》，通过对沧海吞吐日月星辰那种壮丽景象的描写，抒发了一代枭雄吞吐万象、志在统一的博大襟怀，气势雄浑，简约豪迈，蕴含着一种古朴而刚健的汉魏风骨，意境苍凉而开阔。这种博大而开阔的意境，发展到唐，终于形成了唐诗高峰，创造出"海内存知己，天涯若比邻""明月出天山，苍茫云海间"这样博大的盛唐气象。

词，所能传达的意思是"言长"，也就是词能表达出诗所难以传达、人内心深处最微妙的情绪。

梦后楼台高锁，酒醒帘幕低垂。
去年春恨却来时，落花人独立，微雨燕双飞。
记得小苹初见，两重心字罗衣。
琵琶弦上说相思，当时明月在，曾照彩云归。

  晏几道的这首《临江仙》词，如果跟《观沧海》诗相比，有很大的不同，五言古诗的那种博大质朴、波澜壮阔，在词中没有。而词的句法变化多，句式长短不整齐，每句停顿的节奏不尽同，从而增加了词委婉曲折的姿致，有利于传达委婉曲折的感情，以及最幽微、最隐约、最深情的心灵感情与思绪，独具婉约之意境。这些，显然是诗不容易表达和体现的。王国维说，"词之为体，要眇宜修"，一语道破词的特点：词具有一种女性的修饰美，词就如"美要眇兮宜修"的美女。

  一阴一阳谓之道，古人特别讲究阴阳。对于诗与词而言，诗多呈现出一种风骨，属于一种阳刚之美；而词大都表现出一种婉约，具有一种阴柔之美。可以说，诗属于阳，词接近阴。这和京剧中两大主行当——生与旦，很相似。属于阳的生中主要是老生，老成持重、充满忧患意识的生就如境界开阔的诗，因为他要包容下世界；属于阴的旦之主体是青衣（花旦），温婉秀丽、柔情似水的旦好比婉约含蓄的词，因为她心里对他有无尽的牵挂。

  在老生发展史上，初期的老生老"三鼎甲"程长庚、余三胜、张二奎的表演比较注重气势，有"时尚黄腔喊似雷"之说，同光时人吴焘在《梨园旧话》中记载程长庚"乱弹（京剧）唱乙字调，穿云裂石，余韵绕梁，而高亢之中，又别具沉雄之致"。《清代声色志》则说张二奎"嗓音洪亮，行腔不喜曲折，而字字坚实，颠扑不破"。到了后"三鼎甲"时代，谭鑫培改革高音大嗓、直腔直调的唱法，讲究腔调的曲折婉转，抑扬俏丽，向美发展，树立了老生行的第一座里程碑。梨园三大贤之一的余叔岩则在弥补老谭柔美有余而气势不足的缺点之基础上，使老生艺术进一步精致化发展，余派的形成标志着老生艺术的成熟。这和诗歌的发展轨迹极其相似，汉魏诗注重风骨、语言朴实，发展到南朝，注重辞彩声律，几成靡靡之音。走进大唐，诗终于实现了风骨和声律兼备，绝句和律诗的成熟使诗发展到最高峰。

京剧发展初期，以老生为主，旦角的唱法从属于老生，直腔直调，缺乏美感。梅巧玲开始注重唱腔的婉转优美，余紫云更务演唱的阴柔之美，经过王瑶卿的努力，到了以梅兰芳为代表的"四大名旦"时代，旦角艺术终于进入了美轮美奂的境界，创造了和词一样婉约柔美的意境。人们评价梅兰芳的演唱：珠圆玉润。很多评论家赏析晏殊的词，也用了这四个字，这应该不仅仅是一种巧合吧。

有意思的是，诗从《诗经》开始，经过汉魏两晋的发展，于唐代达到顶峰。之后，有了两宋词的高峰。而京剧早期以老生为主行当，从程长庚到谭鑫培，老生艺术逐渐成熟。随后，四大名旦开始崛起，旦角艺术达到顶峰。先诗后词，先生后旦，二者相似的发展道路，是否有某种必然的联系？

戏味

无中生有

——京剧的舞台

经常读古诗的人或许会留意到，古代的诗人非常富于想象。他们思想的野马，常常超越时空，驰骋于永恒的宇宙之中。王维泛舟汉江，眼望江水滔滔远去，思绪却已飞到天地之外："江流天地外，山色有无中。"王勃送别好友入川，没有像小儿女那样难舍难分，而是透过三秦大地和五津风烟，放眼海内，安慰好友："海内存知己，天涯若比邻。"杜甫登上岳阳楼，眼望浩淼的洞庭湖水，想到的是宇宙乾坤："吴楚东南拆，乾坤日夜浮。"其实，中国诗人这种超越时空、天人合一的想象，同样表现于京剧的艺人和观众对舞台的认识、把握与处理上。

传统京剧的舞台非常简单，一般除了一块区别戏里戏外的大幕和一桌二椅外，别无其他大的装置。然而，亭台楼阁，山川河岳，日月星辰，皆出没于这方丈之中。小小的舞台，能"仰观宇宙之大，俯察品类之盛"。这空荡荡的舞台小天地，是一对才子佳人张生和崔莺莺脉脉传情的月底西厢，是草莽英雄窦尔敦的山寨大厅，也是杨再兴战死金兵的小商河，还是三国群英在赤壁的风云际会之地。

舞台上，几乎一无所有，让人却感到无所不有，这"有"存在于演员的举手投足、一笑一颦间，表现于演员手中的马鞭和船桨上，流露在演员的唱腔旋律里，蕴藏在演员的心中。

《打渔杀家》第一场，萧桂英的道具仅为一把船桨，却通过演员的虚拟动作和舞蹈，将上、下船，解缆、抛锚、起锚，搭跳板，行船等各种动作表现得淋漓尽致，再加上顾盼流辉的眼神，马上让人产生船行江上、水天一色的幻觉，从而感到如临江边。船是虚的，人走在船甲板上的神态，扬帆的速度感，都浮现在观众脑海中。《三岔口》，舞台上灯火通明，任堂惠和刘利华却通过对打时的种种错觉，营造出月黑风高、令人胆寒的夜境。《文昭关》，在舒缓的二黄慢三眼过门过后，随着"一轮明月照窗前"唱腔的回环婉转，似乎让人看到一幅月华满天、孤客难眠的景象。

京剧舞台的这种"无中生有"，不仅存在于演员的身上，也存在于观众的心中。观众被演员导引，产生一种默契的想象，顺着演员的手眼身法步，随着演员的唱做念打舞，和演员共同进入一个相同的境界，在心中共同创造出一个五彩缤纷的大千世界。

看戏者，一般多喜坐在池前居中位置，不愿坐在池后，更不愿坐在楼上。楼上看戏，其实别有一番感触和收获。演员在舞台上的行动线（舞台调度），只有在楼上看得清。种种行动线，好似太极图中的阴阳鱼造型。大千世界，千姿百态。我们的祖先却总结出阴阳二字，阴阳互动，生成万物。京剧舞台的这种"无中生有"，是否与演员行动线的这种阴阳造型有关？或许正因如此，单调的舞台才"无中生有"，才绚丽多彩。

京剧舞台的这种"无中生有"，突出了人的创造性和主动性，彰显出一个"人"字，处处打下"我"的烙印，让人进入一种生命主体意识的自由时空，以我为主，驾驭万象，构造意境。海空凭鱼跃，天高任鸟飞。这实是一种人生境界，体现出一种创造世界的潇洒、快意与大气，体现出一种做人的博大、自信与豪迈。优秀的京剧演员被称为角儿，真正的好角儿应是驾驭舞台的好手，具有凌驾于万物之上、翱翔于千秋之中的超人情愫，具有"海内存知己，天涯若比邻"似的博大、超脱，达到思接千载、视通万里、神与物游之境界。

华佗仿飞禽走兽之行为，自创五禽戏，强身健体，较早实现了物我合一。京剧舞台上的许多表演动作程式之名，上取日月星辰、云雨风雷，下取山川草木、鸟兽虫鱼。云手、山膀、虎跳、卧鱼、望月、探月、兰花指、燕双飞、鹞子翻身、金鸡独立等，比比皆是。在小小的舞台上，实现了天人合一，物我融合，表里渗透。

大象无形，"无中生有"的京剧舞台是也。

得意忘形

——京剧的武打

对于看戏，常听人说起这样一句话："内行看门道，外行看热闹。"热闹的戏，多指武打戏。剧团演戏，观众若是外国人、不懂戏的学生或其他人，便以武打戏居多，武打戏似乎成了吸引外行的点缀。武打戏固然火爆热烈，对非戏迷、不懂戏者来说，好理解，有看头。若单以热闹二字定性评价，差矣。

京剧的独特之美，在于其独特韵味。这种韵味，多指唱腔。余派的挺拔醇厚，马派的潇洒飘逸，梅派的含蓄淡雅，程派的低回婉转，都指唱腔。这些对戏迷票友和了解戏的人，可以说如数家珍。然而，仔细品味一下武戏，会豁然发现，京剧独特之韵味，也体现在其中。二人对打，急风暴雨之后突然静场，一个亮相，刹那间形成一种雕塑美；长靠武生出场起霸，云手、踢腿、跨腿、四杆靠旗随之展扬，或如"吴带当风"，或如"曹衣带水"，透出一种英风飒爽；两人走边，身段动作或互相配合映衬，或一正一反形成对比，极具图案之美。京剧的韵味在这些武打中同样展现得淋漓尽致。如果说唱腔体现了京剧中声音的韵味，那么武打则展现了人们肢体的韵味。

形式和内容，京剧更注重形式，形式美是京剧的主要特点。在唱、念、做、打中，唱与念和内容直接相关，受内容拘束较大。只有打最抽象，可以使观众摆脱理解具体表现对象的心理束缚，超越功利，而专注于打的形式美，达到一种"得意忘形"之境。《庄子·外物》中说："荃者所以在鱼，得鱼而忘荃；蹄者所以在兔，得兔而忘蹄；言者所以在意，得意而忘言。"武戏之妙正在于此。

京剧的行当中，分别有武生、武小生、武旦（刀马旦）、武净、武丑等武行当，专演武戏。和其他行当比，武戏的行当是京剧中较年轻的行当。戏曲中的武戏是在吸收武术、杂技等的基础上形成的，起初武戏或用真刀真枪，"刀械悉真具"；或是杂耍，"跳索、跳圈、窜火、窜剑之类"，堪称真正的热闹。当时，演武戏者称武行，在戏班中地位最低。

京剧的行当划分具有伦理道德理想和对人物进行道德评价的意味，如老生、青衣。武戏行当的确立和划分，却没有伦理评价之意味。看武戏，不必关注人物的善恶，不必进行道德的分析判断。《艳阳楼》里的高登，《一箭仇》中的史文恭，以及黄八出中的黄天霸，人们并不因他们是豪强恶霸、朝廷鹰犬而不愿看；相反，还会对其中身段动作、开打舞蹈的干净漂亮而鼓掌喝彩。这些戏都是百演不衰、百看不厌的经典武打剧目。

武戏突出形式美，但并非单纯地卖弄技巧。武戏的发展经历了一个由"演技"到"演戏"、由"重真"到"重美"的过程，其最高境界是"武戏文唱"，达到形式美与境界美的高度结合。杨小楼是"武戏文唱"的典范，一切表现手段都严格服从于剧情和人物的需要，一招一式、一腔一字都带出人物的性格与感情。他的武功极好，但从不卖弄，一味求得掌声，而是寄心声于刀剑，溢情绪于戈矛，赋情感于衣袂。如《长坂坡》中赵云走搓步救简雍一场，杨小楼并不像有些武生演员那样，单纯显示自己的功夫和技巧，他演得不瘟不火。恰到好处的优美动作，快而不乱的银枪，武打时展扬飘动的衣袂，微微颤动的盔缨，亮相时乍静还动的靠旗，都是人物性格和当时情境下赵云情感的外化。他不仅把马演得如"天马行空待驾驭"，把人物也演得如"龙马精神海鹤姿"，同时将赵云紧张的心情、急促情绪表现得非常充分，真不愧有"活赵云"之称。在京剧史上，有好几位"活霸王"，金少山就有"金霸王"之誉。但在著名教授顾随先生眼里，"金霸王"是山大王，而杨小楼的"活霸王"才是真正有帝王气度的霸王。

氍毹乐魂

——京剧的锣鼓

本地一家颇有名气的饭店，有一道拿手菜——菜豆腐，很受大家喜爱。其味极清淡，据说基本营养非常丰富，很合养生之道。后得知，这道菜是用做豆腐的下脚料（豆腐渣）加上青菜做成的。对这种饭菜，作为20世纪70年代以前出生的人，极为熟悉。那时条件极清苦，做豆腐出的豆渣舍不得扔，便做成饭菜充饥，美其名曰"小豆腐"。没想到，今天成了营养丰富的招牌菜。

生长在农村的戏迷，没有其他娱乐形式，只有看戏。而戏班来到村里开戏的信息，便是从传得很远的锣鼓声得知的。听到那锣鼓声，常常是饭未及吃好，便扔下碗筷，跑出去占场地。研究京剧锣鼓起源的人，说"京戏来自民间来自乡村来自空旷的地方，昔日农村收了庄稼，麦场空闲了，搭起临时的台子。乐队于是一再使劲儿敲击锣鼓，为的就是召唤远处的人快来看戏"。在没有扩音机的时代，这吵人的锣鼓声确是远处之人遥感京剧的重要标志。

京剧的锣鼓，又叫打击乐，因武打场面运用较多，故称"武场"。锣鼓有何用？是否只在引人？其实，锣鼓之魂在于表现人心，锣鼓使不易令人觉察的心理活动进一步外化。《空城计》中，只剩下老弱残兵的诸葛孔明决定以空城计退司马大军,前途未卜,他万分感叹地呼喊:"天哪!天!汉室兴亡就在这空城一计了。"乐队用【双叫头】配合演员念白,强化了紧张而焦急的气氛,可谓画龙点睛。看过电视连续剧《大宅门》的人,对剧中的背景音乐无不印象深刻。其中,就大量运用了京剧的锣鼓经。白景琦出世时,画外响起表示重要角色或大将出场的【四击头】,预示着这是一个主要人物,令人精神一振。第三集,白家的姑老爷关少沂要摔死小白景琦,用的是【撕边】。当时,关的内心世界极为丰富,一面是死去孩子的痛苦,另一面是一个活生生的孩子在他手中对他笑。剧中,关没有一句台词,画外是【撕边】的锣鼓点。【撕边】的音响听似简单,但实际上锣鼓的疏密、力度的强弱、时间的长短、音乐的起止,都要随着人物的动作而细致地演奏,演员的面部表情、内心节奏、手势眼神也都要融入这锣鼓点儿中。点点的锣鼓声,敲出关少沂的心曲,敲在观众的心房上。

  中国人讲究含蓄,京剧舞台上人物的所思所想,一般不用语言表达,而是通过夸张的做、舞暗示。人们常常惊叹京剧做、舞的优美,小到云手,大到起霸,美轮美奂。那么,美在何处?美在其中灵动的韵律,美在一颦一笑莫不中节中矩,美在【水底鱼】【风入松】的锣鼓经中。《说唱脸谱》唱得好:"四击头,一亮相,真是美极了!"

  戏迷迷戏,多迷唱腔,也迷胡琴,大多对锣鼓漠然,甚至嫌其聒噪,却忘了"唱"的基本要求是有板有眼。板眼者,鼓板也。一场演出,一个唱段,真正的灵魂是打击乐,是锣鼓。各种锣鼓经犹如一条红线,将唱、念、做、打联结成一个完整的整体。无怪乎,人们把武场中的司鼓者,称为京剧乐队的总指挥,一场京剧演出的总指挥。常言道"一台锣鼓半台戏",

虽然这里的锣鼓指的是整个乐队，但以锣鼓称之，恰证明了锣鼓在乐队中的重要性。有意思的是，人们对演员最推崇，其次是琴师，最后是鼓师。杨宝森、杨宝忠和杭子和，被誉为歌、琴、鼓"三绝"，实则一绝，同声相应，同气相求也。

京剧的锣鼓还寄托着人们吉祥的愿望。早在古代，祭祀祖先神灵、驱魔辟邪，必用锣鼓，人们用以表达自己虔诚而美好的心愿。在京剧的锣鼓声中，同样寄托着人们美好的希望、理想和祝愿。在戏班里，要把锣鼓镲等打击乐器放在后台，与长明灯为伍，以辟邪防盗。有人因此称京剧的锣鼓为"瑞音"。

锣鼓声无固定准确的音高，无法如歌声、琴声一样用五线谱或简谱记录，只能用"仓、匡、台"等象声字模糊记之。乐师们却以不同的力度和速度来敲击锣鼓，敲出人马嘶喊，敲出夜深人静，敲出月黑风高，敲出剧中人的喜怒哀乐，敲出演出者的神酣气足，敲出观戏者的心旌摇摇，敲出整出戏的精气神，敲出戏里戏外两个世界，敲出人生的深趣。

戏台无布景，只是一个空荡荡的世界，锣鼓声则表示在此世界中之一片喧嚷。有时表示悲怆凄咽，有时则表示欢乐和谐。这正是一个人生背景，把人生情调即在一片锣鼓喧嚷中象征表出，然后戏中情节乃在此一片喧嚷声中透露。这正大有诗意。因此，中国戏的演出可说是在空荡荡的舞台上，在一片喧嚷声中作表现。这正是人生之大共相，不仅有甚深诗意，亦复有甚深哲理，使人沉浸其中，有此感而无此觉，忘乎其所宜忘，而得乎其所愿得。

钱穆先生不愧是深谙传统文化的大家，斯言甚是。有人提出，京剧的锣鼓太喧嚣，应该逐步取消。据说，现在甚至有人在探索没有锣鼓的京剧。和当时舍不得扔的小豆腐一样，京剧的锣鼓，营养同样丰富得很哪！

没有了锣鼓，京剧还姓京吗？实在令人难以想象。

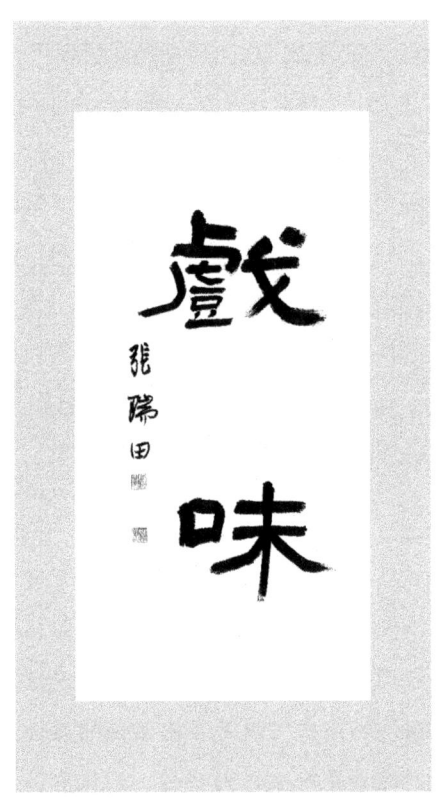

戏味　张瑞田 / 书

天籁叶声

——京剧的胡琴

为我一挥手,
如听万壑松。
客心洗流水,
余响入霜钟。

对诗仙这首听琴诗一直很喜欢,因为听京胡演奏之声也有类似的感受。许多迷京剧的人,是从喜欢京剧的胡琴声开始的。清脆的胡琴声响起,如水流石上,云过长空,鸟鸣空谷,令人心神振奋,宠辱皆忘,恍入无一色纤尘的仙境。

高手琴师演奏时,往往未等演员开口,就先声夺人,引来阵阵彩声。而对演员来说,小小的胡琴是京剧演唱伴奏的主乐器,操琴者称为琴师。演员离不开胡琴,他们和琴师之间有一种特殊的关系,但绝不是一般的演唱者和伴奏员的关系。琴师和演员有共同的艺术追求,对演员的嗓子、气口非常了解,他们之间有一种心有灵犀的默契和共鸣。"每一个第一流的角儿,必有第一流的琴师相辅,每个第一流的琴师,必会配合着他那个角儿的唱法韵味,特创一种相合无间、气味类似的性格,使他们形成与众不同的搭档!譬如梅雨田之于谭鑫培,徐兰沅、王少卿之于梅兰芳,是角儿影响了琴师,也是琴师顶得住角

儿。总之他们的唱和拉之间，起了统一的韵律，产生了会意的共鸣。"（孙养农《谈余叔岩》）

琴师往往同时是唱腔设计者，或唱腔设计的参与者。许多名段由演员和琴师共同创作，如《赵氏孤儿》中的马派名段"老程婴提笔泪难忍"和裘派名段"我魏绛闻此言如梦方醒"，就分别是马连良、裘盛戎与琴师李慕良共同设计的。

要拉好琴必须会唱，仅仅照谱宣科不行。琴师会唱才能在唱腔行进中准确发挥其拖腔、补腔、保腔、包唱、垫头，甚至拉气口等技巧的运用，使演唱者在唱中省力持久，充分用声用情。很多京胡演奏大家曾是演员，而且十分优秀，对唱十分精通。杨宝忠是为数不多的余门弟子之一，艺名"小小朵"，曾得到余叔岩亲传；孙佐臣幼习小生，后改拉胡琴；徐兰沅八岁学戏，学过生旦净丑各行的应工戏，会戏甚多；王少卿和李慕良都初学老生，后专职操琴。当今的琴师多不会唱，仅有周佑君、吴汝俊等少数人能拉能唱，对唱有一定研究。

和京剧一样，地方戏大部分是板腔体，主要用胡琴伴奏。京剧的胡琴伴奏和地方戏的伴奏却不同，代表了胡琴伴奏的最高境界。京剧中的胡琴伴奏更富有力度，严谨和谐，徐疾得体，忽单忽双，有花有简，时领先，时滞后，忽为唱巧垫妙音，忽与唱同步休止，入微入妙，淋漓尽致。具体分好几种拉法，有的东拉西唱，包括用固定的"胡琴套"来拉唱腔，最典型的就是"十八张半"中李佩卿先生为余叔岩伴奏的《秦琼卖马》的流水；有的是模拟式拉法，比如梅派的伴奏方法；还有的以繁驭简，比较典型的就是何顺信先生的张派拉法。在各种板式中，二六板和摇板的演唱和伴奏往往不同，似乎唱者自唱，拉者自拉，听众听来却感到十分统一，追求一种内在的协调，一种于不平衡中求平衡的和谐。地方戏的胡琴伴奏大都比较简单，过门时模仿唱腔尾音，豫剧等梆子戏为弥补胡琴伴奏的单调，加入了节奏丰富的花梆子。

京剧唱腔讲究字正腔圆，忌音包字。琴师操琴有很多技巧，最基本的要求是托腔保调，突出一个"伴"字，最高境界为一个"和"字。《吕氏春秋》中言："故唯圣人为能和。和，乐之本也。"琴师伴奏要服务唱腔、突出唱腔、突出演员。原来在京剧中没有琴师和乐师之说，据说当时称操琴者为演员的随手。京胡和演员的关系，体现了中国戏曲音乐体系以"肉（人）"为主、丝竹副之的原则，颇合于天道人生。书法家、高级票友欧阳中石先生曾送给著名琴师王鹤文一幅墨宝"和谐入律，时断时续，佐喉叶声，若即若离"，道出了琴师之道。

古人云："夫乐，天地之精华也。"京胡取材全自天然，琴担多用紫竹、白竹或染竹制成，琴轴是黄杨或枣木、红木等，琴筒用毛竹，筒口蒙蛇皮，琴弦是蚕丝（因丝弦易断，现在多用钢弦，但不如丝弦好听），弓子为剑竹、凤眼竹或江苇竹，两端张马尾。造诣高深的琴师不需看谱演奏，谱在心中，手随心动，音从手出，美妙的琴音回荡在空中，好似一种天籁之音穿梭在万物间，仿佛天地融为一体，常令歌者心旌摇摇，和着琴音，恣意高歌，婉转回环，让人陡然生出一种天人合一的感觉，生出一种"人生天地间"的大气、正气与浩气，进入一种"正六律，和五声，通八风"的高远之境。天能覆物，地能载物，人为万物之灵，"天地与人，谓之三才"。诚哉斯言。

作为戏迷票友，能在高手琴师的伴奏下高歌一曲，是为幸事。2005年冬，由对余派和奚派有较高造诣的冶瑞奇操琴，即兴歌唱，令人难忘。后由我撰稿，在好友的帮助下，以书法记下当时感受。其文为：

冶师鸣琴，似直实曲，删繁就简，紧如急浪送行舟，于不均衡处求均衡；缓似竹露滴清响，于不经意处见真意。天籁之音，几于琴道。古人谓：天人合一，神与物游，冶师是也。歌者和之，逸兴思飞，婉转歌喉，任意高低，音声相随，琴歌一人。尝有以西洋乐首席比京剧之琴者，似是而非，非不能也，其境不同。琴者，师也。

一叶知秋

——京剧的戏名

世上很多事物，因司空见惯，人们常漠视它的存在，或意识不到它存在的价值和意义。对于京剧，戏迷、看客虽众，多迷唱腔，喜武打，痴脸谱……对于一出戏的戏名，恐怕注意不多。其实，稍加留意，便会从一出出戏的名字中发现一个丰富的世界。

汉人的姓名多为三字。在生活中，三个字的词用得较多。三个字的词可以视为一个词组，也可看作一个句子。在数学里，两点连成一条线，三点连成一个面，这是很普遍的一个几何原理。如果把一个字看作一个点的话，三个字的词组往往就能够表达出一个完整的意思。京剧的戏名多为三个字，想来也许和这些有关吧。《空城计》《女起解》《铡美案》《三岔口》《伍子胥》……这些戏名或表示故事发生的地点，或表示剧中的主人公，或表示发生的事件，都给人以完整之感。

四个字的戏名也常见，如《贵妃醉酒》《龙凤呈祥》《大英杰烈》。五个字的戏名有一些，就显少得多，如《狸猫换太子》《三打陶三春》。七个字的戏名就很少见了，杨小楼有一出《甘宁百骑劫魏营》，今天在舞台上几已绝迹。两个字的独立戏名不多，大都是一些从大戏中逐渐独立出来的所谓折子戏，如《坐宫》《秋江》《算粮》。

戏名无论三、四、五、七字，都不是生活中的语言，其平仄合乎音律，是诗一样的句子，可以看作三言、四言、五言、七言诗。六言诗不多，故六言的京剧戏名极少见。我国古诗开始是三言的古谣谚，后来有四言的《诗经》。经过五言的汉魏古诗发展，到唐朝时，五言、七言的近体诗把诗歌推向顶峰。这时，三言、四言诗已很少见。因音节长短适中，能够独立表达一个完整意思，在诗歌中几已绝迹的三言、四言句子，却成了作为俗文化的京剧戏名用语的主体，就如"人之初，性本善"的三字经一样流传普及。

同为戏曲，京剧和豫剧、评剧等一些地方戏之戏名也有不同，许多地方戏的戏名和它们的唱腔与表演一样，透着泥土的芳香。同样演诸葛孔明过江祭周瑜的故事，京剧为言派代表作《卧龙吊孝》，戏名和书卷气浓厚的言派一样斯文，越调则是申凤梅的拿手好戏《诸葛亮吊孝》，这名字就和越调一样直爽朴实。近年来，豫剧、评剧中常有一些生活性语言的戏名，为京剧所无，如豫剧《倒霉大叔的婚事》、评剧《张大民的幸福生活》等。

一个好的京剧戏名往往能启人想象，令人见微知著，有微言大义之意味。《捉放曹》，令人一看戏名就能够想到陈宫捉曹、放曹时心乱如麻的那种人生价值的冲突；《生死恨》，令人立即想到韩玉娘与程鹏举悲欢离合的爱情故事；《搜孤救孤》，让人感叹公孙杵臼和程婴舍身舍子时的大义凛然。

京剧的戏名简约而有味，从一个方面体现出中华文字和中华艺术的独特之美。近年来，为把京剧推向世界，有人将京剧翻译成英语。未听演唱，单看翻译的戏名，就令人捧腹。《女起解》的戏名多么言简意赅，翻译成英语竟成了"A woman prisoner escorted on her way for a joint hearing"，再直译为汉语，就变成了"一个被押解的女囚犯在去庭审的途中"，韵味与美感全无。

一出戏的戏名往往只和戏的内容有关，如主题、主人公、发生地点等。一些京剧的戏名却同时和形式，也就是表演有关。如《文昭关》的"文"字和戏的内容无关，指的是以唱为主的文戏，《武昭关》的"武"字则表示这是一出以武打引人的武戏，《四五花洞》《八五花洞》的"四"字与"八"字则分别指剧中的潘金莲同时由4个和8个演员扮演，而和戏的内容无关。京剧的戏名，首先让人想到的往往不是戏里的故事和情节，而是演员的唱念表演。提起《玉堂春》，人们会想到梅、尚、程、荀、张，想到这些京剧大师不同风格却一样韵味十足的唱腔，四大须生唱《空城》，因之也成了戏迷津津乐道的话题。这样便有一些似乎风马牛不相及的戏名被连到一起，成为只有戏迷和演员才明白的特殊戏名雅迷。如余叔岩的"三打"，那是他二度出山打炮时常演的三出戏《打鼓骂曹》《打棍出箱》《打严嵩》；"三斩一碰"，是高庆奎高派的代表作《斩黄袍》《斩马谡》《辕门斩子》《碰碑》；"四红""四妃""四口剑"，那是四大名旦竞争时演出的十二出戏《红线盗盒》《红绡》《红拂传》《红娘》，《贵妃醉酒》《汉明妃》《梅妃》《斩戚妃（姬）》，《一口剑（宇宙锋）》《峨嵋剑》《青霜剑》《鸳鸯剑》。很多人一看这些戏名就会在脑海中浮现出梅、尚、程、荀的争奇斗艳和花团锦簇。

西汉的淮南王刘安见庵檐之下飘来一片似黄未黄的叶子，便知岁之将暮；"不解数甲子"的唐朝山僧，"一叶落知天下秋"。同样，看到一个戏名，就可以品味京剧的独特之美。

文字之外

——京剧的唱词

近日,读到学术大师钱穆先生的《中国京剧之文学意味》,先生虽非京剧业内人士,但他在传统文化的大背景下认识京剧,高屋建瓴,入木三分。其中,谈及京剧的唱词,他说:

有人说,中国戏剧中有一个缺点,就是唱词太粗俗了。其实,此亦不为病。中国戏剧所重,本不在文学上。此乃京剧与昆曲之相异点,实已越过了文学而到达另一新境界。若我们如上述,把文学分为说的、唱的和写的,便不会在文字上太苦求。显然,唱则重在声不在词。试问:人之欢呼痛苦,脱口而出,哪在润饰词句呀!

先生真是问得好。京剧唱腔之美在声韵,不在文字。若要欣赏文字,那就不必听戏,去读唐诗宋词。过分追求文辞的优美,必然导致唱词的案头化。

有人不满京剧中有许多水词。其实,许多唱词"水"而不"水"。因为这词是唱的词,而不是单独欣赏的词。余派中有两段二黄原板的经典:《搜孤救孤》和《乌盆记》。两段的第二句唱词几乎相同,一段是"卑人言来你是听",一段为"我有言来你是听"。虽只差两字,却唱出不同的意蕴和韵味,"卑人言来你是听",唱出程婴恳求夫人舍子时恳切悲苦之情;"我有言来你是听"，"有"字用一摇曳多姿的小腔，唱出被人暗害的刘世昌之满腹哀怨。

京剧的唱词，言少意多，语浅情浓。梅派经典《西施》中有一段长达9分半钟的西皮慢板，唱词却只有六句：

> 西施女生长在苎萝村里，
> 没多少开怀事常锁双眉。
> 只为着守清寒柴门近水，
> 每日里浣纱去又傍清溪。
> 怕只怕负青春娇容自惜，
> 对清溪时照影自整罗衣。

若单纯读这段唱词，西施的个人情感流露不多，主要是介绍了她日常平淡而无所聊赖的生活。她无聊的婉曲心理，她丰富的内心世界，她那种"淡妆浓抹总相宜"的美丽，特别是梅派的贤淑淡雅之美，唱词中体现不出来。但一听梅大师的唱腔，一个忧国忧民、美丽多情的西施形象立即在脑海中活起来。编剧罗瘿公深谙京剧之道，熟知梅大师的表演风格，写出这段到位而不越位的唱词，给梅发挥自己的创造性、展示自己独特的神韵留下了十分广阔的空间。

若把一出京戏比作一个人的整体，唱腔就是血肉，唱词只是骨骼，创作京剧唱词，编写京剧剧本，必须充分考虑京剧姓京的特点。京剧没有各剧种通用的版本，京剧剧本必须为京剧而写，甚至由于各个演员的擅长、特点和风格不同，每个演员的本子也有所不同。

《武家坡》是一出骨子老戏。薛平贵一句闷帘导板"一马离了西凉界"，立即令人产生一种人生的苍凉感，可谓先声夺人。其中蕴含着薛平贵离家十八年的人世变革、风雨沧桑，蕴含着对归途中物是人非的感慨，以及即将回家见到阔别十八年之爱妻王宝钏的急切之情。这种种感慨、感怀，全在韵味深长的唱腔中。若单读唱词，非常平淡，不会感受到这么丰富的内容。宋之问有一首《渡汉江》：

> 岭外音书断，
> 经冬复历春。
> 近乡情更怯，
> 不敢问来人。

这首诗和这句唱腔有着类似的意境，都是精美的诗。一个是文字的诗，一个是声韵的诗；一个靠读，一个靠听。

好的唱词应该为演员留足空间，雅俗共赏。田汉老先生改编的《白蛇传》不仅是新中国成立后京剧演唱艺术的经典，同时也是京剧剧本创作、唱词写作的经典。他的唱词，既有优美的意境，又不夺演员的二度创作权。第一场，白素贞上场时唱南梆子，唱词堪称一首雅俗共赏的好诗：

> 离却了峨嵋到江南，
> 人世间竟有这美丽的湖山！
> 这一旁保俶塔倒映在波光里面，
> 那一边好楼台紧傍着三潭；
> 苏堤上杨柳丝把船儿轻挽，
> 微风中桃李花似怯春寒。

这段唱腔达到了文、曲双美的效果。

和京剧相比，昆曲尤其讲究文字，汤显祖强调写戏，当然也包括唱词，要以舞台上能够实现的意趣神韵为主，在此思想主导下他作《牡丹亭》，树戏曲文学一大丰碑。在昆曲史上，编剧家有本色和文采两大流派，分别以关汉卿和王实甫为代表。王实甫的作品有一种优雅风格，善用古典诗词酝酿环境气氛，描摹人物情态，创造诗一般的意境，有"花间美人"之誉。王虽重文采，但其唱词并非如单独的诗词那样大量用典，自我抒情，他写的唱词，不仅可读，更可唱。《西厢记》中有很多曲子，仅从文字上看，可称白璧无瑕，而从表演要求来看，其唱词的风格和剧中人物十分吻合，唱词音韵非常适合演唱。周汝昌先生十分欣赏其中莺莺出场时所唱《赏花时》一曲：

可正是，人值残春蒲郡东。门掩重关萧寺中。花落水流红。闲愁万种，无语怨东风。

周先生这样评析："……而其实字字平实，语语常规，而无故意骇世哗众取宠之任何意味。"这段唱词雅俗共赏，不仅是文学的经典，同样是传唱很广的昆曲曲子。

以文辞优雅著称的昆曲也要讲究文字之外，何况京剧乎？

梨园融四海，戏味传八方　刘俊京 / 书

戏裏戏外

大滌書

京剧与做人

做人,实在是一个大题目,岂能是一篇短文所能道清。几千年的世界文明史,无论是西方思索"自然中的人",还是东方探讨"社会中的人",都是一部"人是怎样、怎样做人、做怎样的人"的思想史。然而,做人的题目虽大,其实很具体,体现于社会生活中的点点滴滴、方方面面。视界不同,对做人的思考亦不同。京剧就是一个很好的视界。

现代世界是一个经济与技术全球一体化的时代,各地文化交融成为不可逆转之势。人们以全球一体化看待不同文化差异,推进各地文化交融,本来极有意义,却常常以西方的观点来阐释东方世界,结果张冠李戴、南辕北辙。按照现代戏剧观的说法,戏剧是生活的再现。这是典型的西方戏剧观,并不能完全说明中国戏剧,尤其是京剧表现人生之妙。

天地有正气,杂然赋流形。孟子说,吾善养吾浩然之气。京剧演唱,讲究用气,这是一种演唱的基本技巧要求,也可看作一种人生态度。高超的演唱者,往往神完气足,体现出一种气度,这是演唱的状态,也是人生的状态,这种状态已经超越了剧中人善恶的道德范畴。清脆的丝竹,铿锵的锣鼓,平和中不失激越的唱腔,一板一眼中英风内敛的出将入相,人置身其中,一种精气神油然而生,不觉会产生一种人生天地间的正气、豪气、大气。京剧对人之感动,不是跌宕的故事情节带给人一时暴风骤雨式的激动或兴奋，也不是轻松的音乐带给人休闲式的娱乐和放松，而是难以言表、历久弥深的水滴石穿、润物无声而刻骨铭心的陶醉与濡染。

演尽人间悲欢离合，京剧是现实的；歌绝世上高风亮节，京剧也是理想的。无论是人生信念遇到重大冲击的陈宫，还是舍子取义、舍子成仁的程婴，无论是铁面无私、执法严明的包龙图，还是舍身为国、百岁挂帅的佘太君，这些历史人物的传奇故事，都被赋予一种做人的理想色彩。

悲剧没有过度颓废凄苦之气，喜剧没有极端忘形欢快之色；喜剧不会让人"得意忘形"，悲剧也不会让人消沉低迷。不管是喜剧，还是悲剧，京剧总带给人一种波澜不惊的平静，这何尝不是一种人生的宠辱不惊？方丈舞台，展示的是一种认真的人生态度，更是一种昂扬的精气神。平静的水面下，涌动着生命的激流。坚冷无情的冰下，实际上蕴含着一枚激情热烈的火种，蕴含着一种激发人精神与奋进的力量。

做人的艰难，为人的欢乐，天地有沧桑，人情真善美，尽在京剧神韵之中。在世界一体化的今天，京剧被异化为一种纯娱乐，不能不说是一种悲哀与无奈。而对京剧与做人，一旦若维特根斯坦对哲学形式的慨叹"我找不着北"，那将十分可怕。

京剧精神与现代工业文明

当我们坐在时速300公里以上的高铁上,飞速穿过一座座高楼鳞次栉比的现代化都市,充分享受着现代工业文明给我们带来的便捷时,一阵悠扬的胡琴伴着清越的歌声忽然传到耳边,对于一个喜欢京剧的人来说,这是无比惬意之事。这种工业文明物质生活的充裕和农耕文明田园牧歌的宁静,令人无限遐思。

康乾盛世,是中国农耕文明的最后辉煌。其后期,在中国文化史上发生的一件大事就是1790年徽班进京,这不仅直接导致了一个新剧种——京剧的诞生,而且促成了中国戏曲艺术的集大成和成熟。文化发展和经济发展往往不同步,19世纪中叶到20世纪初本是中国农耕文明的衰落时期,京剧艺术却正在走向兴旺繁盛。老新"三鼎甲"、"四大名旦"、梨园"三大贤"、前后"四大须生"、"四小名旦",这些家喻户晓的特定名家称谓,正是京剧从草创趋于成熟、从发展走向鼎盛的一个个标志和一座座里程碑。

杰里米·里夫金在《第三次工业革命》中说:"能源机制塑造了文明的本质,决定了文明的组织结构、商业和贸易成果的分配、政治力量的作用形式,指导社会关系的形成与发展。"主要依赖自然的农耕文明需要稳定的社会结构,不接受大刀阔斧的革命,从商鞅变法到王安石变法,都没有取得好下场,固然是因为触动了被变法者的利益，更深的原因恐怕和影响了当时社会结构的稳定有关，不管这种影响对社会发展是否积极。因此，农耕文明的发展更接受改良式的温和方式，"周虽旧邦，其命维新"。"苟日新，日日新"。京剧艺术非常讲究传承，呈现出流派纷呈的局面，老生的谭派、余派、马派、杨派、言派、麒派，旦角的王派、梅派、尚派、程派、荀派、张派，花脸的金派、裘派、郝派等，构筑起东方文化一道独特的风景线。这些不同的流派，对于不熟悉京剧的人来说，没有差别，其不同在精微处，只有非常了解京剧之人才能体会到。厚积薄发，在不知不觉中实现发展变化，对京剧的发展方式和路径，梅兰芳有一种形象的说法，叫"移步不换形"，此乃是农耕文明求稳在戏剧文化上的反映。

农耕文明是内敛的，而西方游牧文明借助工业革命形成的工业文明是张扬的。中国古老的农耕文明在西方工业文明的坚船利炮面前不堪一击，19世纪中叶开始的两次鸦片战争迅速打破了中国原有的经济结构和政治结构。然而，与农耕文明经济与政治全面崩溃形成鲜明对照的，却是农耕文明的文化结晶——京剧的稳步发展与走向发达。这不仅是农耕文明的回光返照，也是农耕文明辉耀古今的一脉灵光。

农耕文明温和舒缓，好似小桥流水；京剧演唱咿呀婉转，一板一眼，恰如一种田园节奏。工业文明，追求力度和速度，可以排山倒海。农耕文明的"十年河东十年河西"，在工业文明社会中经常是"一夜暴富"。农耕文明，节奏和缓，却有着极强的耐力，这种耐力表现为一种精气神，"天行健，君子以自强不息"。京剧演员演唱讲究用气，不单单是一种方法和技巧，而是赋予人物一种刚健向上的风貌。旋律曲直，音调高低，节奏快慢，各不尽同；人物无论悲伤，还是欢乐，不管富贵，抑或贫穷，总洋溢着一种精神力量。马少波、翁偶虹等前辈谈到尚小云先生的艺术，说其演戏时有一股热流横贯于舞台，直逼观众心房。余叔岩先生创立的余派唱法，讲究尾音上扬，充满一种昂扬向上的力量。因此，《红灯记》《智取威虎山》《沙家浜》等红色经典的男一号人物均遵循余派路数演绎。

工业文明以资源为导向，以利益为目标，张力很大，到今天，这种张力表现为一种开放战略，导致全球化的加速。农耕文明自成系统，不追求张力，但体现出一种开阔、宽广的胸怀，海纳百川，有容乃大，厚德载物。同样，看似封闭的京剧其实不自闭，它的发展史是一部融合史、开放史，京剧的形成发端于演唱徽调的徽班，但是，班曰徽班，调为汉调，徽班演唱的多是汉调，这种徽汉合流的结果就是京剧的产生，百戏之祖的昆曲在衰落的同时，却把精华和营养移花接木，给了京剧。最优秀的京剧演员，被称为文武昆乱不挡：昆者，昆曲；乱者，包括徽腔、汉调在内的各种地方戏。这使得京剧自有一种大气和恢宏，和别的剧种相比，虽然历史短，但后来居上，登上了国剧宝座。

人们评价一个京剧演员的演唱，常常会用到一个词：中规中矩。中规中矩的演唱，乃是京剧的程式化表演。京剧表演，不单纯模仿生活动作，而是把生活动作转化提炼为舞台动作，升华至美的境界，形成一套互相制约、相得益彰的格律化和规范化的程式。这种程式有着高度的规范性，为京剧的大规矩，是京剧的本体特征，舍此便不能称为京剧。演员表演，不能突破程式，但又不可被程式所局限，要在程式的规矩中抒情传意，游刃有余，达到自由之境，方为上乘。在现代工业社会，生产的社会化、分工的专业化和信息的数字化，需要高度规范人的行为，需有一种人们普遍遵守和遵循的规则、规矩、标准，人的经济和社会活动必须讲规矩、讲规则、讲规范、讲标准，树立规则、规矩、规范和标准意识，从而达到利益的最大化，实现经济和社会的持续快速健康发展。

从中国的《礼记》提出"大同"世界的理想，到西方马克思描绘共产主义的蓝图，不同的文明都在为着一个目标，促进和实现人的全面发展。农耕文明，主张"修身齐家治国平天下"，讲究自内而外，个人修身是起点，京剧艺术的不断精致化可以说正是这种讲修为的侧影。工业文明的发端地——西方却说"人是万物的尺度"，自外而内，充分发展人的个性，所以产生了贝多芬《命运交响曲》的震撼。起点不同，路径有异，却殊途同归。庄子说："是以自外入者，有主而不执；由中出者，有正而不距。"近两年，京剧演员王珮瑜和流行音乐人、吉他手梁剑锋搞了一个活动——"当京剧遇见吉他"，非常有意思，令人颇受启发。主办者王珮瑜说，她无意改革京剧的传统伴奏方式，创新京剧的舞台呈现范式。他们唱者自唱，弹者自弹，在这不和谐的演唱与演奏中，却让人感到一种默契，产生一种心灵上的共鸣。他们的联合，可看作东方文明与西方文明的牵手。

京剧与爱情

一桌二椅三大件，空灵的舞台，简约的布置，或西皮，或二黄，总是丝竹声声，鼓板阵阵，咿咿呀呀，京剧好像就是如此简单而单调。

同样简单的舞台，同样单调的曲调，却能展现出不同的风貌。既有王侯将相的风云际会，也有书生义士的指点江山；既有乡村茅舍的母子天伦，也有小桥流水的儿女情长。一出《群英会》，堪称一幅浓缩的三国历史画卷；一台《挑滑车》，展示出为大将者战死沙场、马革裹尸的慷慨激昂；一部《西厢记》，让人受到才子佳人心有灵犀、真诚相爱的美好感动。这些场景如果在现代影视剧中，都需大量的投入，让创编人员大费脑筋。京剧人却极轻松地解决了这些问题，他们从现实世界的纷繁中，摆脱掉生活琐碎的枝蔓，过滤去无关宏旨的细节，提炼出最基本的人生要素、感情极点，运用剥茧抽丝的功夫，有话则长，无话则短，假象会意，自由时空，达到一种艺术表达方式的纯粹。

京剧表现手法的这种形而上，举重若轻。由于摆脱了现实的羁绊，它完全从美的角度、用美的手法，塑造人物，表现人物，处处营造出一种美的氛围。观众坐在台下，完全陶醉在一种纯粹的美的艺术氛围中。随着表现手法的不断发展完善，京剧达到一种艺术美的极致，一种纯粹美的极致。

纯粹，没有渣滓，没有玷污，如同一汪澄澈的溪水、一块剔透的水晶、一片皑皑的雪原。纯洁无瑕，素为人所爱重。其实，不仅在艺术领域中，在现实的人世生活中，纯粹也是一种高境界。

日月运行，阴阳交合，有四时之景，万物繁茂。男女之爱促进人的繁衍，同时也促进人自身思维与性情的完善，使人成为万物之灵。男女爱情，乃是人生情感纯粹的极致。男女之情，不是真正的爱情，从《诗经》时代的"关关雎鸠，在河之洲。窈窕淑女，君子好逑"，到白居易《长恨歌》的"在天愿作比翼鸟，在地愿为连理枝"，男女之情发展为男女之爱。这种爱，乃是一种感情的纯粹。爱，没有条件，只有理解；不是给予，更非索取，而是人对自身的一种超越。杜甫说"笔落惊风雨，诗成泣鬼神"，这种惊风雨、泣鬼神的力量，并非诗文本身，而是诗文表达的那种真情。梁祝之恋，椎心泣血，痴情苦意，虽死无悔，足以感动千载万载。真正的爱，凝聚着一种感天地、泣鬼神的力量。

在京剧中有一趣事。余叔岩所创立的余派艺术，虽被誉为京剧老生行的最高境界，但今天专业人员中真正的余派传人却寥寥无几，许多票友演唱水平却不可小视，有甚者竟超过专业演员。余叔岩唱腔之美，后人评价没有人间烟火气，超凡脱俗，实际上是他恪守京剧艺术法则的纯粹和极致，要达此境，需能耐寂寞，愿下苦功，提高悟性。专业演员往往因生活和生存所迫，半途而废，以媚世俗，求一时票房之盛。票友因无生存之压力，专心务学，经年不辍，终成正果。婚姻和专业演员唱戏何其相似。婚姻乃是现实人之生存所需的一种选择，不仅不能和爱情相提并论，而且有人说婚姻是爱情的坟墓。与其说婚姻是爱情的坟墓,不如说那不是真正的爱情。有专业人员研究,婚姻中有爱者不足十之二三。一些貌似和美的婚姻,十之八九是在共同生活中培养出一种家人的亲情。婚姻与爱情,往往成为人生存和情感的二律背反。

京剧之曲,丝竹悠扬、咿呀婉转,似乎千篇一律,而京剧之美,就在其中。含英咀华,春风润雨般默默体会、品味,蓦然会发现一个神奇的音乐世界,余音三日原来不是妄言。美好的爱情不是暴风骤雨的冲动,而是男女之间心灵的感应,没有时空的限制。数年未逢,也不能带来心灵的距离与隔阂;乍然相见,竟似昨日别后重逢一样熟悉。牛郎织女,一年一次河桥聚首,乍相逢又分别,怎能改变他们的痴情与忠贞?无怪乎,秦少游深深慨叹:"两情若是久长时,又岂在朝朝暮暮!"

喜欢,不是爱。爱,并不意味着拥有。我爱京剧,而京剧属于全世界的华人。爱她,就去呵护她,关心她,理解她,"此时相望不相闻,愿逐月华流照君"。爱永远如同皎洁的月光一样洒满她的全身,照亮天涯海角。爱,永远是一个过程,是一个体会美在其中的过程。体会爱,感知爱,就如同体悟京剧美一样,永无止境。

庄子提出营造心斋,"若一志,无听之以耳而听之以心,无听之以心而听之以气"。心斋,需要心志纯一,排除杂念,以达心气相通之境。心斋,在于打造一种纯真的心灵之境。

京剧,是一种纯真的艺术;爱情,以纯真为最高境界。二者,都需以心斋为境。可惜,今天早已不是纯真年代,纯真的京剧艺术在式微。抱怨京剧锣鼓聒噪的人们,其实是自己的心不能平静。纯真的爱情在哪里寻觅?"春蚕到死丝方尽,蜡炬成灰泪始干"的刻骨铭心,"身无彩凤双飞翼,心有灵犀一点通"

的心通意合,"庄生晓梦迷蝴蝶,望帝春心托杜鹃"的惆怅迷惘,莫非只能在古典诗歌的旧纸堆中寻找?科技的发达带来物质的丰富,人的心斋安放在何处?一部根据网络小说改编的越剧《第一次的亲密接触》,将越剧的缠绵悱恻、诗情画意与青年男女的纯真无瑕、网络的虚幻浪漫结合得天衣无缝,但愿这是真正的第一次,而不是最后一次。

戴着"镣铐"跳舞

一袭宽松的长袍，或一身繁复的长靠、背插数杆靠旗，一副或高或低的盔帽，一绺直垂腰际的长髯，一双厚底高靴，在起伏相间、张弛结合的急急风、四击头、水底鱼、凤点头的锣鼓经中，登上空空的舞台，起霸、对打、亮相、云手、念白、歌唱。这些如同"镣铐"一样阻碍自由行动的服装道具、锣鼓节奏、程式动作，仿佛一时间有了生命，举手投足，无不中节，一言一声，莫不谐律，所谓无声不歌，无动不舞。衣袂飘举，声调抑扬，空寂的舞台霎时满台生风，一下成了一个热闹的世界，一个美的世界，一个生机勃勃的世界。

舞台上，仿佛是一个戴着"镣铐"的舞者。舞者却摆脱了"镣铐"的束缚，那"镣铐"不再是束缚，而成为激发舞者兴致、增加舞台美感的道具。因它，舞者舞兴更酣，舞姿更加优美。在"镣铐"束缚中的舞者，不断超越，让人看到的不是杂耍，而是美，是武旦的刚健婀娜，是武生的英姿勃发。关肃霜大师在《铁弓缘》中创造的靠旗出手，大武生林为林的摔抢背、翻吊毛、高桌云里翻、540度僵尸，美不胜收，美的背后却是为摆脱"镣铐"束缚，让人难以想象的艰辛和凤凰涅槃般的痛苦。

台上三分钟，台下十年功。十年练功苦，只为那一瞬摆脱"镣铐"、潇洒的美。十年寒窗苦，只为在天地的大舞台上，实现修身、齐家、治国、平天下的理想。人作为有思想的生命，从孔子提出人之所以为人的命题，到董仲舒主张的"三纲五常"，从程朱理学的"存天理、灭人欲"，到王阳明的"知行合一"，人一直在认识束缚与摆脱束缚的矛盾中思考自身，实现人生的价值与目的。人无所不在束缚中，无论古代的"三纲五常"，还是今天的各种规则规范，人必须在这种种的规则下生存，规范下生活。对家庭、对社会、对我们生活的世界，人不能为所欲为，必须承担某种责任。

人之所以为人，在于有丰富的精神世界，能够超越作为工具的存在。身体或许笼罩在风霜雪雨中，心中却永远沐浴着一片灿烂的阳光，充满一种昂扬的精神。摆脱风雨的侵袭，斩断荆棘的阻挠，走过岁月蹉跎，走过道路坎坷，一个大大的"人"字书写在天地间。

繁复的服装，简单的道具，规范的程式，在高明的舞者那里，成为创造一个新世界的工具和催化剂，无时无刻不在张扬着做人的精气神。舞台小天地，天地大舞台，戴着"镣铐"跳舞而游刃有余，披挂着"镣铐"纵横驰骋，分不清剧中人与剧外人，都是一个"人"字。

人间正道是沧桑

一个人若能以自己喜欢的事业为职业，是幸福的。然而，现实往往事与愿违，人们并不能完全自由地选择职业，即使从事了理想的职业，也并不轻松。从业艺术亦然。对一个伶人来说，在剧艺的海洋里自由遨游，在舞台上完美呈现，常常要付出很大的代价。人世纷扰，外界干扰，不得不耗费大量精力去处理艺术以外的事务。从过去尚小云为创办荣春社变卖家财到今天张火丁、王珮瑜解散工作室，每一个梨园人都有一部坎坷的人生传奇。

在每个人都无法逃避的现实中，一个艺术家保持何样的心态显得尤为重要。历经坎坷的傅雷曾写给儿子傅聪一封信，大意如此："人究竟是社会性的动物，不能完全与世隔绝，经常与社会接触而能保持头脑冷静，心情平和，同时保持对艺术的新鲜感与专一的注意，极不容易。纯粹用排斥外界的方法，而沉浸在艺术中，是不健康的。"傅雷所说的，是在方法论上艺术和现实的关系，而现实往往更加无常、冷酷。要保持艺术的心灵追求，更为艰难。

其实，何止是艺术家，每一个生活在现实中的人都面临着这样的问题。这就是生活，这就是人生。世外桃源不过是文人的幻想。经过风雨的洗礼，霜雪的侵凌，鲜花才更加艳丽。人的生存，既离不开衣食住行、生老病死这些世俗的问题，也无法逃脱各种人世的烦恼，其中常常有不如意，甚至坎坷。在纷繁甚至艰难的现实里，努力排除各种干扰，心无旁骛，能够努力行进在自己追求的人生轨迹中，正是人生的应有面目。酸甜苦辣，正是人生的滋味。

烦恼时读一读《孟子》，这不是在自我安慰。

故天将降大任于是人也，必先苦其心志，劳其筋骨，饿其体肤，空乏其身，行拂乱其所为，所以动心忍性，曾益其所不能。人恒过，然后能改；困于心，衡于虑，而后作；征于色，发于声，而后喻。入则无法家拂士，出则无敌国外患者，国恒亡。然后知生于忧患而死于安乐也。

无奈时听一听谭（鑫培）、余（叔岩）、杨（宝森）的唱片，也不是在自我发泄。

无论"店主东牵过了黄骠马"，还是"叹杨家投宋主心血用尽"，婉转唱腔里那种沉郁的苍凉韵味，不正是人世沧桑的烙印吗？

京剧·八品官

人的认识具有层次性。当认识从形而下的具体层次上升到形而上的抽象层次时，原来一些似乎风马牛不相及的事物会体现出一种相似和统一。如京剧与作为八品的乡官，一为传统艺术，一为社会管理，本来是相差很远的两回事。然而，一旦跳出各自具体行为方式的圈子，站在精神理念和思维方式的高度观察它们，会发现两者内在的相似性、统一性和关联性。

一种善于驾驭全局的艺术，一种需要驾驭全局的职业：大气

传统京剧舞台，空旷简洁，一般只有一桌二椅，却能囊括代表大千世界，无论茅屋草舍，抑或亭台楼阁，无论高山峻岭，抑或江河之舟。有的剧目甚至没有任何道具，空空的舞台上，明亮的灯光下，只有一个演员在表演，如《夜奔》，向人们展示的却是月黑风高之夜，英雄仓皇奔走在出逃路上。而这些能够让现场的观众在认识上予以接受，思想上得以认可，心灵上产生共鸣，全靠演员的表演。演员将世间万象收藏于胸中，将最能代表戏剧环境特征的精华加以提炼，升华为简洁的道具符号和高妙的表演技巧，用马鞭代表骑马，以船桨代表划船，用抖袖圆场、吊毛小翻等程式技巧，表示千里行军，翻山越岭，飞马狂奔，加上特有的手势或眼神，观众在不知不觉中被带入不同的场景。

这种表演范式蕴含的思维方式，是一种写意的表现方式，是一种强调演员主体作用的思维方式。高明的演员是驾驭舞台、驾驭观众的高手，他们在最简单的舞台上创造一个世界，在简洁中体现出一种做人的大气，如同画家用最简单的一张白纸却画出了最美的图画，这是一种驾驭全局的能力。

乡镇就是一个小社会。作为乡官，尤其是主要领导，善于驾驭全局，不仅是科学执政能力的重要组成部分，更是一项基本能力要求，自古"不谋全局者，不足谋一域，不谋长远者，不足谋一时"。假若领导干部缺乏全局思维观念，没有驾驭全局的能力，就不可能领导好自己的团队完成各项任务。在乡镇，领导工作千头万绪，既有招商引资、项目建设、财政税收等经济指标，又有民生事业、社会稳定、安全生产、环境保护等高压线，既要完成上级任务，又要关心群众疾苦，改善民生。所谓，上面千条线，下面一根针，针下还要面对千家万户，百人百性。所以，作为乡镇主要领导，不能陷于具体事务中，要大气、大度、超脱，必须善于驾驭全局，抓住主要矛盾，妥善处理好改革、发展、稳定的关系，处理好对上负责与对下负责的关系，围绕中心，把握重点，在维护稳定中发展经济，在经济和社会发展中促进群众安居乐业，构建和谐社会。因此，如同写意是京剧的基本特点一样，善于驾驭全局是作为一名乡镇主要领导的基本能力。

戏味

一种注重发挥能动性的艺术，一种强调创造性的职业：灵气

和西方戏剧不同，与现代表演艺术有异，京剧演出不注重

舞美、灯光等外在技术手段，甚至早中期的京剧演出都没有音响，全靠演员的表演，吸引观众，打动观众。因此，演员需适应不同时期观众的审美和欣赏习惯，不断革新表演技巧，创新表演艺术，积淀表演精华。京剧逐渐形成了二黄、西皮等极丰富的音乐宝库，积累了起霸、云手等深厚的表演宝藏，产生了水袖功、髯口功、帽翅功等独门绝技。这种以演员的表演为中心的表演形式，以人为中心，处处彰显人的能力和价值，将人的主观能动性、人的灵气发挥得淋漓尽致。

乡镇处于社会管理的最基层、最前沿、最活跃、最富变化性，也最难把握。虽然已被卷入经济全球化、管理民主化、信息网络化的大潮，但传统乡土社会的影子并未完全消失。虽然有国家的政策与法律法规，但因为乡镇工作对象具体化的千差万别，使得乡镇工作不能像部门工作那样有章可循，不能和上级部门一样靠发号施令解决问题。没有现成的模式，往往缺少拿来就能用的规章，乡镇工作的空间宛如没有外在技术手段的京剧舞台，需要领导者发挥自己的主观能动性，才能唱好自己的戏。如果说创新是做好各项工作的重要手段，对乡镇工作而言，创新就是灵魂，是基本要求，是工作的灵气，是完成各项任务的保障。要当好乡镇主要领导，必须发挥能动性，体现创造性，在找准结合点上下功夫。我们要找准国家政策与乡镇实际的结合点，找准大政方针与自己乡镇的结合点，找准上级要求与村户实际的结合点。创新工作思路，创新落实措施，创新组织手段，在工作中充满灵气，在镇域乡域范围内贯彻落实好上级政策与安排，实现经济与社会的和谐发展。

一种彰显人的精气神的艺术，一种需要培树正气的职业：正气

京剧的歌唱与表演强调用气、讲究用气、善于用气，高明的演员演唱能够神完气足，有一种气贯长虹之势，听来提神解气。这不仅是演唱方法和演唱法则的问题，其中蕴含着观众和社会对做人理想在舞台上的寄托，这是京剧和西方戏剧的区别。《孟子·滕文公下》中说："富贵不能淫，贫贱不能移，威武不能屈，此之谓大丈夫。"这种大丈夫成为几千年来中华民族做人的理想和追求，在京剧舞台上，这种浩然正气是主旋律，讲究精气神成为主要追求。无论搜孤救孤的程婴，还是弃官出逃的陈宫，无论刚正不阿的包拯，还是一门忠贞的杨门女将，甚至作为奸雄的曹操和气量狭小的周瑜，在京剧舞台上也透着一种凛然之气。

京剧人物凛然正气的精神风貌，是社会的反映和追求。今天的干部，在古代称为士大夫，讲究气节、崇尚正气是几千年来士人的传统和做人准则。杀身成仁、舍生取义、精忠报国的故事比比皆是。在继承和发扬中华民族传统美德中塑造优秀品质，远离浅薄低俗，守住尊严与骨气，弘扬正义和正气，是以为人民服务为宗旨的共产党干部的基本要求，尤其是领导干部应具备的人生观和价值观。培养正气要心正，为人与做事要做到为公为民心不歪，作为基层干部，乡官尤其要深入群众，了解群众，关心群众，把"工作台"放在村里，放到群众的田间炕头，真正把群众的冷暖疾苦挂在心上，把群众所急、所盼、所思放在心里；弘扬正气要行正，要认认真真做事，堂堂正正做人，清清白白为官，真正办好让群众满意的事；维护正气要身正，要一身正气，躬身做官，高调做事，低调做人，不为利

所谋、不为权所迫，不为暂败所挫，不为暂胜而骄，不唯上，不唯书，只唯实。

　　人是具体而历史的，必须生活在社会现实中，人的思想观念、价值取向、思维模式和行为习惯必然受自己生活的环境的影响和制约。从谋生的角度分析，人的生活圈分为业余和专业，玩票和职业，而从人生的角度看，人的生活是一个整体。在这个整体中，各方面互相影响，有八品官之称的乡官，也不例外。如何在整体生活中，从自己的角度，在自己熟悉的语境中，挖掘塑造职业精神，是每个人应考虑的问题。从京剧文化的宝库中，在清歌雅韵中，发现挖掘大气、灵气、正气，使之转化为我的职业精神和追求，是我爱好京剧后最大的收获。

　　京剧与八品官，不是风马牛不相及。

观戏偶得

1. 从孟子提出"养浩然之气",到司马迁说"士为知己者死",从文天祥狱中作《正气歌》,到傅山坚辞康熙礼遇、授封,气节为历代士子崇尚,然而历史和现实中不乏苟且偷生的犬儒。上海京剧院邀京津名家新编演的《金缕曲》,围绕气节与生存的矛盾,揭示文人的人性善恶与精神世界。这出戏改编自郭启宏的话剧《知己》,导演力图打破京剧的程式,趋向生活化的表演,流入话剧加唱之憋,关栋天、丁晓君、邓沐伟未能施展其大角之威,只有陈少云老师表演精彩之处颇多,麒韵毕现,姜还是老的辣。

2. 湘灵为湘水女神,早见于《楚辞·远游》"使湘灵鼓瑟兮,令海若舞冯夷"。翁偶虹先生将《锁麟囊》的女主角命名为薛湘灵,大有深意,纯洁而善良的薛小姐不正如湘水女神一样美丽吗?历经悲欢离合、饱尝人情冷暖的薛湘灵,娇嗔中含着一丝幽怨,这幽怨与钱起所写湘灵"二十五弦弹夜月,不胜清怨却自来"颇相似,这幽怨自然非程派莫属,分明感到心无旁骛、不喜言辞、不善交际、超凡脱俗的火丁就是湘灵啊!

3. 中国传统女性的整体性格有两重性:一是温柔、含蓄、端庄女儿心的一面,一是为家庭、为儿女含辛茹苦、无私奉献的一面。在京剧中,分别由两个行当表现这两面,女儿心的一面由青衣扮演,优美缠绵;无私奉献的一面由老旦扮演,慷慨激昂。身负家庭与社会双重之责，中国女性很不容易。我现在越来越喜欢老旦了，因为老旦集中体现着中国女性之美。

4. 中国文化是非常讲究度的，京剧之美在于其程式，而程式之魂在于度的把握。如专门扮演青年男子的小生行当，大家风范的演员对程式的运用与把握游刃有余，举手投足间，衣袖挥动莫不中节；龙吟凤鸣时，声韵抑扬无不合度，一个潇洒大方、风流守礼的帅哥形象跃然台上。今晚偶然看到央视11频道播放北京京剧院演出的《白蛇传》，许仙的扮演者实在蹩脚。他近年曾在全国赛事中获奖，不过徒有虚名，火候功力明显不足，衣袂展扬缺乏韵律之度，脸部表情随意而动，首场"游湖借伞"本是非常浪漫而优美的一场戏，纯真、至诚而有些憨厚的许仙被他演得有些傻气，面对白娘子时竟有轻薄之态！莫非这也是世风的影响？

5. 除了正剧之外，京剧中还有一些类似轻喜剧的剧目，看似轻松戏谑，实际很沉重。今晚央视11频道播放的北京京剧院张芸主演的《香罗带》就是这样一出戏。林慧娘是一个善良、富有同情心的贤淑女子，得知儿子的老师陆世科身患感冒，命子送去锦被，却因儿子用她的罗带捆缚被子，恰被丈夫唐通发现，误会她与陆有染；唐通勒逼慧娘深夜扣陆房门，一试奸情真假，陆又误认慧娘淫荡；唐通出征遇盗，以其妻慧娘罗带缚盗，斩首而去，村人见无头尸，疑唐通被害，已金榜高中的陆一直认为慧娘是一个淫妇，以慧娘之罗带为证，断定慧娘勾结奸夫，谋杀亲夫，判斩。因唐通赶到，说明往事，慧娘之冤终于昭雪。该戏以罗带为线，以误会推进情节，编剧手法极高。最终以大团圆结局，属于喜剧，我却感到很沉重。两个男人，一个老生应工，一本正经，一个由小生来演，潇洒偶傥,两副道貌岸然的外表下是龌龊的内心,两个所谓的大丈夫实际上是两个大混蛋,他们的猜忌不仅伤害了一个弱女子的自尊和贞洁,而且差点断送掉她的性命。女人无辜,总是容易受到伤害。我对京剧老生极为推崇,这出戏让我看到了老生的丑。难怪人说:"戏如人生,人生如戏啊!"此戏曾由荀慧生演出,影响很大。今晚的主演张芸,表演还欠些火候。

6. 曾经的最佳搭档王珮瑜和陈平一分手数年后再度携手。

前晚央视《空中剧院》播放了8月24日纪念京胡大师尤继舜从艺60周年演唱会的录像,第二个节目就是珮瑜和平一合作的《搜孤救孤》"白虎大堂"一段。不知是因纪念德艺双馨的尤继舜而暂时合作,还是他们又走到了一起?珮瑜是余派青年演员中的佼佼者,而平一是青年琴师中最擅余派伴奏者,他们合作数年,无疑是最佳搭档,却终究分手了。看来,即使在纯洁的艺术面前,仍然有人的矛盾。

当晚珮瑜的演唱,仍是韵味十足,但似乎缺少了当年的激情和空灵。

7. 夜深人静,悠扬的丝竹和着余大师清刚激越的唱腔,飘荡在空中,一种做人的精气神油然而生。"提龙笔写牒文大唐国号……",海纳百川、厚德载物的大气,激荡着人的心怀;"站立店中用目洒……",马上产生一种调动五湖风雨、万里关山的霸气;"一轮明月照窗下……",婉转而充满昂扬的唱腔,让人感到一股穷则独善其身、达则兼济天下的清气;"头戴着紫金盔齐眉盖顶……",顶天立地、威武不屈的正气令人凛然。

"是焉得为大丈夫乎?……居天下之广居,立天下之正位,行天下之大道。得志与民由之,不得志独行其道。富贵不能淫,贫贱不能移,威武不能屈。此之谓大丈夫。"

这种精气神不正是一种大丈夫之气吗?

8. 下午农村文艺汇演结束后,应约赶到邢台,观看河北艺术职业学院的新编河北梆子《孟姜女》,这是为彭蕙蘅量身定做的一出戏。空灵简洁的舞台,美轮美奂的舞美,大气酣畅的唱腔,细腻传神的表演,使人在诗情画意、慷慨梆韵中感悟爱情,感悟历史。她不愧是河北梆子名家,歌唱收放有度,尽得梆子磅礴之势,咬字借鉴了京剧,雅俗共赏;做戏层次分明,见出深厚功力。梆子名宿雷保春、陈宝成和京剧名净常春生的加盟锦上添花,满台生辉。司鼓杜浩,南宫小文艺班出身。蕙蘅老师告诉我,她是隆尧人,邢台老乡。戏毕,合影留念。走进家门,已是凌晨 12 点半。

9. 昨天傍晚,车上的播放器先播放陈少云的《鸿门宴》流水,铿锵老辣,麒韵浓郁,如六十七度老白干,令人亢奋。

随后,珮瑜的一段《沙桥饯别》,令人如同酒后品茗。清泠的胡琴,清净的演唱,没有麒派热烈,好似清茶,散发着淡淡的清香……恰到好处的提溜劲,凌空的中锋嗓,自有一种做人的超脱;疾徐有致的二黄三眼节奏,高低纵横的音调旋律,在悠闲与从容中分明不失挺拔与刚健。

淘宝两记

一

出门每到一地，有两处必去：书店和戏院。去戏院，看有无京剧演出，若无，退而求其次，地方戏也可，能看到舞台，就非常满足；去书店，则是找书淘宝，如果找不到喜欢的一两本书，会遗憾好几天。

在书店淘宝，主要看作者和出版社。对喜欢的作者，每每发现其新作，都要收入囊中。而碰到喜欢的书，若有不同版本，当然会选一些大出版社的，错误少，而且装帧讲究。

前两日去省城开会，有一小时闲暇，便赶到汇文书店逛了一圈。汇文书店是石门较大的书店之一，门类、品种比较全，但主要面向一般大众，因而专业性好书不多。一个书架挨着一个书架转，一本一本地翻，没有使自己眼前一亮的宝贝，发现几本比较不错的册子，忍不住买了下来。

言慧珠，一个传奇性的梅派传人，当时梨园行最时尚的大美女。她的许多梅派剧目深得梅兰芳真传，极具梅韵，《西施》一剧，后人无出其右者。生活中的她追求时尚，极富个性，和舞台上的面目截然不同。台上古典，台下摩登；台上规范，台下张扬。这一对比，铸就了个人的悲剧命运。我对京剧演员传记、京剧历史、京剧掌故和民国京剧评论之类的书，不问三七二十一，遇到一本买一本。当《绝代风华：言慧珠》跃入眼帘时，连作者和出版社都没看，就马上买了一本。

民国时代，军阀混战，社会动荡不安，却造就了许多文化大家。许多人有着极深厚的中学功底，接触西学后，融会贯通，形成了深刻的见地、雅俗共赏的文风。梁实秋、林语堂、郁达夫等的白话文小品、随感，通俗中不失传统语言之美，越品越有味道。闻一多的学术文章严谨、有灼见，文风简洁通畅，尤其他的《唐诗杂论》是研究唐诗的典范，无学究气，字里行间洋溢着一种诗人的激情，是论文，也是美文。民国时期作品是我淘宝的重点，无论是学术专著，还是散文小品，均在淘宝之列。这次淘到两本，唐弢的《堕民》和胡怀琛的《中国八大诗人》。这两个名字虽不能和梁、林、闻等并论，但和现在的所谓"大师"相比，俨然为大家档次。

我对收买当代人之作品很谨慎。这次买到两本，一本是《千古侠客文人梦》，武侠小说是成年人的童话，尤其是文人往往有侠思，看到这本书的名字就有些喜欢，作者为北大陈平原教授。一本是周国平的《思想的星空》。他的作品是典型的时文，并且算时文中的上品。买这本书，也有比较喜欢这一书名的因素。

这次淘宝，虽未特别激动，但总算有收获。

二

国庆进京接受采访、录制节目之余，我去琉璃厂和梨园书店淘宝几件。

刘曾复先生已仙逝多年了，当看到《刘曾复京剧文存》

时，与先生几次见面的情景历历在目，便毫不犹豫将其收入囊中。

《中国京剧史》共三卷，上卷被人借走后石沉大海，每每为三卷不齐而遗憾，数年竟未能淘得，真是踏破铁鞋，终于了却心愿。

徐复观先生为熊十力弟子，是中国传统文化艺术研究难以超越的高峰，其观点今天看来仍不乏真知灼见，这次进京观大漠"一笔龙"奔走于王府井、西直门等处，就想到徐复观对书法的独到见解，说来真是巧妙，下午就在琉璃厂看到了他著的《论艺术》，遂拿下。

戏味

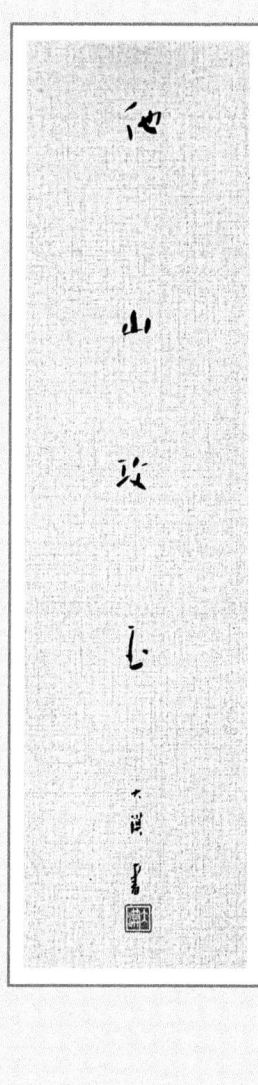

锥画沙

中国人论艺，常不作抽象论述，而以形象比兴。宋代严羽在《沧浪诗话》中言及唐诗的含蓄空灵时，以羚羊之角为喻，说："盛唐诸人，惟在兴趣，羚羊挂角，无迹可求。"此种形象比喻，似易理解，实需一种悟性。唐代褚遂良《论书》称："用笔当如锥画沙。"这也是一种形象说法，意为书法用笔好似以锥子画沙，起止圆浑无迹。锥画沙，说来易，理解难，做到更难。

锥画沙，是一种藏锋用笔技法。锋藏笔中，意在笔前。沙地厚度无穷，以锥画沙，沉力无穷。锥画沙的笔法，具有力透纸背的功效，线条沉着凝重。第一次听见锥画沙的说法，来自大漠。对其有所心得，则来自几年来的积累，来自这两天澄净的心境。这种心境也算是一种纯真吧。这种境界如同爱情一样，心无旁骛，意志纯一。手握长锋羊毫，只以笔毫触纸着力，不松散，不使拙，如同体会爱情的快乐一样，感受力透纸背的快意。世间万般事理，都是相通的。

锥画沙，是书者对书道的心有灵犀。只可意会，不可言传，何况我的拙笔？这也许是老祖宗的高明之处吧，世间事理，纷繁复杂，本不易说得如同白开水一样明白，水至清则无鱼，所以他们不喜欢直接讲上一通道理，而喜欢用寓言、用具体的事物旁敲侧击，给人留下想象的空间。

再过上几年回看，我所理解的锥画沙，又会是何等的浅薄？

本色赤子　德寿双齐

——记南宫碑体书法家董毓明

以地域之名命名书法流派者,唯有南宫碑体书法,民国时代就已有南宫碑体书法的说法。以书法列入非遗者,还是唯有南宫碑体书法,2012年1月南宫碑体书法艺术被河北省政府列入省级非遗名录。南宫碑者,乃《重修南宫县学记碑》,清末桐城派名流张裕钊撰文并书丹,碑书代表了张裕钊楷书的最高成就,研习者甚多,人们习惯将其书法称为"南宫碑体"或"南宫体",康有为则称誉其为集碑之大成。

自南宫碑体问世以来,学其书者,源远流长,不绝如缕,传承脉络,清晰分明,已有数代传人。第二代有王洪钧、胡宗照、姚雪辰等,第三代有李鹤亭、姚景贤等。提及当代南宫碑体书法传人,不能不提到董毓明先生。他是中国书法家协会会员,全国张裕钊书派联谊会会长,张氏书法第四代传人,河北省非物质文化遗产传承人。许多人认识董毓明先生,首先源于他高深的书法造诣。其书法深得张氏书法精髓,方圆自得,高古浑穆,获得了欧阳中石、刘艺等书坛大家的高度评价。

品读其书法,想见其为人。楷为书之法式,如做人之典范,南宫碑体更具一种中正之气。董毓明先生书写的南宫碑体,点线间充满深厚的文化内涵。字如其人,他不仅是一位知名书法家,更是一位优秀传统文化的守道者。随着与他接触的增多，我对他了解的深入，发现他的世界很广阔。

一个秋日宁静的下午，我再次走进董毓明先生家。董先生居于南宫城之东关，他的家是一个北方特色的四合院，入门影壁上，他自撰自书的那首绝句分外醒目，令人感到书香四溢。

幼小坎坷壮年忙，老来有幸得安康。
窃喜当今身犹健，笔耕何计寿短长。

小院中的丝瓜架、梅豆棚，被他侍弄得井井有条，于宁静中吐露着勃勃生机，透露出"采菊东篱下，悠然见南山"的悠闲与洒脱，一派世外桃源般的景象。

先生家壁上悬挂着他书写的"黎明即起、洒扫庭除"的朱子家训，他也正是以此修身治家的。1930年出生的他，已是九十多岁高龄，依然面色红润，精神矍铄，思维敏捷，声如洪钟，整个人如其字一样充满精气神。一番寒暄后，他娓娓谈起他的学书经历。董先生幼读私塾，后因家境贫寒辍学。上私塾时虽描过红，直到38岁才开始正式习书，从《蒯公神道碑》起步，临帖学书，未曾间断一日。为养家糊口，当时他从事建筑施工，整日奔波于工地，忙碌于工程，能够自由学习的时间非常有限，尤其是家贫无钱买灯油，晚上根本无法学习，他就抓住白日饭前饭后的那点余暇临上几十个或几个字，而每逢下雨天，那便更是天公赐予他大好的学习时机。《清史稿》称张裕钊"临池之勤，未尝一日辍"。董老以廉卿（张裕钊字）先生为榜样，用功之勤，何尝不是如此？他经常书写"天行健，君子以自强不息"，天行健的精神，在董毓明先生身上化作对艺术追求的至诚、执着和勤奋不懈。许多人说，观他写字也是一种享受。每当参加笔会，展纸蘸墨间，踌躇满志，胸中自有锦绣，挥毫落笔，霎时满纸云烟，一幅神韵上佳的书法作品就展示在人们面前。人们每每惊叹，这就是功力啊！这种功力乃是他背后几十年苦功的厚积薄发。

先生赠予我一幅"地势坤，君子以厚德载物"的墨宝，其实他就是厚德的典范。他的崇德尚德，首先体现为对师道、孝道的推崇与尊重。董毓明先生的老师乃是张裕钊先生第三代传人姚景贤，字幼辰，其父为当时南宫硕儒姚雪辰。提到姚幼辰老师，那种肃然起敬立刻浮于其面容，溢于其言表。20世纪40年代初，姚老师正在东关村任教，董先生家贫复值歉年，无钱缴费入学。姚老师特减半收费，使其得入学堂，受名师教诲。姚老师因劳累过度，晚年几近失明，董先生每次工余登门求教，老师都不厌其烦谆谆教诲，命笔示范，授业解惑。姚老师去世时，正值"文化大革命"，他没能亲自去祭奠，每每说起，都引以为憾。董先生是有名的孝子，他幼时家境不好，深知慈母含辛茹苦，养儿育女不易。在处理家庭问题上，他唯母命是从，绝不违拗。董老对传统文化身体力行，他在修身治家恪守礼义的同时，以传统礼文化的较高造诣，做了大量弘扬优秀礼文化的工作，特别是他对弘扬优秀传统婚丧文化做出很大贡献。他对传统婚丧礼俗进行钩沉梳理，出版了《婚丧礼俗杂谈》，受到社会各界欢迎，至今已重印3次。

南宫为春秋时晋国东阳之地，历史悠久，文脉昌盛。董先生作书，落款喜欢写"东阳村夫"，但他绝不是一般封闭、保守的农民，而是全国第一个进京举办个人书展的农民。他绝无农民的封闭与保守，有着农民的朴实与直爽，内心真诚，爱憎分明，说话直来直去，从不拐弯抹角。他胸怀坦荡，不藏机心，好较真，对错误的人和事，毫不隐瞒观点，往往直言不讳。特别是发现书法作品有错别字时，他必须寻经据典弄清楚。有时会当面指出，或许会引人误解，但只对事不对人。对正确的意见和说法，他往往逢人说项，大加赞扬。这样的性格，当你真正了解他后，你会感觉他的可敬甚至可爱。他非常谦虚，有一个座右铭，"非我即是良师，知吾当作良友"。他以一颗本色的赤子之心，严谨做事，勤奋治艺，坦诚对人，堪为仁者寿的典范。

董先生阅历深厚，热心公益。作为南宫市第一任书协主席，他靠自己的面子和人缘，跑经费，办展览，请名家，搞笔会，做活动，极大地促进了南宫书法的传承和发展。有人依稀记得，每每举办书法展，董先生总是第一个到现场，亲自布展。作为经历过不同历史时期的老者，他对祖国、对中国共产党有一种特殊的感情，每当重大时间节点，如抗战胜利70周年、香港回归20周年、改革开放40周年等，他都积极响应号召，认真创作，表达心意。每次征稿，他都是第一个完成作品。汶川地震时，他一下捐出五十幅作品向灾区奉献爱心。中华人民共和国成立70周年时，他饱含深情写下丈二的巨幅作品"国富民强"，表达对祖国的拳拳之心。说话间，他拿出这幅作品，因为尺幅太大，只好在地上铺开展示，四个大字，笔酣墨饱，神完气足，无法想象是出自一位九旬老人之手。

董先生书房的墙壁上挂着他在北京举办个人展时自书的序言，小字行书，潇洒而不失规矩。序言中，他自言"初小肄业，岁荒失学"。为此，董老常自谦文化程度不高。熟悉他的人都知道，他不仅读书，而且学识渊博，尤其对楹联颇有造诣，特别擅撰嵌名联，曾为尚长荣、孙毓敏、张学津等许多名人撰联。2008年，他专门出版了《董毓明楹联书法集》，当时的中国楹联学会会长孟繁锦先生审阅书稿后,给予很高评价,欣然为董老题写了书名,并书"笔落惊风雨,诗成泣鬼神"相赠。

尽管已是鲐背之年,董先生说话底气十足,声如洪钟,亦如他唱的京剧花脸。他不仅是全国南宫碑体书苑的常青树,也是南宫梨园界的不老松。因我对京剧了解更多,所以与董老更多的话题是京剧。也许是性格使然,他尤其喜爱黄钟大吕式的京剧花脸唱腔,慷慨激昂,大气磅礴。他常常粉墨登场,《坐寨》《将相和》《华容道》等剧目演唱缓急得当,颇受内外行好评,为享誉冀南的京剧名票。他偶尔也会唱一段《十八扯》这样大段的流水,长达百句,诙谐幽默中可见其戏路之宽广、记忆力之强盛。近年来,他散淡为怀,常爱唱老生戏《空城计》的"我本是卧龙岗散淡的人",或《三家店》的"将身儿来至在大街口"。他博闻强记,对梨园掌故、各个流派的表演路数和艺术特色如数家珍,常常令专业人员惊叹。书法和京剧历来有很深的渊源,董先生与尚长荣、张学津、刘建元等京剧名家均有交谊。到南宫演出过的京剧名家几乎都要到董老家拜访他。他为马派名家张学津书写斗方"继马无瑕",给荀派名家孙毓敏写下"毓敏精荀身残志坚"的藏头诗。青岛京剧院言派名家任德川到南宫演出,与董老一见如故,董老特意为任德川撰文并书写了一首五言诗:"德高孚重望,川江汇巨流。精研获深诣,言芳复何愁?"任德川非常喜欢,珍藏至今。在他的书架上放着几本《中国京剧》杂志,我拿出来翻看,封二都是他的题字。2003年,《中国京剧》杂志社推出中国京剧百美图,邀请知名画家画像、书家题字,为京剧史上100位名家画像立言,董毓明先生受邀为程长庚、孙菊仙、高庆奎、李多奎、于连泉、谭富英、张云溪、赵燕侠、李炳淑9位名家题字。这些集翰墨戏韵于一体的合璧之作,记录的不只是京剧的辉煌,更是传统文化的精彩。

有人说,向董老求字难。我总觉得,那是对他的误解。他对同道友好,从不计润格,往往主动相赠。他不满权贵富豪附庸风雅,对求书者居高临下,高润格是他以自己的方式维护书法人的尊严。他恪守君子爱财、取之有道的做人原则。他爱读书,却把自己的藏书捐赠给图书馆。听说南宫美术馆正在抓紧建设,他特意把自己参展的一些精品无偿捐赠。说话间,他为我们一一展示,令人目不暇接,神思潆荡。

"人生天地之间,若白驹之过隙,忽然而已。"春节,他自撰自书春联"来日无多"。于他,绝不是人生的消极,而是看淡生死与世事的淡泊冲虚,是人生的旷达。听着他朗朗的语声,望着那些力透纸背的翰墨,我似乎找到了董老九旬高龄依然身康体健的秘诀。

从春节飞腾到国庆:中华大漠"一笔龙"

作为一个农耕文明高度发达的国家,中国对和节气相关的节日有一种特殊的情结。这些节日,被赋予了更多的人文精神和文化内涵。"千门万户曈曈日,总把新桃换旧符",将新春佳节辞旧迎新的节日氛围抒写得淋漓尽致;"火树银花合,星桥铁锁开",令人仿佛置身于明灯错落、花树掩映的元宵之夜;"素月分辉,明河共影,表里俱澄澈。悠然心会,妙处难与君说"描绘了纯净、晶莹的中秋月境,令人油然而生一种物我相惬、天人合一的宇宙意识。在中国节的各种民俗活动中,最典型、最热闹的都与龙有关。"凤箫声动,玉壶光转,一夜鱼龙舞",舞龙灯是元宵节最热闹的节目;"汗马加鞭催望眼,云龙祈雨盼抬头",春回大地、生机盎然的二月二,是期盼风调雨顺、五谷丰登的春龙节,又称龙抬头;"鼓声三下红旗开,两龙跃出浮水来",赛龙舟是几千年来端午节的保留节目。

龙,能腾空潜水、升天入地,能呼风唤雨、司旱掌涝,能兴利万物、扭转乾坤,乃传统之灵异神物,为中华民族之图腾,故炎黄子孙被称为龙的传人。龙,是吉祥的化身,因此成为各种民俗活动的主题。天行健,地势坤,龙腾天地间,蜿蜒而矫健,诠释着中华民族自强不息、厚德载物的精神内涵。2013年元旦,正是农历壬辰龙年末,直至癸巳蛇(民间习惯称小龙)年春节,北京二环边上西直门旁边北京北站广场的超大电子显示屏上,一幅图腾与书法完美结合、笔健凌云、飘逸洒脱的"一笔龙"书法作品滚动播放,吸引了诸多市民驻足观看,啧啧赞叹,为京城春节氛围增添了一道非常独特的风景线。

"一笔龙"的作者,乃著名书法家大漠。

徐复观认为,最能体现中国艺术精神的是中国的书画,而在笔墨技巧方面,书法更胜一筹。晋人尚"意",从王羲之时代开始,书法终于从"辨认"与"传达"的实用功能向"写意"与"抒怀"的审美功能转化,线条的飞扬与点画的顿挫成为书写者心情的飞扬与思考,书法视觉的形态变换成和音乐、舞蹈一样节奏的艺术形态,尤其是行书、草书。随着网络的发展和现代传媒方式的多样化,今天的书法已完全从文字的实用功能中解脱出来,成为一种专门的艺术形式。

大漠,原名刘中诚,河北南宫人,以草书见长,书法之外,精于诗文,对儒、释、道有独特体会。大漠书法,飘逸而灵动的线条,飞扬着他对人生的思考;迟滞与疾速交错的笔锋,流露出他思想的火花;浓淡干湿的墨韵,展示出他对传统文化的感悟。独体字不是大漠首创,但大漠的独体字非常有特色。他对独体字的创作,记录着他对传统艺术神韵与现代审美相结合的探索。"道""空""悟""法",这些浓缩着中国传统哲思的字,挥毫落笔之时,他将汉字的形态特征及其蕴藏的精神内涵,从书法审美的角度展示得充分而淋漓。强烈的视觉冲击力极具时代审美意义,而点画线条的空灵洒脱又不失传统书法的神韵,满纸云烟中自有妙境。孟子说:"我善养吾浩然之气。"大漠认为:"书法本质最关键的是凝存正气。人要懂得养气、养正气,作书才能浑厚天成,才能光耀万古。"大漠书法作品，传达出一种正能量的信息，正是一种"天人合一""道法自然""气壮山河"的混元之气。

最能体现大漠独体字成就和书法气韵的，是其"一笔龙"。龙字书法作品并不鲜见，但结构上多为纵式，缺乏龙应有的气势。大漠写龙，从笔墨构图反复探索，灵感忽现，早着先鞭，改纵为扁，独创横式，别具高格，神龙见首不见尾之神韵跃然纸上，霎时灵光骤显，龙腾云海，气满乾坤。正如大漠所言："一个龙就是一部《易经》，一个龙就是一部《道德经》，一个龙就是一部中国精神史。"观赏大漠"一笔龙"，在强大的气场中感知中国传统文化的博大精深，触摸中华民族的精气神。《当代中国》《中国商报》《中华建筑报》《中国美术市场报》和山东电视台、搜狐网等全国多家媒体、网站予以报道，他的"龙"作品被人们誉为中华大漠"一笔龙"。近年来，大漠"一笔龙"书法不断被北京、山东、内蒙古等全国各地进行展览、收藏，并被作为国礼赠送给外国机构和国际友人，受到交口赞誉。

2014年是农历甲午马年。在地为马，居天为龙，龙马相通，龙马精神为中华民族之精神象征。在这个马年新春佳节，大漠专门撰写了一副对联："龙腾云海天地阔，马踏山河日月新。"大漠"一笔龙"于除夕之夜开始再次在北京西直门附近的北京北站广场的巨大电子显示屏滚动播放，同时北京三环的方庄桥也在展示，为北京马年春节增添了昂扬向上的喜庆气氛。

早在2013年秋，大漠"一笔龙"就漂洋过海，被中国摇滚之父曹平带到美国好莱坞，受到美国吉他之神杰夫·科曼等美国朋友的喜爱和推崇，使美国人开始了解大漠书法。而2014年春节期间的正月初，应美方邀请，大漠终于去美国进行了文化交流。虽在写实主义盛行的异国他乡，但大漠"一笔龙"和独体"马"字——这些最经典的中国元素艺术作品受到美方极大欢迎，为美国的新春佳节增添了地地道道的中国文化气氛。大漠书法作品被美国尼克松图书馆、比华利山庄市、灯塔集团等多家机构、单位和个人收藏，大漠"一笔龙"成为中美文化交流的又一桥梁和纽带，大漠也成为中美文化交流使者，并因此被授予洛杉矶荣誉市民。三个月后，美方来到北京，专门到大漠在京的书法工作室"一苇草堂"进行了回访。这也再次证明：越是民族的，越是世界的。

在中国的各种节日中，国庆节是和春节同样重要、一样热闹的重大节日，因为这是一个让中华民族扬眉吐气的日子。每逢国庆，从国家到地方，从官方到民间，各种欢庆活动如火如荼，灿若云霞。2014年10月的北京，天高气爽，花团锦簇，处处洋溢着欢庆共和国65周岁华诞的喜庆氛围。从长安街北望王府井，或在二环西直门桥遥看北京北站广场，或在三环经过方庄桥时，巨幅电子显示屏上滚动播放的一幅充满中华神韵的大漠"一笔龙"格外醒目，堪称书法界向祖国华诞献上的一份厚礼，成为北京国庆节一道独特的景观，10月5日的《北京晚报》对此专门进行了报道。国庆佳节，在王府井、西直门、方庄等北京地标性地带集中展示大漠"一笔龙"，如同一条矫健的巨龙在首都上空蜿蜒盘旋，在中华传统文化的深远魅力下，世界看到的是中华民族的繁荣、自信、自立、自强。

大漠纵横　龙行天下

大漠，擅写草书"一笔龙"。

大漠书法，以草书见长，其点画线条，朴茂浑厚，不媚世俗，别具风韵，自成一格，既非标新立异，更不哗众取宠。其字每一笔画，翰不虚动，下必有由。古之二王、张旭、怀素，今之林散之、于右任、王遂常、沈鹏，不拘一家，博涉多优，厚积薄发，融会笔下，自成机杼，错疾徐于腕间，变起伏于笔端，起顿挫于锋毫，既有传统书法的厚重，又不失现代审美的观感，所谓古不乖时，今不同弊。大漠于当下浮躁书风，难能可贵。

草需流而畅，但必须有骨力。大漠草书，尤其讲究线条的质感和力度。他对此有独到感悟："笔笔要活，笔笔要有弹性。""一个线条自见有峥嵘气象。"（见《大漠诗文书法集》之"学书碎语"）观其作品，笔走龙蛇，顿挫有力，运笔有方，行笔合律，线条灵动，宛若银钩，飘若惊鸾。诗圣杜甫观公孙大娘弟子舞剑："㸌如羿射九日落，矫如群帝骖龙翔。来如雷霆收震怒，罢如江海凝清光。"每每读到这四如之句，欣赏大漠作品，不禁令人感叹，指点激扬，书剑真相通也。难怪草圣张旭数常见公孙大娘舞剑，豪荡奋发，草书技艺大长。

龙，是中华民族灵异神奇之兽，为我民族之图腾，寄托着先人天人合一的思想。"龙，合而成体，散而成章，乘云气而养乎阴阳。"孔子感叹老子之高深莫测,"吾乃今于是乎见龙",将其比作见首不见尾的神龙。龙字书法为历代书家重视,不乏佳作妙品,但局限于方块字形之囿,多为纵势,神韵虽具,终觉局促拘谨,气势不足,灵气不够。

大漠写龙,反复探索,取势改纵为横,一笔写就,藏锋入笔,收笔顺锋,意在笔先,笔在心后,兴酣意浓之时,挥毫落笔,顿挫婉转,霎时满纸云烟,龙腾在天,矫健蜿蜒,其势欲出,大有神龙见首不见尾之玄妙。

大漠写龙,喜题老杜诗句,"斯须九重真龙出。一洗万古凡马空"。其龙字虽非真龙,但不是俗品。考之书道,既有草书点画线条的魅力,又不乏现代艺术的造型之美和强烈的视觉冲击力。开始落笔之点,似用千钧之力,大有奔雷坠石之奇,导之泉注,顿之山安,墨迹淋漓间,"女娲炼石补天处,石破天惊逗秋雨",不愧为点睛之笔,电光龙目,活灵活现,峥嵘之势已出。后面的线条,回环曲折,刚柔相济,动静有合,浓淡相间,干湿得宜,疏密有致,疾而不飘,徐而不滞,极尽鸾舞蛇惊之态,恰似飘逸龙身,栩栩如生。整幅作品,竟如飞龙之画图,活灵活现,而其点画线条,顿挫使转,分明为书之佳境,非现代某些所谓以书作画而哗众取宠者所能比拟。孙过庭论书:"草以点画为情性,使转为形质。"大漠写龙,可谓深得其中三昧。

言为心声,书为心画。翰墨之道,酣畅淋漓间显出个人性情,心手双畅,为书之佳境。蔡邕乃言:"欲书先散怀抱,任情恣性,然后书之。"魏晋名士,洒脱风流,翰逸神飞,二王为最,终于创立中国书法之分水岭。

大漠之"一笔龙",笔健凌云,意气纵横,神融笔畅,飘逸洒脱，正是其个性的流露。大漠为人，虚怀博大，海纳百川，求真悟道，不拘小节，不媚世俗。他是一个书人，绝非一个书匠。海为龙世界，大漠朋友遍天下。无论年长、年幼，不管政界、商场，既有文人雅士，也有寻常百姓，既有茶客酒友，也有演艺明星，尽管龙字润格不低，但他们大都藏有大漠龙字。大漠常常与他们品茶论道，谈天说地，在悠游中感悟人生真谛和艺术真趣。

书法是凝固的音乐，音乐是流动的线条。乐由中出，乐也者，施也。"在心为志，发言为诗，情动于中而形于言。言之不足，故嗟叹之。嗟叹之不足，故咏歌之。咏歌之不足，不知手之舞之足之蹈之也。"音乐是情感的发泄，精神的陶冶。书法与音乐，内外交相养，书法以线条写意，音乐用音符抒情。书乐会通，堪称一心而两用。

曹平，中国摇滚传教士，堪称中国摇滚教父，著名现代音乐人。大漠与之相识于而立，相交为友朋，相知于率性纯真，书乐会通。二人虽然术业有专攻，但是心有灵犀、惺惺相惜，共同语言颇多。一代摇滚大师欣赏大漠作书时，下笔有神，疾徐有致，节奏分明，线条活泼，有音乐之美。曹平对其龙字尤其赞赏。草书圣手推崇现代音乐家用心灵演奏，将率性化作饱满奔放的音乐线条。曹平现在虽然远居美国，但空间的距离不能阻挡他们沟通、交流的友情。

艺术无国界。曹平把大漠"一笔龙"作品带到美国好莱坞，让西方艺术界的精英睁大了眼睛。美国吉他之神 Jeff kollman（杰夫·科曼）见到大漠龙字的第一眼，即兴奋于中国书法线条的神奇，惊诧于东方文化神韵的魅力，叹为奇观，视作珍品，永久收藏。

遥远的东方有一条龙。大漠龙腾云海，宛如豪放简清的天籁乐章，冲出国门，飞越大洋，拨动了西方人的心灵琴弦，成为东方文化传播的使者，架起东西方文化交流的又一座桥梁。

墨韵·书魂·逸品

——大漠书法的独体字

中国文字最早是象形文字，其书写采用绘画式的方法。中国文字逐渐简化的过程，也是其逐渐抽象的过程，逐渐走向表现主义的过程。伴随着这种简化，其书写逐渐由实用趋向写意。闻一多说："字自始就不是如同绘画那样一种拘形相的东西，所以能不受拘牵的发展到那种超然的境界。"闻一多所言超然境界，乃是书家对宇宙人生的思考，正所谓"字为心画"。最能体现这种书写抽象意味的，无疑是草书。草书写的是心境，是情绪，是精神。飘逸飞扬的线条，是书家在对宇宙、对人生的感悟与思考中，用笔、墨、纸撞击出的火花，兴酣落笔摇五岳也。

大漠，是性情中人，擅写草书。他并非把写字作为人生的终极追求，其对儒、释、道有很高造诣，其书法的线条墨韵凝聚着他对天道人生的思考。近年来，大漠于独体字书法颇有心得，独体字也成为他书法的一大特色。大漠的独体字不同于传统所说的榜书。榜书多为真、行、隶，讲究厚重雄强。大漠的独体字多为草书，他将汉字简化后的表现功能发挥到极致，在书写的极致中蕴含着他对人生命运和宇宙万物的终极思考。他的独体字和时下所谓以画为书者自然不可同日而语，那是哗众取宠的无病呻吟。大漠的独体字书法，或空灵，或厚重，或飘逸，或沉着，潇洒出尘，让观者在书法审美中品味人生，感悟世界。

大漠的独体字，用线条说话，以墨韵表达，其在思考中作书，在作书中感悟，往往一支秃笔、半张废纸，灵犀一通，妙手偶得，书意天成。满意的作品常常书于不经意间，大漠享誉海内外的"一笔龙"就由此诞生。"正是在五年前，或者是灵光一现，突然我有了一个创作的冲动，毫不吝惜地把一张存放几十年的八尺老纸铺开，这就是我那个'龙'的诞生。"徐复观认为，中国艺术精神的源头是人心灵的虚、静、明。大漠常说，放开俗物，收住本心。二者可谓一脉相承。他书写的过程是人生修为的过程。他的独体字多为"道""空""法""路""无"等中国传统文化的主题词，每个字都是一篇厚重的文章。2012年夏初，他的母亲脑血栓病重，由此他对人生和生命有了更多的思考与感悟。在老家侍母期间，他于无意中书写的"空""道"等独体字皆入佳境，为无上之品。

大漠的独体字书法，一幅作品，就是一篇哲思。然而，大漠没有脱离书法的本体，没有故弄玄虚，其书完全是中锋用笔，线条的张力、留白的空灵，没有违背书法的基本法则。字生于墨，墨生于水，水墨是字的血脉。大漠的独体字非常讲究用墨，其"龙""寿""马"等字，往往笔酣墨饱，厚重劲健，精光四射。而"空""道""悟"等字，常常行云流水，天马行空，空灵轻淡，有平淡得真趣之妙。古人说，中国画有四品，能品讲究趣味，神品注重学养，妙品追求灵气，逸品崇尚意境，四品中以逸品为上。大漠的独体字书法，自有妙境，堪称逸品。

第一次见到大漠的独体字是他书写的寿字，不飘不媚，沈著有力，对生命的思考尽在苍劲而不失灵动的线条中。诗人吴根旺专门写过一首《观大漠兄所书"寿"字有题》的七古，深悟大漠独体书法三昧。

太华奇峻与云平，上有南极老人星。
披发卧雪三千岁，餐霞饮露绝世情。
时援北斗醉河汉，偶登昆仑食玉英。
世人岂得知其寿，只应寿同天地倾。
空怜彭祖未入道，但美纯阳步天庭。
安得煮石飞平子，何日手拍卫叔卿。
今观吾兄壁中字，无上内丹诀忽明。
潇洒自可齐南华，天真令人思婴宁。
元气聚时簸江海，神力发处揖五丁。
得闲即同凌蓬岛，飘逸立觉仙骨轻。
扫却人间纷纭事，静心灵台自生灵。
书有妙法驰风伯，身通八脉堪长青。
但守此中之丹诀，何必枉念黄庭经。
一朝驾鹤吹笙去，从此九重天上行。

寿与天齐，大漠所书"寿"也。

戏味

积学不辍　大器晚成

——记布衣书画家王秘

提到南宫，许多书家知道这座冀南古城，堪称一座书法胜地。明代大书法家邢侗曾任南宫令 5 年有余，留下众多佳话。清末碑学集大成者的张裕钊，为当时的南宫县学撰文书丹的《重修南宫县学记》，是其书法巅峰之作，张裕钊书法因之被称为"南宫碑体"。南宫书脉薪尽火传，不绝如缕。

江山未改，代有才人出。今天，在南宫书坛画苑，有一个人越来越被大家所了解和熟悉，他就是王秘。王秘，1963 年 9 月出生，南宫人，幼承家学，酷爱书画、篆刻及诗词，数十年如一日，矢志不渝，积学不辍，书画为乐，终成大器。王秘擅长楷书、篆书、行草，尤精小楷和篆书，黄绮、杜之遴教授给予其嘉许与肯定。因长期致力于严格法度的训练，形成了严谨不失文雅、苍劲不失挺秀而又处处不失法度的独特书风。王秘现为河北省书法家协会会员。

笃志而体

笔不惊人死不休，大言空许汗空流。
天涯何处访羲献？说法好点顽石头。

这是王秘的一首自述诗，道出了他对书画艺术追求的心态。

荀子说："笃志而体，君子也。"王秘对书画艺术超乎寻常的痴迷与执着，或许从他幼年时在其心灵上种下这颗追求的种子就已开始。王秘虽生在农村，但出身书香门第，家中诗书画的氛围非常浓厚，父亲以教书育人为业，桃李满园。而他多才多艺，能书善画，名动四乡，红白事的幛联，年节时的对联，乡邻舞文弄墨之事，一般都由他父亲执笔。幼小的王秘在为父亲研墨、裁纸、侍笔的过程中，受到了熏陶。浓郁的书香墨韵，耳濡目染，使他对书画产生了浓厚的兴趣。

楷书之楷，有楷模、典范之意。楷书讲究横平竖直，结构森严规矩，体现出书法的法度与庄严，代表着对做人中正规矩的要求。王秘学书，从楷入手，其学书之志、追求之诚，恰如其擅长的楷书书风一样，笃定坚实，步步为印。

"天将降大任于是人也，必先苦其心志，劳其筋骨，饿其体肤，空乏其身，行拂乱其所为。"王秘的人生算不上一帆风顺，可谓经历坎坷，幼年因为一次治疗不及时的高烧，终身留下了后遗症。王秘家境不算殷实，需要为生计而奔波。然而，无论生活怎样变迁，都改变不了他对书画的追求。笔、墨、纸、砚，是他生活中不可或缺的四大要素，走到哪里，就写到哪里、画到哪里。他超然物外，逍遥于书画艺术的云天之外，将书斋自题为"卧云斋"。

在物欲横流、日益浮躁的今天，高雅的书画艺术自然也会受到影响，书风漂浮，功利至上，充斥书坛。经济上并不富裕的王秘却不为所动，淡泊名利，志于道，游于艺。王秘坚持中正的书道，他的书作凝重、端庄、遒劲，体现了一个虔诚的书道追求者不被时风熏染，一直秉持传统的追求和情怀。王秘生平务实，为人低调，谦和朴诚。有向其问教者，必坦诚相待，直言相告；有求其墨宝者，毫不吝惜，挥毫泼墨，脱手相赠。

勤学而行

为爱砚田抛桑田，笔墨耕耘年复年。
涂鸦买尽洛阳纸，不见龙蛇舞毫端。

王秘学习之勤，非常人所能及，从上面这首他自作的学书抒怀诗中就可见一斑。

王羲之仰慕张芝，临池学书，池水尽黑，一代大书家之勤学激励着后人。王秘从十来岁开始执笔学习书画，以墨池临书之精神，未曾有一丝懈怠，可谓冬练三九、夏练三伏。人多以为苦，王秘独以为乐。王秘尤善小楷，端庄、秀丽的书法笔体，体现了他深厚的功力和辛勤的汗水。20世纪80年代，电脑还没有普及，印刷主要靠手工。1982年，19岁的王秘进入当时的南宫印刷厂，从事刻字、缮写、商标设计等工作，在别人看来非常枯燥的工作，他却当作非常难得的学习机遇，严谨认真，干得津津有味、乐在其中。日复一日，年复一年，尤其缮写小楷布告等10年，小楷功力得到了充分强化，可以说无人能及。当时邢台地区七八个县的各种布告、通告，均由南宫印刷厂印刷，而缮写者便是王秘。

王秘抓住一切机会向名师学习。他向当时南宫书法名家荣哲民先生学习行书，荣先生非常喜欢他认真勤奋的态度。为进一步开阔视野，他以微薄的工资先后报名参加了河南书法函授学院综合班及行草专业、上海《青年报》篆刻函授部的函授学习。在两个函授班，他学习知识，如饥似渴；看书习字，废寝忘食。

几十年间，王秘几度沉浮，饱尝悲欢离合之味，但对书画艺术孜孜以求的学习态度，自强不息、勤奋不懈的学习精神，始终如一。年年岁岁花相似，岁岁年年勤为径。笔砚是他生命中最主要的伴侣，书斋是他人生中最重要的舞台，书画是他的生活，勤奋自强是他人生的主旋律。他的书法技能得到了全面训练和提高，艺术水平不知不觉间跃上了新的台阶。

博学而约

平生虔事丹青梦，更兼诗书未竟功。
雄心万丈云天外，豪气一股魂魄中。
放怀上下千年迹，寄意源头三代踪。
深思篆海泛舟远，娱目蛟龙碧雾腾！

王秘五十岁生日时创作了上面这首抒怀之作，抒写了半生以来他对书画艺术博学广纳、不断追求的历程和心态。

真、草、隶、篆，笔法有异，审美不同，流露出书家个性的不同。书家大多专擅一体，兼学其他。四体皆通，出入各体游刃有余者，寥寥有限。

王秘初学临帖，大楷临颜真卿之《勤礼碑》，宽绰、厚重、挺拔、坚韧的颜氏风神，为他学书奠定了良好的基础。其小楷由《星录小楷》入门，而后对唐人《灵飞经》及钟书小楷潜心揣摩，研究学习，对古人之笔法颇有领悟，为学习楷书打下了坚实根基。当临习到一定程度时，他由唐楷上溯魏碑及六朝摩崖、龙门造像等，认真研习《郑文公碑》《爨宝子碑》《爨龙颜碑》《泰山金刚经》等。长时间的学习积淀，使他对楷书各体游刃有余，能作多体楷书。

王秘的行草书沈著痛快，挥洒自如。他从王羲之《兰亭序》、颜真卿行书、黄庭坚和米元章行书以及元代赵孟頫、明代黄道周、晚清沈寐叟等广泛汲取营养，对王羲之草书、孙过庭《书谱》、张旭《古诗四帖》、黄庭坚草书及现代于右任《标准草书》等，悉心研习，又上溯章草，广泛涉猎，终于厚积薄发。

篆书是一门以文字学为基础，书写技巧为支撑，艺术灵性为灵魂的书法艺术。篆书家往往兼为学问家，学篆书者必须耐得住寂寞，下得了硬功夫。王秘近年来对篆书异常痴迷，以知命之年，研究文字发展沿革，学习六书，于秦篆、李阳冰以及晚清民国篆书大家，无不临习，见有长处，无不借鉴。颇具心得之后，又不畏艰难，神游三代，研究金文，以溯本求源，融会贯通。王秘的篆书匀逼齐整，神采飞扬，功力深厚。由于篆书字形、结构复杂，一般作篆书者，往往会借助专门的字典，以避免出错。而王秘堪称一部篆书的活字典，对命题作书，信手拈来，一气呵成，从未有错字。

书画同源。书法之外，王秘于国画功底扎实，具有极高造诣，26岁即被国家有关部门评为助理工艺美术师，曾长期在衡水从事内画业。他的画以花鸟走兽草虫和山水为主，尤善画虎。其画讲究线条和用墨，体现出较高的水平和超乎寻常的境界。很多画作，往往自作题画诗，诗画相得益彰，展示出深厚的文化底蕴。

王秘已过知命之年，仍为一介布衣，书画声名却日益显隆，堪称大器晚成。面对人们的赞扬，他不置一词，一笑而已。他认为，艺无止境，脚下的路还很长很长……

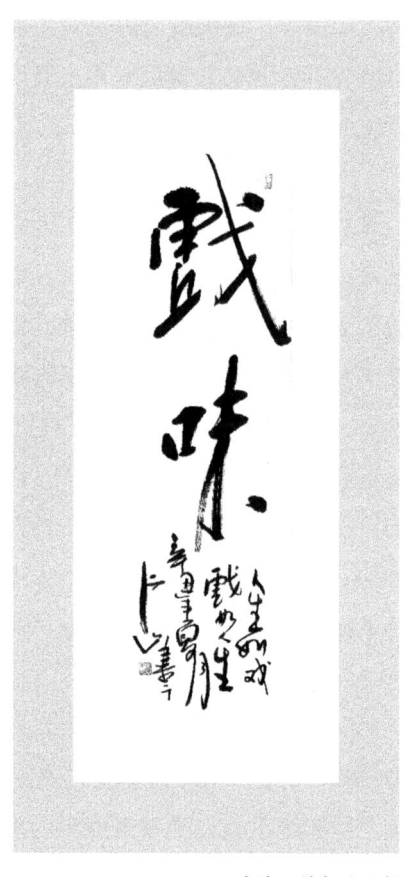

戏味 关仁山／书

《尚德书韵——纪念尚小云先生诞辰116周年书画展作品集》序

书画与京剧是中国两大国粹,因共同追求神似而不拘泥形似的写意境界息息相通。不少书画家对京剧见解独到,演唱颇具水准。许多京剧演员更对书画情有独钟,以书画陶情冶性,挥毫泼墨,点青尽兴,有一定造诣。京剧大师尚小云先生高怀雅量,长于书画,其画师从亢兴北、溥心畬、王梦白、王雪涛、颜伯龙等,长于松、兰、竹、菊、灵芝等花卉,兼及山水,洒脱大方,不拘一格。其书问艺宋伯鲁、林开暮、陈名侃、梁鼎芬、陈海若等,早年习翁同龢,晚年学王羲之,秀挺苍劲,很见功力。他亦是大收藏家,而20世纪40年代创办荣春社时,义卖大量藏品助学,1959年4月19日更向陕西省博物馆无偿捐赠宣和、赵千里、唐棣、金圣叹、董其昌、张瑞图、八大山人和石涛、金农等宋元明清时期书画稀世珍品66件,可谓达到书画和收藏的最高境界。在一代艺术大师诞辰116周年之际,部分尚门弟子、传人和书画家精心创作,染翰抒怀,以笔墨奉献心香一瓣,绘丹青寄托思念一缕。先生流风,山高水长;先生遗韵,万古流芳。

《尚德长风——纪念尚小云先生诞辰118周年京城名家书画展作品集》序

中国文化重视道与德。老子所谓"道生之,德蓄之",孔子所谓"志于道,据于德",从不同角度说明了道和德的关系。道与德,道是根本,德是遵循。道是认知层面,德是体行层面,人的行为对道的遵循和体现便是有德。在社会实践中,人们更推崇、重视德的遵守和弘扬。因此,尚德崇德,蔚然成风。

南宫,尚德之地,德泽长远。《论语·宪问》记载:"南宫适问于孔子曰:'羿善射,奡荡舟,俱不得其死然。禹、稷躬稼而有天下。'夫子不答。南宫适出,子曰:'君子哉若人!尚德哉若人!'"在这里,孔子赞叹南宫适为尚德君子的典范。南宫适曾在南宫寓居讲学,推动南宫文风日盛,也促进南宫尚德传统之厚重深远。明清南宫十景有义姑遗烈一景,鲁义姑弃子割私爱,抱侄存公义,则是内修于心、外施于行、尚德重义的传统烈女典范。公元67年,第一批御准东行传法的印度高僧摄摩腾、竺法兰来到南宫,肇建佛教东来第一佛塔寺——普彤塔寺,拉开了佛教文化与中国文化融合的序幕,既有道的探求,也有德的践行。

从主持修建承天门的白圭和白钺"一门父子两尚书",到对《乐经》颇有造诣的弹劾严嵩第一人——刘濂,从毅然回国的美国"波音之父"、中国近代航空工业主要奠基人之一——王助，到抗战中为民族大义英勇牺牲的郭企之等众多英烈，他们求道尚德，前赴后继，薪火相传。

祖籍南宫的京剧大师尚小云先生，侠肝义胆，与之可谓一脉相承。先生所为，是燕赵之风的体现，他本人亦是伶人中尚德的典范。先生于坎坷际遇中，不屈不挠，终成一代大师的进取精神，深得"天行健，君子以自强不息"的精髓；先生在待人接物上，与人为善、助人为乐的仁者胸怀，深得"地势坤，君子以厚德载物"之要义。无论是义助富连成，对众多后学无私提携，还是毁家办学，创立荣春社，无论是侍母的至敬至孝，还是待人的至真至诚，无不显示出其为人的仁、义、礼、智、信。其台上的巾帼气概、烈女形象演绎着鲁义姑的遗风流韵，其刚健婀娜的表演流露着大丈夫的性格情怀。依于仁，游于艺，台上台下，戏里戏外，尚小云先生以真善美的形象和风范，体现出一代艺术大师对传统为人处世之道的坚守，向后人展示着尚德的人生境界和艺术境界。

百年弹指过，尚德流风长。这次纪念尚小云先生诞辰118周年书画展，得到了京城众多书画名家的积极响应。经大漠先生组织协调，杨广鑫、张世俊、刘俊京、柴岩柏、冷万里、纪大年、宋鸿良、田永、魏万利和刘放、小雅诸先生，于百忙中泼墨染青，勾画方圆，尺幅云烟，方寸天地，抒就大师颂歌，续写尚德长风，既是对尚小云大师的景仰，更有对尚德的推崇与实践。

让我们谨向尚小云先生致敬！向各位书画家致谢！

2017年12月29日

《律墨菁华——田伟诗联作品暨南宫五老书法集》序

2014年12月14日，正值隆冬时节，尽管寒风刺骨，蓝天如洗、丽日高悬的天公却仿佛报告着春意。这一天是南宫文化盛日，南宫诗词楹联学会宣告成立，包括河北省楹联学会等全国各地的诗词楹联组织和诗联家纷纷以不同方式致贺，在南宫市原供电局会议室的成立仪式现场，群贤毕至，文士雅集，律墨交辉，盛况空前。田伟先生于此堪称首功。

讲平仄而有抑扬，重声韵而有律法，中国汉字因对音韵的重视和讲究而有诗词歌赋楹联之国粹。在音调流转中，人们抒怀、传情、交流。从古谣谚到诗经，从汉魏古诗到唐诗宋词，从元曲到楹联，中国诗词歌赋楹联发展源远流长，积淀深厚。今天，白话文早已普及，诗词歌赋虽然已经不是人们抒怀与交流的主要工具，但因其朗朗上口、简洁有味，越来越多的人对其表现出浓厚的兴趣，尤其对诗词楹联情有独钟。按律造句中，独享其趣；推敲吟咏中，自得其乐。田伟先生本是一位行政干部，退休前后开始加入这个队伍，入门虽晚，入道却快，从2011年春节参加全国性的诗词楹联赛事获奖开始，一发不可收拾，迅速在全国诗词楹联界脱颖而出，仅5年多时间，其作品在全国各种赛事中就获得等级奖60多项，被吸纳为中国楹联学会会员。2015年春节，中央电视台征集春联，他撰写的

"逐梦马声犹在耳，描春羊笔已出锋"入选央视优秀春联。

人生是一个过程，贯彻其中的是追求和精神。退休，堪称田伟先生的人生分界点。退休前，他是一位锐意进取、敢于担当、人去政声留的行政干部；退休后，他打破了"三十不学艺、四十不改行"的常规，在诗词楹联的天地里焕发出艺术的生命，成为声誉日隆的诗联家，迎来了人生第二春。沉溺于遣词造句，而喜之不禁；执着于吟诗撰联，而乐此不疲。诗词楹联于他，不只是退休生活的消遣与充实。"仗赤子胸怀，皴描春景；凭书生意气，抒发豪情。""濡毫学海描春景，瞩目蓝天骞大鹏。"第五届中青诗联网春联征集中，他的这两幅获奖作品可以说是他退休生活的写照。诗词楹联是艺术，也是学问。镣铐中跳舞，格律下吟唱，规矩里自由，是诗词楹联创作的基本要求。田伟先生潜心诗词楹联格律的研究学习，对待创作认真严谨，不敷衍，不草率。他不写顺口溜的诗词，不作不协律的联句。他的作品，平仄协调，对仗工整，格律严谨，中规中矩，没有失对、失粘、孤平、合掌等格律失调之病。

"情者文之经，辞者理之纬。"真情是一篇作品的灵魂，真挚的感情赋予优美文辞无限的生命力，正所谓"文辞所以饰言，而辩丽本于情性"。若无真情投入，诗词楹联容易搞成堆砌辞藻的文字游戏，即使协律合韵，读之空洞无物、空虚无味，也难以动人。田伟先生反对言之无物，厌恶无病呻吟。品读他的作品，健笔凌云，意气纵横；清辞丽句，神韵流转。抑扬有致的平仄中，是一颗曾为生民立命的基层小吏的拳拳之心；铿锵顿挫的节奏里，展示出淡泊名利、磊落正直的宽广胸怀；龙文虎脊的文辞下，让人看到"形在江海之上，心存魏阙之下"的退休干部热切盼望南宫文化发展、全面复兴的耿耿之志、殷殷之情。

朴素不失高怀，恬淡自有雅量。几十年人生路漫漫，田伟先生敏锐的判断力、干脆利落的讲话方式、果断敢当的办事风格，给人留下深刻的印象，爽朗的笑声每每对人都是一种感染。这些都转化为退休后的淡定，化作人生的真情，融入他的诗词楹联创作中。"弄彩挥毫，随心抹得青山艳；运功作法，着意点成碧野金。"二十多年的三农工作经历，没有让他变得世故圆滑，却培养了他的朴素与务实精神，使他对大地有一种深厚的感情；"修身格物三千秀，授业传薪一脉长。欲借东风追梦远，回龙亮剑续辉煌"。到南宫最高学府任职，淡泊明志，宁静致远，激发了他对文化传承的兴趣与追求；"高士登高，沐高风，畅高怀，高吟高诵高唐赋；雅才弄雅，寻雅句，流雅韵，雅览雅评雅雨堂"。退休后，他诗词楹联创作的艺术细胞得以激活。

悠久的南宫文化，丰富的人生阅历，真诚的处世态度，严谨的做人原则，凝聚到田伟先生的笔端，赋予他的作品一种厚重感，有境界，有真情，有味道。对家乡发展的赤子情怀，对大好河山的无限热爱，对历史文化的深刻思考，对人生价值的积极探求，凝成工整的律句，汇成清丽的诗行，化作隽永的韵味，令人含英咀华，如品佳茗，回味无穷。

律以修身而无私无欲，文以化人而无怨无悔。他边创作，边投身南宫历史文化的挖掘和公益文化传播，甘心做一名不计私利的文化义工。他是《联都论坛》网超级版主，《文化南宫》特约主编，《南宫晚报》文化专版特约编辑。他发起成立了南宫诗词楹联学会，当之无愧地担任主席。他在全国联界有很高声望，他组织的"中国南宫"纪念京剧大师尚小云先生诞辰115周年海内外楹联大赛反响强烈，征集作品数量多、质量高，促进了社会各界对尚小云高尚品德和尚派艺术的认识，提高了南宫知名度，受到尚长荣、尚慧敏等京剧界和楹联界名家巨擘的广泛好评。

律墨耀胜景，天人共氤氲。诗联与书法渊源深厚。中国米芾书法公园、西安市碑林区书院门楹联文化特色街区、泉州西湖公园、山东省图书馆尼山书院、山西介休吕祖阁、重庆大足石刻景区等全国多处名胜、景区镌刻着著名书法家书写的田伟先生的作品。

南宫文脉悠长，被明代大书法家邢侗赞叹为"文、篆、隶"三美的《隋南宫令宋君碑》，有南宫碑体书法之誉的《重修南宫县学记碑》，这些享誉全国的碑刻，都见证了南宫书法底蕴的厚重。书韵流长，当代南宫书坛，名家迭出，群星璀璨，流派纷呈。董毓明、马炎增、褚宝楷、李志杭、罗宗汉五位老书法家，艺品高标，人书俱老，乃艺之楷模；为人谦和，真诚无私，是人之典范。他们挥毫泼墨，对田伟先生的部分诗联作品进行了书写。律墨辉映，堪称南宫文化结晶；珠联璧合，抒写南宫文苑华章。

笔端自有沧桑气，彩韵犹衔日月晖。南宫诗词楹联学会成立时，田伟先生创作的一首七律给人留下深刻印象。珠落玉盘的声律中，诗情画意的境界里，是田伟先生心底无私天地宽的博大心怀，是五老书法家对南宫文化繁荣的殷殷深情，是南宫文苑众志成城、唱响南宫复兴壮歌的集体宣言：

文澜丕振势凌空，俊彦挥毫续大风。
联苑新苗经雨翠，诗坛硕蕾沐春红。
高吟盛世宏图美，劲舞凤城鸿略雄。
一任豪情追绮梦，复兴壮志贯长虹！

《南宫书画集萃》序

明代南宫举人白治在《顺性执笔图说序》中说:"书艺也,道存乎其间。"书画,乃为南宫深远历史文脉厚积薄发的一个窗口。

南宫是一方钟灵毓秀的华宝古地。唐尧时代,尧子丹朱隐居、埋葬南宫紫薇山时,就赋予了这块土地一种灵秀之气。在两千多年历史的风雨沧桑中,这种灵气化为一种不绝如缕的文脉。从南宫得名于西周八士之一的南宫适还是春秋时孔子七十二弟子之一的南宫适(也称南宫敬叔、南容)——两种南宫得名说法的争论,到汉高祖刘邦"尊周礼、敬贤人"而建立南宫县,从汉明帝刘庄肇建中国第一佛塔寺——普彤塔寺,到明代重修南宫子祠,这些文化事件,彰显出南宫历史文化底蕴的深厚。这条深厚的文脉,在抗战时期化为一种不屈不挠的精神力量,南宫儿女用热血和生命打造出一座闻名遐迩的冀南抗战红都。

书画虽小道,自古大雅存。南宫两千多年的历史,"风流总被雨打风吹去",但残存人间的书法石刻见证着南宫文化的辉煌与发达。隋开皇年间的《大隋南宫令宋君碑》(又称《隋定觉寺碑》),是目前全国仅存的10通隋隶碑之一,被素有"北邢南董"之誉的明朝大书法家邢侗称赞为"文绝、隶绝、篆绝"三绝;清朝桐城派名流张裕钊书写的《重修南宫县学记》

碑，蜚声海内外；清朝最后一个状元刘春霖书丹的《姜公神道碑》，为清末楷书之冠。这些彪炳千秋的书法大家与南宫结缘，并非偶然，他们为南宫的书画艺术发展推波助澜。主政南宫6年的邢侗，以文兴教施治，书画在南宫蔚然成风。南宫进士郑雍在《来禽馆集跋》中，回忆少时在邢侗所创的大槐馆中读书，"见馆中之一匾一联，恍见公之兴酣挥毫也"。而张裕钊的张派书法，因南宫县学碑被誉为"南宫碑体"，不仅流行于国内，并且远播日韩，2012年被河北省政府列入非物质文化遗产名录。质朴、方正、圆润的南宫碑体书法，成为南宫传统精神的一种象征。

南宫陆路交通发达，自古为南北、东西通衢要地。"旱码头"的交通区位，使南宫历史上商业贸易繁荣发达，南宫商人足迹遍布京津冀。他们在发展商品流通的同时，积极从事书画艺术品的收藏与交流，极大地促进了书画艺术在南宫民间的传播，提高了南宫书画艺术的品位，使书画在南宫形成了深厚的民间基础。

民国以降，南宫书坛画苑，英才辈出，蔚为大观。魏碑体书法风行，尤以张裕钊之南宫碑体为盛，闫丽天、王伯浮、姚景贤等俊杰在位，河润九里，泽及后人。贾秉章，字孟安，书画俱佳，山水、人物为一时之绝，与齐白石等名家交好，戏刻一章曰"石父（通甫）"。师延寿，擅画山水、人物，为收藏者之珍。荣哲民、刘玉芹、赵宗江等为新中国成立后书界贤才，功力深厚，韵味浓郁，当时南宫政府机关、工厂商号之名称牌匾多出自他们之手，久为人称道。王玄，曾与孙其峰同窗于北平艺专，好学善悟，书、画、文兼擅，堪称"三妙"，有多部民间文学遗作流传后世。闫少白，虽居乡间，笔耕不辍，书风恬淡悠远，耐人寻味。

二十世纪六十年代从"四清"到"文革"，是一个特殊的年代，文化受到摧残。南宫书画却因造化之功，与天津美院（当时为河北艺术师范学院美术系）结缘，得到了特殊的营养。1964年，正在天津美院任教的孙其峰、爱新觉罗·溥佐等名家，在南宫下乡达一年之久，与南宫结下深厚友谊，传播了艺术，留下了大量书画作品，至今令人津津乐道。而六十年代末，李大海、王洪信、马炎增、李长振四人，从天津美院毕业，被分配到南宫，更为南宫书画队伍注入了强劲的新鲜力量，提高了南宫书画队伍的整体水平。他们耐得住清贫与寂寞，积极传、帮、带，今日许多书画中坚莫不受益。

一夜春风，花开满园。桃李不言，下自成蹊。新时期以来，南宫书画，厚积薄发，开辟了一个新纪元。南宫碑体形成了浓郁的地域书风，但非一枝独秀。流派纷呈，风格多样，万紫千红，百家争鸣于南宫文苑。董毓明，乃当今张派书法主要传人，为发扬南宫碑艺术，不遗余力，任中国张裕钊书派联谊会会长，实至名归；马炎增，以画闻名，后专攻书艺，真草隶篆，无一不精，法度之外，自成一格，大气磅礴，酣畅淋漓；褚宝楷，以楷见长，字如其人，规矩内敛，德艺双馨；李长振，谦和从容，于画外兼攻书，松竹品高，尤以写意牡丹为佳，"笔端真国色，天香老更成"；李志杭、谢强，画兼中西，书擅多体，李师之山水、花鸟灵动深远，谢师之梅竹、山水高标绝俗，二人之油画展极见功力，细腻逼真；李俊超，行草最擅，放笔纵横，洒脱流畅，自成机杼，极尽形意之美。众多后学，孜孜以求，艺术精进，尤其是温士森、张韵，二人身兼书协、美协之职，发挥组联作用，恪尽职守，为编辑《南宫书画集萃》奔波辛苦，费尽心血。而黄耿卓、黄耿辛兄弟与大漠（刘中诚）、禹中斌等南宫在外知名书画家，桑梓情浓，更将南宫文名远播海内。惜乎！笔拙，难尽一时之盛；识陋，难免一管之见；纸短，难避遗珠之憾！

千秋笔墨写天地，万古丹青抒胸怀。新一届市领导提出，要重拾被遗落的文化瑰宝，挖掘南宫历史文化资源，弘扬南宫的历史文化、书法文化、姓氏文化、戏曲文化等，打造富裕南宫、和谐南宫、魅力南宫。生长在这片广阔深厚之文化土壤上的广大书画家和书画爱好者，欢欣鼓舞于盛世元音。这些人中有干部、教师，有企业家、个体工商业者，也有工人、农民，他们挥笔泼墨，传承南宫优秀文化；陶情冶性，发扬古郡红都精神。他们用笔墨抒怀，表达同心同德促跨越的心声；以丹青写意，描绘欣欣向荣创复兴的图景。书境昂扬，如鲜花着锦；画图斑斓，似烈火烹油。

"志于道，据于德，依于仁，游于艺。"收录到这部集子中的作品，正是新时期南宫书画人心声的写照。

是为序。

2013 年春日于菊室水轩

笔墨禅心

——《大漠书古禅语录》序

当功利主义盛行时,价值取向发生了颠倒,人的行为便产生了扭曲。一旦某种行为趋向功利,人的双眼和大脑便会被蒙蔽,心浮气躁下,破规矩,急就章,抄近路,辟蹊径,尤其在今天往往还能被冠以创新和与时俱进之名,更令当事人忘乎所以,飘飘然而不自知。

无疑,书法受此流毒颇深。书法,为汉字书写之法,兼具实用性和艺术性。随着艺术性的强化,当书法成为一门艺术时,如沈从文先生所言,"写字的艺术价值成为问题"。当代社会,除了婚联还有传统书写外,春联几乎成了印刷品,而日常办公、交流更是完全不用书法,使书法的实用功能丧失殆尽,成了专门的艺术。加上功利主义推波助澜,人们对书法竟一时大有趋之若鹜之势,各种书法家应运而生,笔墨泛滥,信手涂抹,甚至污人双目。当人们对许多所谓大制作的新编京剧质疑,提出京剧的本体价值,京剧应姓京之时,书法的本体所在何尝不值得人们思索?

对书法,我是外行;于京剧,我有些心得。数年前与书法家大漠的一次夜谈,至今记忆犹新。我把余叔岩先生的中锋嗓、提溜劲比作京剧演唱的梨园家法,按照这种法则演唱,京剧唱腔如同充满韧劲的线条,自有一种穿云裂石的空灵美。大漠则马上接转话题，引用赵孟頫"用笔千古不易"之语，从颜真卿的锥画沙，到怀素的屋漏痕，谈中锋用笔对书法线条的影响，并说书法的最大魅力在于线条。书法线条的弹性与京剧唱腔的韧劲，可谓异曲同工。数年来，大漠潜心用笔之法的中锋用笔，在提、按、顿、挫中致力于追求线条灵动的质感。

打开这本《大漠书古禅语录》，首先映入眼帘的是五彩的墨色、酣畅的线条。用笔的疾涩、藏露、顺逆、刚柔间，墨色的浓淡、润枯、深浅、轻重里，骨气洞达毫端，节奏流畅分明，韵律浑厚完满，其线条深得"一波三折"三昧，没有重复，绝无雷同。和大漠以前的作品相比，人们会发现，其线条依然生动，却多了几分朴拙；墨色依然鲜活，却多了几分静气。虽具"五车诗胆，八斗才雄"，其灵动的线条不是为书而书，没有张狂，更无躁气。飞扬的毫端下，是"听鸟说甚，问花笑谁"的思索，是"放开俗物，收住本心"的淡定，是"光阴一刻君勿扰，风华千年我问心"的不惑，是"青条不语抱幽贞"的洁身自好。欣赏这些作品，会感觉大漠已经超越了技巧，超越了才情，超越了形式，这些作品不单单是书法艺术的展示，更是其生命的感悟、灵魂的呓语。正如他自己所说："浮躁的现实中无力揭开内心的深处，只有为自己而书时，淋漓的墨点，才是真实的灵魂。"因此，大漠是一个书者，绝非书匠。

大漠好友、美术评论家李木心曾有一篇勾勒大漠的文章《吃喝玩乐，艺在其中》，为很多人所熟悉。生活中的大漠从不以书家自居，没有半点书家的架子和气派，也没有文人顾影自怜的清高自大。熟悉他的人，更感觉他是一个玩家，一个大玩家。大漠于茶、于酒、于紫砂、于玉石，情有独钟。他戏言："有茶有酒有书真富贵，无贪无嗔无痴假神仙。"大漠工作室位于北京马连道茶城的世纪茶贸中心,空气中挥之不去的都是茶香的味道,工作室自然经常高朋满座,品茗论道。大漠品酒、藏酒,更是小有名气,曾被山东电视台邀请做《酒话》栏目。偶尔,大漠会到江南,在紫砂上感悟书写之妙,人们往往为能收藏到一把大漠题字的紫砂壶而洋洋得意。从西北大漠到东海之滨,从天府之国到江南小镇,大漠收藏的各种玉石记录了他云游的踪迹。然而,大漠绝非附庸风雅,也没有经济的追求。好友相聚,惺惺相惜,必饮好酒,从不计酒钱。他曾得意于自己"一笔龙"的创意,以其为标志,专门到云南做龙的普洱茶饼,最后分得连自己都没有一片。茶香里,与陆羽会心;佳酿中,品味五粮精华;紫砂上,感受烈火与泥土的神奇;玉石中,触摸天地的灵气。"人生得意须尽欢,千金散尽还复来"的豪气,"游人五陵去,宝剑值千金。分手脱相赠,平生一片心"的真诚,汇集到大漠身上,化成养天地正气的磊落,化成"我学自然人学我"的天人合一,化成魏晋风度的潇散、盛唐胸怀的博大,化成真性情的诗意。

大漠具有一种诗人气质。欣赏其书法作品是一种陶醉,而观看他现场作书更是一种享受。每当作书时,纸张铺开,他常不计字数,不叠格,轻眼一瞥,已是成竹在胸,蘸墨挥笔,或疾或徐,不矜不纵,张弛有度,节奏分明,一气呵成,刹那间满纸云烟。他提笔而立,"为之四顾,为之踌躇满志"。刘熙载说:"气如良驷,驰而不逸。"大漠书法,恰是如此。正所谓,"意态由来画不成",字如其人,良非虚言。

每当夏季,便可看到根据大漠书法制作的"归一"文化衫。一般人对这件文化衫的喜爱,是推崇大漠书法。而"归一"包含着大漠对人生深入的思索和对传统文化深刻的感悟。

"归一,是一种虔诚的境界,是一种超越世俗、破除迷信的洒脱与智慧。"达摩面壁九年,终于悟得禅理。六祖慧能"菩提本无树,明镜亦非台。本来无一物,何处惹尘埃"的偈语,道破禅机。大漠一路走来,坚持"把字写好,把人做大",潜心做人与作书"无上妙法"的感悟。每每外出,遇到宝刹名观,一定造访,和不少高僧大德、道教名士结缘。"高怀见物理,和气得天真""真身已过凡间望,妙法不堪小智听",他陶醉于儒释道博大精深的智慧中,欣喜于"荡思八荒、游神万古""泼墨为山皆有意,看云出岫本无心"的"了凡"境界里。他的话语中常常机锋不断,"红颜当立命,白发去参真""书画不是独立的学问,是一个人思想高度的体现""我们不能在现实的生活中放任自我,就在艺术中肆无忌惮吧""人生就是一个等待的过程,在等待中重复等待""没有比虚心更高贵的气质,没有比觉悟更智慧的境界"等,比比皆是。这些大漠语录,闪耀着思想的光芒、智慧的火花。如同一个行者,大漠书法创作始终行进在思想的征途上。他把书法归纳为三境界:真功夫,真性情,真智慧。性情中人的大漠,把书法当作人生的修为、智慧的修炼,笔墨与线条是他思考和修炼的工具,其经常书写的"观远""道""参禅到家"等作品,与其说他在写,毋宁说他在思。笛卡尔说,"我思故我在"。对大漠而言,可谓"我书故我在"。"天地有大美而不言,四时有明法而不议,万物有成理而不说。"大漠孜孜于大美大智的追求与参悟,这本集子中大漠书写的古禅语作品,堪称人书合一、心手双畅,正是其探索书法大美、人生大智、人间大爱的结晶。

对刻意而为的现代书法,大漠不屑为之。随着书法实用功能的逐步消失,今天的书法审美发生了很大变化。许多书家故意剑走偏锋，刻意以拙为美，努力迎合世人，吸引大众眼球。大漠师古不泥古，趋时不媚俗，以一颗冷静的禅定之心，积极应对这种审美的变化。他犀利的目光注视到书法外在美对人们视觉影响的第一冲击力，睿智的心灵注意到人们对书法形式的关注。内容决定形式，形式表现内容，而在艺术中，形式有时也是内容。琳琅满目的书法作品挂满展厅，一幅作品首先能吸引人目光的往往是其独特的形式。大漠大胆探索适合现代人而非一味迎合现代人的书法创作形式，力戒形式主义。这本集子收录的部分独体字作品，正是大漠为此做出的探索。一眼看去，这些作品具有强烈的视觉冲击力，细细品读，打动人的更是其深刻的艺术感染力和巨大的心灵震撼力。这些作品没有排斥感官之欲，但感官之欲不是唯一，也非主要。当你的目光被这样的作品吸引过去后，那种感动与震撼会从眼睛直达心灵，让你驻足不前，欲罢不能。独体字书法容易卖弄笔墨技巧，视觉上的意义往往大于审美的意义。大漠之独体字仍把笔法、线条和境界作为主要追求，甚至因为笔画简洁，在这些作品中，他将书法的线条之美展示得更加充分饱满，其淋漓兴会的笔下，充满张力的线条里，鲜活着"苟日新，日日新"的艺术生命。特别是他书写的"一笔龙"，改纵势为横势，飞龙在天，呼之欲出，形神兼备，骨肉丰满，将书法的线条之美展现得淋漓尽致，中华传统文化的精气神跃然纸上，把独体字书法推向一个高峰，被人誉为"中华一笔神龙"，有"一笔神龙骋艺海，天下谁人不识君"之誉。如果说大漠的长篇书法作品，如同唐诗中长篇七古，汪洋恣肆，纵横捭阖，结构谨严，神气自畅，那么他的独体字作品则宛如唐诗中的绝句，笔简意丰，举重若轻，含蓄隽永，空灵悠远。从其"佛""禅""道"这些独体字的笔墨线条中，我们仿佛读到一颗妙悟的禅心。

　　大漠，是南宫文化的骄傲。南宫，古称南亭，有"躔分毕水古南亭"的诗句，春秋时为晋东阳之地，有三千多年的建城史和两千多年的建县史。东汉光武帝在此遇难成祥，其子明帝永平求法，摄摩滕、竺法兰两位印度高僧东来神州，先到南宫建普彤塔寺，佛教由此在华夏大兴。南宫历史上寺庙上百座，乃佛教圣地。忽然，我想：长时间生活于南宫的大漠是否得到了佛的启示、种下了慧根呢？

精神之旅　文化之思
——《大漠美国之旅》序

　　文化无高下之别，艺术无国界之分。不同民族、不同国家或有思维角度的差异、语言沟通的障碍、生活方式的不同，但对美的认知、美的追求、美的向往，却心有灵犀，越是民族的，越是世界的。所以，大漠在他的这篇游美体会中说，"世界上最宽泛的话题就是文化交流"。

　　二十世纪三十年代，梅兰芳第一次将东方雅韵——京剧带到西方世界的美国，令西方人欣喜若狂。大漠当然不是将中国书法带到美国的第一人，但他的"一笔龙"和独体"马"字仍然让老美惊诧，进而兴奋于中国书法艺术的线条美、大方气。2013年金秋，大漠书法"一笔龙"，先于其人到美，受到美国吉他之神杰夫·科曼的喜爱和推崇。而这次，以《与狼共舞》电影主题曲荣获奥斯卡最佳音乐和最佳音响奖而闻名的著名导演彼得巴菲特与他故交式的交流，比华利山庄市旅游局长 Ms. Julie Wagner 欲拜他为师的真诚，美方代表每次接受他的书法作品礼物时目光中无法掩饰的火花，更显出西方世界对大漠书法的认可，对中国文化的接受，也再次证明了艺术的相通。

　　近年来，大漠书法为越来越多的人所了解、喜爱、收藏，其书艺、作品得到文怀沙、张海等国宝级大师首肯，纷纷为其题词嘉勉，《齐鲁晚报》《中国美术市场报》《中国商报》等国内几大报刊对大漠书法进行了宣传报道，山东教育电视台对他进行了《大漠归一》的专题采访，播出后反响强烈，其"一笔龙"等书法作品于龙年和马年新春佳节，两度在北京北站广场的巨幅电子屏展示，成为京城春节公益文化的一道独特景观。

大漠书法，声名日隆。许多人熟悉大漠的书法，却不了解他首先不是一个书家，而是一个文化人。我与大漠，高山流水，转眼数度春秋。人生相逢，初识有缘，很长时间我竟不知他擅书。当时，我们海阔天空，谈论的多是孔孟老庄思想的深刻，唐诗宋词意境的深远，胡适、鲁迅等民国文人学识的渊博扎实，尼采、维柯等西哲思辨的犀利。我首先见到的大漠作品，自然不是书法，而是诗文。他曾是《京华时报》等北京几家报刊的特约撰稿人，先后发表数万字的各种诗文上百篇。长时间爬格子的辛劳，使他的身体状态一度欠佳。操弄翰墨，不过修身养性，我和他谈到书法时，他常以古语"翰墨小道，壮夫不为"表达对书法的认识。无心插柳，岂料下自成蹊，大漠书法之名渐渐超过了文名和诗名。有一位书坛老者曾评价：大漠是一个哲人、真人、诗人，然后才是一个书人。字为心画，大漠以佛学修身、孔孟处世，游于书艺，其书法凝聚着他对世界的理解、人生的思考。大漠书法作品，不断被老美喊 OK，就是因为其中有更多的东方文化内涵，鲜明地体现出中国艺术精髓和中国文化精神，让西方人产生了心灵的共鸣。

大漠推崇汉魏风骨，追慕魏晋风流。文章本天成，妙手偶得之。他从不矫情，不屑于"寻章摘句老雕虫"，嬉笑怒骂，皆成文章。我们大家看到的这篇《大漠美国之旅》，洋洋洒洒，两万余字，其叙述方式的跳跃急转、语言表达的自然畅美，别具一种天马行空的诗味和水流石上的恬淡，让我们见识了他的

锦绣文采。其中,有两首五古:

寒冬夜沉沉,千里探慈亲。
家书言病重,飞车正驰奔。
突闻噩耗至,双目泪涔涔。
从此高堂上,再无唤儿人。

这首诗颇有汉魏之风,记述赴美前突闻丧母噩耗的感受,朴实而真挚。读至此处,我的心头不禁生出一种酸酸的感觉。

甲午孟春中,冲天下米城。
天姥之上三千尺,万里之外东瀛东。
穿云时空变,越洋夜换明。
人生何渺渺,隔窗话苍穹。

此诗抒写了飞翔九天、美国转眼目前的新奇与兴奋,读后令人顿生宇宙浩瀚、天人合一的开阔大气之感。

就如大漠此次访美,不为镀金,更非游山玩水、走马观花一样,他的旅美游记流露出的灼灼文才也不是哗众取宠的卖弄。整篇文章,贯穿一条思考的红线,处处闪耀着思想的光辉和哲理的光芒。所以,他才会:"几个小时行程还没有感受到身心的疲惫,在思考中到达目的地。""去的这个地方绝对不仅仅是为了观光,因此它的风景淡出我们的视野。"无论是在斯坦福大学对教育制度的思考,"培养人才还是培养机器才是制度的本质所在",还是来到世界赌城——拉斯维加斯,"我们第一次感受到城市的奢华,感受到狂欢不夜城的冲动",抑或"在加州我们见到了三个人造的庞然大物,让我感觉这是最有诗意的创造,人类的经典取决于神奇的想象",大漠游美感受到的都是另一种文化的存在，思考的是东西方文化的差异和交流的可能。"我们在浩浩荡荡的世界潮流中做了一次体验，但我们都有自信，对未来的文化交流，这个体验仅仅刚刚开始。"

大漠书法，被同去的齐鲁影业作为礼物送给美国尼克松图书馆、好莱坞灯塔传媒集团等重要场馆和单位收藏，受到极高的礼遇和接待，"他们收藏的场馆是最有代表意义的地方，他们展示的地方也是最能体现文化含义的地方"。大漠因而被授予"洛杉矶荣誉市民"，但他没有"大漠到此一游"的沾沾自喜、洋洋自得，而是更加冷静，更增添了从容的自信。因此，我们有理由相信，"用这里的风沐浴我们，用这里的水洗涤我们"之后，大漠视野必将更加开阔，大漠书法艺术必将更上一层楼。

龙虎风云英雄气

——《大漠、刘相训书画集》序

位于京南、全国最大茶城马连道的大漠书法工作室——一苇草堂,乃文人雅集之所,高士际会之地。群贤毕至,或挥毫泼墨,或和琴放歌,或品茗论道,半口云扫地,一盏茶漫天,霎时一片云蒸霞蔚,气满沙龙。

"两国交锋龙虎斗——"。冬日,京韵飘荡的一个下午,著名书法家、京剧评论家、编导马铁汉,京剧大师李万春先生弟子、书法家洪和昌,与书法家纪大年、毕亚弟的琴声京韵使寒冬中的一苇草堂充满了浓浓春意。一段非常经典的京剧《失街亭》唱段,如同他们所品之普洱古树,味在其中。这些人中,一位鹤发童颜、银髯飘飘的老者非常引人注目,他面带笑容,时而击节点头,时而鼓掌叫好。他就是在中国有"虎侠"之称的著名画家刘相训先生。在其背后,悬挂着他与草堂主人、以"一笔龙"誉满华夏的书法家大漠合作的一张五虎图,画面上刘先生以淡墨绘就的五只老虎栩栩如生,仿佛带着一阵英风、一团生气扑面而来,而大漠题写的款名"五福吉祥",飘逸洒脱,与之相得益彰。

龙与虎,中国传统文化的两大图腾,是中华民族沟通人神、连接天人、祈福辟邪、生生不息的最具特色、最为长久、最有影响力的一种文化现象。龙,马首、蛇身、麟趾,是在人们想象中逐渐完善、丰满的神物。黄帝鼎湖丹成而乘龙升天，群臣攀龙髯而随同升天。虎，山林中的兽王，一啸风生谷，睡卧草木惊。无论是想象中的龙，还是威震山林的兽王，都被赋予了人的精神，而成为中国书画的重要题材。

曹操与刘备，青梅煮酒，以龙论当世英豪："龙能大能小，能升能隐；大则兴云吐雾，小则隐介藏形；升则飞腾于宇宙之间，隐则潜伏于波涛之内。方今春深，龙乘时变化，犹人得志而纵横四海。龙之为物，可比世之英雄。"陈抟则有"开张天案马，奇逸人中龙"的句子。

庄子说：尸居而龙见，雷声而渊默。大漠，在大家看来虽是大书家，却不以书法拘束自己的人生。醉心儒释道，尤钟老庄，更喜藏书，一条古籍书店喜得宋版道德经的微信，竟引得众多朋友前去购买，使得书店脱销。对茶和酒，品鉴有方，曾受邀在电视台录制《酒话》节目。研究美术史的朋友，戏谑他"吃喝玩乐，艺在其中"。大漠把自己的人生思考融入书法创作中，他对线条的理解、对顿挫的把握、对笔墨的追求，在不经意间，行云流水，自成高格。大漠工作室在北方最大的茶城，经常书写"茶禅一味"，自有其对茶、对禅、对书法的思考和感悟，深得茶文化之精髓。不拘小节、放荡不羁的狂气，不喜张扬、谦虚为怀的和气，放开俗物、收住本心的真气，不慕虚名、不求功利的清气，正直端庄、修身立命的正气，诠释着集于大漠一身的儒释道。国学大师文怀沙总结茶文化的精髓为正清和，正是儒释道的融合，当文老看到大漠的书法作品，了解大漠的经历和思想，欣然命笔题词，就不足为奇了。

"天行健，君子以自强不息；地势坤，君子以厚德载物。"以草书见长的大漠，对龙有更多的思考与表现。近年来，他以

"一笔龙"蜚声书坛,纵横天地间,从首都北京到大洋彼岸,名扬天下。其一笔神龙,改纵为横的取势,表现出神龙见首不见尾的大智慧;线条的张力和笔墨的酣畅,体现出刚健有为的人生态度;空灵简洁的布局,自有"岁晚或相访,青天骑白龙"的超脱。

虎,威猛霸气,英姿雄风,品性凶悍,额头上那个与生俱来的"王"字,代表了百兽之王的形象。《说文解字》称:"虎,山兽之君也。"《风俗通义·祀典》曰:"虎者,阳物,百兽之长也,能执搏挫锐,噬食鬼魅。"沙场有虎将,危难见虎臣,将门出虎子,虎在中国文化中成为刚勇威猛、驱凶辟邪、镇鬼禳灾、吉祥如意的象征。虎,是大家喜欢的形象,但在纸上以水墨展现虎威、虎气非常难,故有"画虎画皮难画骨,画虎不成反类犬"的说法。

刘相训,字浩如,当代画虎大家。1935 年出生,山东省烟台市人。1960 年毕业于鲁迅美术学院版画专业,1981 年投师慕凌飞先生,研习"大风堂"艺术,斋号"牧虎苑"。现为中国美术家协会会员,大千艺术研究院院长。刘老的求学之路并不平坦,凭着对绘画事业的韧劲和对母亲的孝心,打动了张大千先生弟子、画虎大家慕凌飞先生,终于得以慕门立雪。

在一苇草堂见到刘先生的第一眼,感到不愧为画虎大家。他就是一只虎,身材高大,气色红润,精神矍铄,声如洪钟,步履矫健,走路如虎步生风,其硬朗的身体、饱满的精神,令人有虎老雄心在的感慨。虽已 80 高龄,依然走南闯北,办画展,交朋友,开眼界,虚怀若谷,虎在心中,气定神足,意在笔先,下笔有神,虎跃纸上,人称"虎侠",实至名归。他在《牧虎苑文萃》的后记中写道:"过去已成为历史,今后仍属于自己。今天的回头看，是为了明天坚定地向前进，当我看到感到现实中的不足，就不能抱残守缺，更应当发奋图强，争分夺秒，迈出更大步子，攀登更高的高峰，祈盼在80岁、90岁诞辰之际，拿出最新最美的画作与大家见面。"

悲鸿先生讲"写马必以马为师，画鸡必以鸡为师"。刘相训先生把"老虎是吾师，我是老虎友"作为自己的座右铭。他除了临摹恩师的作品，就是观察虎。他不仅去动物园观看老虎，还到黑龙江横道河子猫科动物培育饲养中心观察虎的生活，与虎结友，和虎结伴，揣摩虎的一举一动，了解虎的习性。因此，他画的虎不仅造型生动，线条、笔墨体现出相当功力，富于时代感，充满了现代绘画的语言，且威猛而不狰狞，既有威严的一面，也有亲情的一面，画出了虎的精神气质，画出了虎的独特之美。陈传席曾为人画虎图题名"雪满山中高士卧""月明林下美人来"，刘老之虎，颇具其中三昧。

龙虎相遇，势均力敌，你争我斗，一决高下。京剧中就有骨子老戏《龙虎斗》，以龙喻宋主赵匡胤，以虎喻黑虎星呼延赞，龙争虎斗，演绎忠奸善恶。鲁迅先生在《阿Q正传》中，写阿Q好以"手持钢鞭将你打"为口头禅，则学的是绍剧《龙虎斗》。

"龙，德而正中者也。""大人虎变，虎变威德，折冲万里，望风而信。"龙虎之威，在于精神，对龙虎的推崇，非叶公好龙，更非狐假虎威，所谓龙虎英雄气，道德圣人心。无论是龙吟虎啸、龙盘虎踞、卧虎藏龙、龙腾虎跃、龙潭虎穴的成语，还是"虎行风捷猎，龙睡气氤氲""龙韬何必陈三略，虎旅由来肃万方"的诗句，龙虎恰如一对英风飒爽的兄弟，相得益彰，合合生威。虎的威猛注入龙，则龙行虎步；龙的精神赋予虎，则如虎添翼。《重阳真人授丹阳二十四诀》："丹阳又问：何者是龙虎？祖师答曰：神者是龙，气者是虎，是性命也。"

当今，热衷书画成风，然而附庸风雅者多，对龙虎题材作品的追捧，多求富贵平安。对于以"一笔龙"闻名的大漠和"虎侠"刘相训，自然追求者甚多，每每有求书、索画者以左青龙、右白虎之意命题，他们都不屑一顾。

大漠和虎侠，一少一老，相识虽短，惺惺相惜，神交已久。二人心有灵犀，笔底联手，他们合作的龙虎图，可谓珠联璧合。打开画卷，观龙腾纸上，看虎跃尺幅，龙行虎步，如虎添翼，既有龙戏千江水的潇洒，又有虎登万重山的豪迈，线条中见阳刚，笔墨间蕴精神，顿时生大气于纸上，气壮山河；起风云于尺间，云满乾坤。

《重修南宫县学记》跋

2012年1月,"南宫碑体书法艺术"被河北省政府列入河北省非物质文化遗产名录。南宫,历来重文教。南宫碑者,《重修南宫县学记》碑也,为清德宗光绪十二年(1886年)时任南宫县令李传棣主持重修南宫县学后,请著名学者、教育家、书法家张裕钊撰文并书丹之记事碑。该碑鲜明地体现了张裕钊书法碑帖融合、内圆外方、疏密相间的艺术风格,遂有"南宫碑体"之说。

南宫碑身高2.4米,宽0.89米,厚0.25米,以优质青石刻成。碑额雕二龙戏珠,中间篆书阳刻"重修文庙碑记"。碑文楷书13行,共650字。该碑现立于河北南宫中学,保存完好,为河北省重点文物保护单位。

张裕钊(1823—1894年),字廉卿,号圃孙,又号濂亭,湖北武昌(今鄂州市)人,晚清桐城派大儒。他自言"于人世都无所嗜好,独自幼酷喜文事",毕生研究训诂,精通古文经义,诗文著述丰厚,深受曾国藩赏识,为"曾门四弟子"书文之首。一生淡于仕宦,曾主讲江宁、湖北、直隶、陕西诸书院,桃李满天下,范当世、张謇和日本宫岛咏士等俱是杰出代表。南宫碑即为廉卿先生主讲保定莲池书院时所书。

廉卿先生处于帖学渐衰、碑学兴起时期,书法独辟蹊径,熔北碑南帖于一炉,与康有为、华世奎、郑孝胥齐名,并称近代四大书法家。《清史稿》记载,他"精于八法,由魏晋六朝上窥汉隶,临池之勤,未尝一日辍",融诸家之长,书法渐入佳境,独成一体。其笔法以中锋为主,融入篆籀笔意,方中带圆,圆中见方,方圆自得,无限丰神中深蕴筋骨,高古浑厚里颇有内敛刚健之气。结体内紧外松,上紧下松,放中有收,含而不露,极具内在之张力和气势。康有为对廉卿先生书法推崇备至,认为其书法"雄视古今""千年以来无与比""集碑之大成"。章太炎则赞叹"先生书世传宝,得此真如百斛明珠,尤与他人相绝"。先生书写南宫碑时,虽六十四岁,其书已达炉火纯青之地步,多被后人称为"南宫碑体",良有以也。

南宫碑,文华灼灼,旧志称其"文字双美"。廉卿先生生逢封建末世,革新图强之声日盛,其南宫碑文堪称一篇抨击腐朽科举教育制度之时代檄文。他深知"天下之治在人才,而人才必出于学",主张废除"其弊已极"的"八股之文",倡导"明体达用之学",立论鲜明,结构严谨,笔锋犀利,顿挫有致,如珠落玉盘,江河东流,文采熠熠,文心拳拳。他希望"师儒学子""能闻斯言而皇然兴起",则"风会之变、人才之奋,未可以意量也",令今人读之仍意动神随。

南宫碑颇受金石与书法爱好者喜爱。民国前后,拓本即风行海内外,京沪书肆多有出售。坊间拓片书帖有多个版本,质量参差不一。尤痛心者,1927年10月豫北红枪会攻占南宫城,南宫碑惨遭枪击,留下弹痕,致碑之第七行缺一"取"字,第八行缺一"之"字,造成此后拓本难免瑕玉之憾。此次影印出版以清末民初精拓存本为底本,碑文无一字缺损,为精拓善本。

2017年7月9日

《文化南宫》发刊词

踏着春天的脚步,和着春风的节拍,沐浴着夏日的激情,伴随着夏日阴浓、叶翠花明,《文化南宫》问世了!

地处冀南平原腹地的南宫,为黄河古道所经之地,曾是游牧民族和农耕民族的交叉地带,两种不同的文明在这里交融,崇礼尚德,崇文尚武,蔚然成风。南宫,得名于西周八士之一的南宫适("世称"武南宫")还是孔子七十二弟子之一的南宫适(亦名"南容",世称"文南宫")的争论,或许从某种程度上能折射出南宫两种文明的悠久。

微峦叠翠、丹朱古墓、扁鹊旧封、义姑遗烈、风亭麦饭、彤塔凌云、平岗凤矗、泮水芳莲、石佛精庐、古槐插汉,这些融历史底蕴与自然风光为一体的江山胜迹,在明清时代被誉为"南宫十景",堪称南宫悠久历史、深厚文脉的缩影。物换星移,斗转春秋,胜迹已湮没在历史的风烟中,这些洋溢着诗情画意的名字,依稀带着历史的风流,为人所津津乐道。

从传说中寓居南宫的丹朱被誉为"千古围棋第一人",到后底阁佛教遗址中南北朝时期造型艺术精美的佛像,从当今非常少见的以隶书丹的隋定觉寺碑,到明朝大书法家邢侗任南宫令留下众多书坛佳话,南宫,注定是一方文化艺术的灵秀之地。清末曾国藩四弟子之一的张裕钊撰文书写的《重修南宫县学记》碑文,是"集碑之成"的典范,其书法被后人多称为

"南宫碑"体。作为京剧大师尚小云的故乡,南宫是名副其实的京剧之乡。

"胜日寻芳泗水滨,无边光景一时新"。在全面深化改革的新时期,在挖掘弘扬南宫优秀传统文化、提高南宫文化软实力、促进南宫复兴的背景下,《文化南宫》应运而生。《文化南宫》与春夏秋冬同步,暂定为季刊,由南宫市文广新体局、南宫市文联主办。《文化南宫》以人文情怀、海纳百川、慎独思远、弘扬文化为宗旨,以打造文化南宫名片为目标,以坚持高端精品为原则,初设文化时空、有凤来仪、大地行吟、清茗闲品、塔影佛光、风物拂尘、红色记忆、东方雅韵、南宫碑艺、南亭英华、人物春秋、走出南宫、南宫十景、翰墨丹青、武林梦华录、按律阁、尚品轩、黄氏兄弟艺斋等栏目。《文化南宫》将努力成为大家对南宫文化探赜、索隐的阵地,寻芳、行吟的窗口,唱和、交流的湖滨,倾诉、表达乡愁的小园。

"东方风来满眼春"。中央深化文化改革,促进文化大发展、大繁荣的决定,南宫市委、市政府高度重视文化的举措,恰似一股强劲的东风扑面而来。在这春风中诞生的《文化南宫》,欢迎社会各界和在外乡友不吝赐稿。"泉眼无声惜细流",让我们共同浇灌、呵护,打造"映日荷花别样红"的南宫文化风景线。

1938年春天,宋任穷带领八路军129师骑兵团进驻南宫时,从太行山移植来一棵海棠。恰似如火如荼的冀南抗战一样,这棵海棠在南宫生根、开花、结果。"春风用意匀颜色",每年春天,这棵海棠都会开出艳艳花朵,至今长盛不衰,成为冀南历史最长的一棵海棠,也成为冀南红都——南宫的一道独特风景。《文化南宫》,必将如同这株海棠一样,根深叶茂,花枝繁盛。

《婚丧礼俗述要》三版序

孔子曰:"不学礼,无以立。"礼,作为中华文明的外在表现而延续两千余年,中华礼仪之邦,根脉深厚,源远流长。

中华文明强调人之所以为人,核心是仁,乃人内修于心的应有之意,礼则是外化于行的必然要求。和仁相比,礼看得见,摸得着,易操作,便施行,能够有效营造和美的现实社会生活秩序。当一个人还没有在内心深处达到仁之境界时,用礼来约束行为无疑能快速达效。礼有多种,而作为家庭最基本的婚丧之礼在齐家中起着非常重要的作用。婚姻,意味着一个新家庭的组建,是父慈子孝、夫妇有别、兄友弟恭人伦传承的关键点;丧礼之仪是慎终追远、民德归厚的中华孝道文化的一个重要体现。两者对稳固五伦关系和社会教化起着重要作用。儒家讲修身、齐家、治国、平天下。婚丧嫁娶,红白喜事,堪称家之大事,古代操办婚丧之事时,规定了必要的仪礼,让人在这些仪礼的体行实践中感悟仁,认识仁,实施仁,修为仁,以达齐家之目的,实现家之仁和。

我国正在建设法治社会,传统仪礼在构建和谐社会、融洽人际关系方面仍有重要作用,不可全盘否定。在实施中华优秀传统文化传承过程中,传统婚丧礼俗应正确对待,这正是我们第三次印行《婚丧礼俗述要》的目的。

南宫,古为晋之东阳,为尚德崇礼之地。编著者董毓明先生，谦号东阳村夫，正直诚敬，仁厚长者，行事有古风，书冠全国南宫碑界，兼具京剧造诣，是优秀传统文化的身体力行者，乃仁者寿的典范。他腹笥丰赡，尤其对历史掌故、婚丧礼俗，如数家珍，以对传承优秀传统文化的拳拳之心整理、编著了这本《婚丧礼俗述要》。

谨祝董老健康长寿。

太极文化的传播者

——《南宫老年太极拳学会纪念集》序

20世纪90年代后,南宫先后被当时的国家体委和文化部命名为"全国武术之乡"和"中国民间文化艺术之乡"。凡被冠以"××之乡"者,在于这种技艺在该地域的源远流长和高度普及。庞大的队伍,众多的从事者,人人既是参与者,也是传播者,构成浓厚的文化氛围,技艺从个体走向群体,从个人走向地域,从个人自发成为文化自觉,因而技艺也转化为文化,技术的修炼促成一种文化的养成。南宫市老年太极拳学会从无到有、从小到大的发展壮大历程,正是对此生动的诠释。

维系一个武术群团组织生存的纽带和生命线,不仅在于修炼,更在于传播。促进一个武术群团组织壮大的关键,正是传播的自觉。30年前的20世纪80年代末,在强身健体的强烈动机下,时任体委主任刘明沐的身体力行、率先垂范,退休拳师徐英台的认真教习,几名退休职工的积极参与,促成了南宫老年太极拳学会的诞生。闪转腾挪中,他们强健了身体;导引吐纳里,他们提升了境界。在老年社团组织新老更替的自然规律面前,正是依靠境界的提升,达到了传播的自觉,实现了队伍的壮大。他们通过以加补减,实现变减为增,保持了长盛不衰的态势,使学会从初创时的几个人发展到今天的200多人。

庄子说："指穷于为薪，火传也，不知其尽也。"老年太极拳学会发展壮大之路，是一条生生不息、绵延不绝的传承之路，是一条蜡炬成灰、薪尽火传的奉献之路。传承是主题词，奉献是主旋律。从学会开始创办时的徐英台，到现在的张彩霞、史连芹，众多的老师不计报酬，他们燃烧自己照亮别人、光耀太极路的故事，令人感动。尤其是刘明沐，20年如一日，天天是星期天，天天又没有星期天，一直为学会的活动与发展而奔波、操劳。重阳节的节目编排，集体汇演时的服装，早晨练习用的音响，太极进校园的教学内容……一件事就是一个故事，其中甘苦唯自知；一个问题就是一场奔波，几多心血换笑颜。他既是学会的组织者，也是学会的义务教练员，还是学会的义工。扫帚换了十几把，一把铁锨磨得亮又亮，秋天扫落叶，冬天扫积雪，平时扫垃圾，每天早晨亲自打扫好场地。在熹微的晨光中，伴着悠扬的古曲，义务教学便开始了。教授内容不断丰富，从原来的每班教三趟拳、两趟剑，到近年又增加一趟拳、一趟太极功夫扇，吸引了更多的人向他学习。他义务教授，不取报酬，一年一班，至今已办班20多期，保证了学会的变减为增、不断壮大。

对垂髫之年的孩童，老年太极拳学会的这些老人，既有爷爷奶奶对于孙辈的疼爱与关心，也有培养太极接班人的责任与紧迫。从2013年开始，他们深入南街小学，开展太极进校园的活动，至今已培养出3个年级班，每个年级班含3个教学班，共600余名学生。春风化雨，润物而无声，白发垂髫，并怡然自身。这些孩子在太极爷爷、奶奶的带动下，感受到太极文化的魅力，在刚柔并济、行云流水的动作中，感悟中国功夫，于天真烂漫、无邪无忧的童年多了几分沉稳和传统文化的积淀。

无论是夕阳西下的湖畔，还是朝霞满天的广场，一群身形沉着而稳健的太极老人，鹤仪落落，静如水，动如风，成为南宫——全国武术之乡一道永恒的风景线。

《南宫风物志》序

南宫位于华北大平原腹地，一马平川，沃野广阔，阡陌纵横，交通便利，物产丰富，商贸繁荣，有"金南宫""旱码头"之誉。这里是一方适宜人们生存居住之地，围棋始祖、尧的儿子丹朱在这里栖居、安息，西周开国重臣南宫适和东周孔子弟子南宫适给这里留下了南宫姓氏与南宫地名渊源的千古之谜。优越的自然环境，便利的交通条件，富饶的经济物产，也使这里成为一座兵家要地。巡河北的刘秀在这里躲避风雨，遇难成祥。靖难之役后的燕王朱棣，易服败逃，于此躲过一劫。抗战时期，八路军129师以南宫为中心创建了冀南抗日根据地，迅速打开平原敌后抗战局面，冀鲁豫边区省委、冀南军区、冀南行署、冀南日报社、冀南银行等冀南党政军经济文化领导机关先后在南宫成立，南宫一时风云际会，成为冀南首府。

阳光伴风雨时至，幸运与灾难并存。宋绍熙年间，南宫为黄河故道，母亲河滋养了这片土地和这一方人民。而黄河改道，衡漳泛滥，县城被淹，也给这座千年古城增添了沧桑。数千年的历史风雨激荡，使这里的人民形成了尚德重义、崇文尚武之风，积淀了深厚的历史文化底蕴，形成了源远流长的佛教文化、姓氏文化、围棋文化、武术文化、京剧文化、书法文化和红色文化，使南宫成为全国武术之乡、中国民间文化艺术之乡、中国羊剪绒毛毡名城、中国羊剪绒之都、全国棉花百强县市、中国棉花之乡、河北韭菜之乡。

"风物长宜放眼量"。浸润了3000多年历史风雨的南宫大地，留下了南宫人民悲欢离合的欢欣与苦痛，也积淀了无限深厚的风物，这些风物带着南宫人深深的印记，承载着南宫人的思维、审美与生活习俗。南宫是冀南平原中心地带，这些风物具有鲜明的冀南特色，在一定程度上代表了冀南。对这些风物进行整理，于当下和将来都具有非凡的意义。无疑，这也是一项浩瀚的工程，有自然，有人文，有经济，有文化，整理这项工程需要广博的学识、深厚的学养，更需要为家乡立言的担当，受得了和耐得住梳理资料的辛苦与寂寞。因此，事虽重要而无人问津。

有着从戎经历的旭光同志，在部队期间就有深深的文化情怀和文字功底。于中国人民解放军第二炮兵工程学院就读期间，其文章就被《火箭兵报》采用，从而步入新闻报道及文学创作行列。毕业后在部队从事专职新闻报道工作，又到《火箭兵报》《长缨》《中国社会报》要闻部深入学习新闻写作知识，如虎添翼。十多年间，他勤奋写作、笔耕不辍、在各级报刊发表各类新闻、文学作品400余篇(幅)。2019年7月到南宫市图书馆工作后，更是如鱼得水，为读者提供阅读服务，不分节假日，乐此不疲。他用兢兢业业的工作传递公共阅读的正能量，他的认真与执着，给大家留下深刻印象。2020年，他又知难而上，编纂《前高庄村志》和《南宫风物志》，为南宫这方水土立传，为南宫人民立言，做了一件功德无量的好事，必将在南宫文化史上留下华彩。

是为序。

2021年4月29日晨兴

《古调今弹》后记

王元化先生根据人类文化学的观点,把中国传统文化分为大传统与小传统,大传统指历代思想家、精英人士所创造的高层文化或高雅文化,小传统即民间文化,包括谣谚、格言、唱本、评书、神话、小说、戏曲、宗教故事等,两个传统相辅相成。作为小传统的京剧,它是大传统的媒介,也是大传统的载体。我是一个爱好和涉猎较广的人,迷京剧,习书法,喜史哲,好诗文。同时,我也是一个喜欢思考的人,并未仅仅停留在爱好的层面。众多爱好与思考围绕着一个中心,就是京剧。从众多视角观照京剧,更加深刻认识到其博大精深的内涵;在对京剧的思考中,感悟其他门类的传统文化,往往有新的体会与灵感。

中国传统文化最大的特点之一是人本主义,在对以京剧为主的众多喜好的思考中,我找到了一个统一点,就是做人。做人的道理,处世的原则,生命的激情,事业的追求,皆从中汲取营养。迷恋京剧数载的我,深深感到,京剧不是休闲,已经远远超过自己感官和审美上的愉悦。每当悠扬的丝竹响起,清越的唱腔唱起,一种做人的自信与豪气便会油然而生。规矩为人,大气处世,真诚交友,实在做事,是京剧给予我最大的感悟与收获。因此,对京剧的痴迷,不仅未让我"玩物丧志",反而使我永远保持对工作和事业的勤勉,对朋友和同事的真诚，对生活和人生的激情。

本书写作、编辑和出版的过程，也是众多前辈、师长和朋友对我提携、支持与帮助的过程，是让我感悟、体会和享受人间大爱的过程。敬爱的毛泽东主席之女李讷女士，原中共中央办公厅副主任、中顾委副秘书长、邓小平办公室主任郝盛琦先生，原中共中央办公厅副主任、中央秘书局局长傅西路先生，欣然命笔题词；国宝级京剧研究家、首都医科大学生物工程学院名誉院长刘曾复教授以96岁高龄审阅了全部书稿，用"高级"二字给予了高度评价，并提出了意见；中国剧协研究室主任、著名戏曲评论家崔伟老师在百忙中慨然为本书撰写序文；著名书法家严太平老师不顾繁忙，题写了书名；青年书法家、文艺评论家大漠为本书的编辑出版付出了大量心血，并题写了书中每个专辑的标题。对以上各位和其他给予本书出版关心、帮助的朋友，表示最崇高的敬意和最诚挚的谢意！

笛卡尔说：我思，故我在。这本小集可算作我思的小结，也是我精神生命存在的物化。其中难免存在浅薄、粗陋之处，期待着您的批评与指正，撞击出我的思想新火花。

2008 年 10 月 26 日

鹊山文化广场记

　　鹊山,亦名龙岗,春秋属晋之东阳,明清县志记载,太行余脉也。赵魏韩三分晋,因治愈赵简子,赵王封南宫四万亩田予扁鹊,后于龙岗之上建扁鹊庙以世祀。山、庙、村,俱以扁鹊名,龙岗因之亦名鹊山。元重修时,乡贤、国子监博士康继礼撰《扁鹊庙记》碑文述其大概。庙旁所建昭慧灵显真人庙(俗名虫王庙),又称昭慧明灵王庙,以祈年丰、兴教化也。乡贤、金代乡贡进士吕仲孚有《昭慧灵显真人庙记》碑文,元代张玭有《重修昭慧明灵王庙记》碑文记之。鹊山,道之宝地,医之圣地,民瘼之福地也。两千余年,风雨如磐,山虽平,村易名,文脉不绝也。南旧城村党支部、村委会,以人文为怀,邀有识之士,钩沉索隐,探蛛丝于史海,访遗迹于荒草,延根脉以求叶茂,承前贤而启后人,立龙岗碑,修虫王庙,鹊山文化广场蔚成风景。总其成者,王丙建诸君,勒石记之,以垂永久。

诗词杂感

一、天涯若比邻

杨柳依依的江边，一对好友挥手告别。秋叶飘飘的离亭，一双故交握手而散。长路漫漫，山高水阔，此去经年难以聚首，甚至终生难再会面，阳月南飞之雁也难传音信。生离死别。对好友亲朋来说，这该是怎样一种痛苦？

然而，王勃告别远赴四川的杜少府，安慰好友"海内存知己，天涯若比邻"，何等洒脱！被贬龙标县尉的王昌龄，送别柴侍御时微笑着说，"青山一道同云雨，明月何曾是两乡"，何等乐观！王维送别沈子福，远赴江东，忽发奇想："惟有相思似春色，江南江北送君归"，多么美丽的想象，多么蕴藉而深厚的感情！这一切送别，哀而不伤。"送君不觉有离伤"，决不是古代因交通不便、通讯不畅而造成的一种无奈。这乃是一种纯真的至情呢，诗人的心有如天地般博大广阔，好友无论走到哪里，其实都没有走出自己的心中啊，哪怕天涯海角，哪怕大漠高原。所以，没有哀伤，没有忧愁，不会低迷，更不会落泪，好友就在比身边还近的心中啊！真是道是无情却有情！哪像现在，现代交通的便捷和通讯的发达，缩短的只是时间和空间距离，而人心的距离却没有缩短。

明月之夜，马鸣萧萧，杨炯依依送别好友，"送君还旧府，明月满前川"。那洒遍山山水水、村村落落的美丽月光，不就是诗人对好友深深的关切之情么？那月光、那爱意，无所不在，无处不有，照亮了好友的归路，充满了乾坤宇宙……

二、但愿人长久

> 我欲乘风归去，
> 又恐琼楼玉宇，
> 高处不胜寒。

官场失意，兄弟离散，在本该家人团圆的中秋月夜，想起七年未见而不能见的弟弟子由，孤独的苏子瞻有些神往没有烦恼的月宫仙境，可又担心天宫虽美太寒寂，会更孤独，还是留在人间吧："起舞弄清影，何似在人间。"虽不无惆怅，却以超然豁达的思想排除忧烦。天上月，人间情，本是统一的，一样的美好。他体会到一种超越时空的永恒与博大。

> 人有悲欢离合，
> 月有阴晴圆缺，
> 此事古难全。
> 但愿人长久，
> 千里共婵娟。

这是一种对人情与人性美好领悟的超脱。其中，有淡淡的惆怅。惆怅是一种美，是一种感悟人间真情的人性之美。走出惆怅，如同冲出云遮月的朦胧，就会进入一片月朗天晴的澄空之境，当深深地体会到这种惆怅美的时候，不知不觉间，开始走向超脱。质本纯真,何计世俗的聚散离合,何计狭隘的猜疑误解,何必烦恼无奈,其实已经收获了人性中最美好的善良与纯洁,体会到超凡脱俗、冰清玉洁的真挚,值得用一生去珍惜和呵护。这已足矣!

羡慕天上仙境的嫦娥,偷吃西王母送给后羿的灵药,进入向往的月宫,成为仙子。日日寂处幽居,夜夜眼望碧天,她慨叹,月宫哪如人间美好啊,没有爱人,缺少感情,世上最珍贵的原是美好的人性啊。寂寞舒广袖,思恋人间情,"嫦娥应悔偷灵药,碧海青天夜夜心"。何时能够重新回到人间呢?

春江月出大堤平,何处春江无月明?好广阔的一个天地啊!

三、叹息肠内热

在《孔子家语·五仪》中,有这样一段话:"所谓圣者,德合于天地,变通无方,穷万事之终始,协庶品之自然,敷其大道而遂成情性。明并日月,化行若神。……此谓圣人也。"即所谓圣人,必须达到自身的品德与宇宙的法则融为一体,智慧变通而没有固定的方式,对宇宙万物的起源和终结已经彻底参透。与天下的一切生灵,世间万象融洽无间,自然相处,把天道融入自己的性情。内心光明如日月,却如神明般在冥冥之中化育众生,达到这种境界的人才是圣人。

杜子美被誉为诗人中的圣人,源于他忧世悯人的仁者之心,他的诗处处流露着这种仁者情怀。其诗不仅有"穷年忧黎元,叹息肠内热"和"安得广厦千万间,大庇天下寒士俱欢颜"的直接抒怀,仁义之心更多地体现在他写景的诗句上,

"风含翠篠娟娟净，雨裛红蕖冉冉香。""五更鼓角声悲壮，三峡星河影动摇。"对这些优美自然风光的吟咏，决不是诗人的闲情雅致。当时，"野哭几家闻战伐，夷歌数处起渔樵"。山河破碎，生灵涂炭，而诗人穷困潦倒，"厚禄故人书断绝，恒饥稚子色凄凉"，此时的星河山水、翠竹雨荷早已打上诗人仁者情怀的烙印，体现出老杜对宇宙万物的一种深深的关爱。子美诗歌之仁，不仅是爱人，而是爱天下一切生灵，与世间万物和谐相处，是天人合一。所以，诗人写景中寄托着博大的爱的情怀。"飘飘何所似，天地一沙鸥。"杜子美已与天地、宇宙融为一体。

后 记

一台戏的完成，需要演员的表演，也需要观众的参与和捧场。一个人的成长进步，同样需要他人的支持与帮助。这个集子能够出版，凝结了众多前辈与师友的厚爱与支持。当代京剧领军人物、中国剧协名誉主席、著名京剧表演艺术家尚长荣先生于百忙中欣然命笔，题写书名，体现出对后学的厚爱；著名京剧表演艺术家、奚派再传弟子张建国先生文化底蕴深厚，认真审阅了全书文稿，写出了一篇长序，字里行间充满对我的鼓励；张书范先生是我非常敬重的著名书法家，全国南宫碑体（张裕钊流派）书法的领军人物，翰墨戏缘相交，一直对我抬爱有加；河北省作家协会主席、著名作家关仁山先生，陕西省作家协会副主席、著名作家方英文先生，著名书画评论家、书法家张瑞田先生，著名散文家周蓬桦先生，其词作被誉为"旧体词在当代复活的标本"的著名诗词作家蔡世平先生，为我写出他们心中的戏味；书坛泰斗欧阳中石和京剧裘派名家裘芸的入室弟子、著名书法家刘俊京先生挥毫祝贺此书出版；著名画家魏万利先生以妙笔丹青为我涂抹出他的水墨戏味；好友大漠君，澄怀入道，以简淡笔墨题写了全部小标题，写出了他对戏味人生的理解。在此，对以上前辈、师友的大力支持表示衷心感谢。特别要感谢恩师——京剧教育家、杨派再传弟子张少春先生，在他不厌其烦、一字一腔的教诲中，让我体会到京剧艺术口传心授的价值所在和京剧唱腔的浓郁味道；感谢中国戏剧出版社张霞女士、周忠建先生两任编辑，他们对作者认真负责的精神，对工作严谨细致的作风，令人深深感动；感谢我的爱人赵胜红和女儿周易对我默默的支持！

  这部文稿历经岁月，是我对戏味体会愈加深入的过程，是我不断感受人间真情的过程。感恩岁月，感恩戏曲艺术，感恩所有关心、帮助我的人！

周哲辉
癸卯初冬于菊室水轩

在想把上天赋予的自由意志发挥到极致吧。嗯,中小学生们倒是可以把袁枚这首关于苔的小诗当成座右铭,贴到床头上或者抄写到铅笔盒里面去,经常瞥两眼,拿来鼓励一下自己。

青苔,在古代诗词之中,也有用来进行比德的倾向和嫌疑,譬如,避世隐逸和清高自守之类的主题。当然,最终情形还算是好的,似乎没能完全进入比德系统并确定下来。相比"岁寒三友"和"花中四君子"之类,青苔这个意象中尚存在着很多变动因素,民族文化心理在这个意象之中的积聚沉淀,还没有严重到使它固化为一个符号的程度。而正是青苔这个意象内涵的不确定性,使它在文学创作之中,显得游刃有余,意趣盎然,呈现出了多种可能。无论出现了多么了不起的涉及青苔的作品,但愿都不要将青苔弄成了一个固定的符号,还是让青苔在那些角落里保持野生和自由吧。

清人张潮在《幽梦影》里说:"花不可以无蝶,山不可以无泉,石不可以无苔,水不可以无藻,乔木不可以无藤萝,人不可以无癖。"这里的意思表达得已经很好了,我紧跟在这几句话后面,又补上了一句:"布娃娃脸上不可以无雀斑。"苔,是不是就像布娃娃脸上的雀斑,反而使那张小脸显得更加生动了!没错,作为最微之物,苔之有无,却是相当重要的。请不要试图去定义苔,请不要用概念去为苔设限吧,苔是什么?苔是区别于平均主义的个性，提高了景致的生气与辨识度，苔是附着在有形物质现实之上的那个魂魄一般的存在。

如今，由于苔藓对于空气污染的超敏感度以及它们随意生长的普遍性，人类已经开始利用这类植物来对空气质量进行检测，尤其是可以对大气污染中的热岛效应发出预警。青苔不仅是一个文学意象，同时也正在成为一个生态环保意象。

经过一个多雨的夏天，我住的老旧公寓里，背阴的那个房间内墙上，临窗的一侧，那白粉墙皮已经被墙外雨水渗入并浸泡得膨胀，出现了一小片微微鼓起，在那片鼓起墙皮之上有水渍，并生长出了一片绿苔。这片室内苔，显得住所更加老旧了，而那白绿相间，也算好看，生淡冶之光，添清幽之气。这片青苔还增加了这套公寓在时空上的封闭意味，我足不出户，一天天老去，对着自家书房内墙上这片青苔独坐，无人敲门、无人来访——我却怎么也写不出一句诗来，于是只好去翻阅古人们的青苔诗吧。